KB216613

제7일

THE
SEVENTH
DAY

위화
장편소설

문현선 옮김

푸른숲

차 례

하느님께서는

엿샛날까지 하시던 일을 다 마치시고,

이렛날에 다 이루셨다.

이렛날에는 모든 일에서

손을 떼고 쉬셨다

– 창세기

첫째
째
날

안개가 자욱하게 피어올랐을 때, 나는 셋집을 나와 공허하고도 모호한 도시를 휘적휘적 걸어갔다. 목적지는 빈의관(殯儀館). 사실 이건 오늘날의 명칭이고 예전 명칭으로 하면 화장터였다. 나는 아홉 시 전까지 빈의관으로 오라는 통지를 받았다. 나의 화장 예약 시간이 오전 아홉 시 반이라고 했다.

어젯밤 와르르 쿵, 와르르 쿵, 하며 뭔가 무너지는 소리가 밤새 쉬지 않고 들렸다. 피로를 못 이긴 건물이 한 채 한 채 누워버리는 것만 같았다. 계속되는 와르르 소리 속에서 나는 자는 둥 마는 둥 밤을 보내야 했다. 그런데 날이 밝은 다음 방문을 열자 와르르 소리가 갑자기 뚝 사라졌다. 문을 여는 동작이 와르르 소리를 내는 스위치를 꺼버린 것처럼. 곧이어 문에 붙은 쪽지를 발견했다. 빈의 관으로 와서 화장에 임하라는 내용이었는데 안개에 젖어 글자가 흐릿했다. 쪽지 외에 열흘 넘게 붙어 있는 전기세와 수도세 납부 독촉 통지서 두 장도 눈에 들어왔다.

문을 나서자 짙은 안개가 도시의 본모습을 가리고 있었다. 도시는 하얀 낮과 검은 밤을 잃고 아침과 저녁을 잃었다. 버스 정류장으로 향하는 동안 눈앞에서 사람 그림자들이 설핏하게 보였다가 또 설핏하게 사라졌다. 조심조심 얼마를 걸었을까, 갑자기 표지판 같은 것이 땅속에서 솟아 올라온 것처럼 내 앞을 가로막았다. 틀림없이 무슨 숫자들이 쓰여 있으리라 생각했다. 거기에 203이 있으면 그것이 바로 내가 타야 할 버스다. 하지만 숫자가 잘 보이지 않았다. 손으로 닦아봐도 도무지 또렷해지지가 않았다. 눈을 비비고 나서야 203이라고 적힌 게 보이는 듯해 그곳이 버스 정류장이라는 걸 알 수 있었다. 문득 이상한 느낌이 들었다. 오른쪽 눈은 원래 자리에 있는데 왼쪽 눈이 광대뼈 쪽으로 밀려난 듯했다. 곧이어 코 옆에도 뭔가 매달린 듯하고 턱 아래도 뭔가 매달린 느낌이 들었다. 손으로 만져본 뒤에야 코 옆에 있는 것이 바로 코이고, 턱 밑에 있는 것이 바로 턱이라는 걸 알았다. 그것들이 내 얼굴에서 자리 이동을 한 것이다.

안개 속에서 어렴풋하게, 숨 쉬는 소리가 일렁이는 물결처럼 여기저기서 오르락내리락 들려왔다. 나는 멍하니 선 채 203번 버스를 기다렸다. 느닷없이 자동차 여러 대가 연이어 충돌하는 소리가 들렸지만 짙은 안개가 눈에 스며들어 아무것도 보이지 않았다. 차들이 연이어 충돌하는 소리만 들릴 뿐이었다. 그때 승용차 한 대가 안개를 뚫고 내 옆을 스치더니 숨 쉬는 소리 쪽으로 돌진했다. 소리들이 끓어오르는 물처럼 순식간에 폭발했다.

나는 그 자리에 서서 계속 기다렸다. 잠시 뒤에야 대형 교통사고가 일어났으니 203번 버스가 오지 않겠구나, 다음 정류장까지 걸어가야겠구나 하는 생각이 들었다.

발걸음을 떼자 축축한 내 눈에 짙은 안개 속에서 눈송이가 빛살처럼 표표히 나타나는 게 보였다. 눈송이가 얼굴에 살포시 떨어지자 얼굴이 조금 따뜻해졌다. 발걸음을 멈추고 고개를 숙인 채 눈이 어떻게 몸에 떨어질까 생각하고 있는데, 눈송이 사이에서 내 옷차림이 점점 선명해졌다.

나는 오늘이 아주 중요한 날, 그러니까 내가 죽은 첫째 날이라는 것을 알고 있었다. 하지만 나는 씻지도 않았고 수의도 안 입은 상태였다. 평상복 차림에 낡고 불룩한 솜외투를 걸친 채 빈의관으로 가고 있다니. 갑자기 나 자신의 경솔함이 부끄러워 발길을 되돌렸다.

흩날리는 눈송이로 도시에 빛이 조금 스며들자 짙은 안개가 천천히 화장을 지우듯 수그러들었다. 덕분에 길을 오가는 사람들과 자동차가 어렴풋하게 보였다. 나는 조금 전의 버스 정류장으로 되돌아갔다. 처참한 광경이 눈앞에 펼쳐졌다. 스무 대 넘는 자동차가 도로에 뒤엉켜 있고 경찰차와 구급차도 보였다. 바닥에 드러누운 사람이 있는가 하면, 찌그러진 차에서 끌려 나오는 사람도 있었다. 신음하는 사람들과 흐느껴 우는 사람들, 그리고 아무 기척도 없는 사람들이 보였다. 방금 전에 교통사고가 난 그곳에서 나는 잠시 발걸음을 멈추었다. 이제는 정류장 표지판에 적힌 203이 분명하게 보였다. 나는 그곳을 지나쳤다.

셋집으로 돌아와 격식에 어긋나는 옷을 벗은 다음 벌거벗은 채 세면대로 향했다. 수도꼭지를 틀어 손바닥에 물을 받아 몸을 닦다 보니 상처들이 보였다. 벌어진 상처에 먼지가 가득하고, 돌 부스러기와 나무 가시 같은 것들도 보였다. 나는 조심스럽게 그것들을 빼내기 시작했다.

그때 침대 베개 옆에서 휴대폰이 울렸다. 요금을 내지 못해 벌써 두 달 전에 끊긴 휴대폰이 느닷없이 울리다니 정말 이상했다. 휴대폰을 들어 통화 버튼을 누른 뒤 작은 소리로 말했다.

"여보세요."

전화기 저편에서 누군가 물었다.

"양페이 씨입니까?"

"그런데요."

"여기는 빈의관인데요. 어디 계세요?"

"집에 있습니다."

"집에서 무얼 하시는데요?"

"씻고 있습니다."

"아홉 시가 다 되었는데 아직도 씻는다고요?"

나는 마음이 조급해졌다.

"얼른 가겠습니다."

"서두르세요. 예약 번호표도 가져오시고요."

"예약 번호표가 어디 있지요?"

"문 앞에 붙어 있습니다."

상대가 전화를 끊었다. 이런 일까지도 재촉하다니, 기분이 조금 언짢았다. 전화기를 내려놓고 다시 상처를 닦았다. 그릇에 물을 받아다 상처에 낀 돌 부스러기와 나무 가시에 붓자 속도가 한층 빨라졌다.

다 씻은 다음 축축한 몸을 이끌고 옷장으로 갔다. 옷장 문을 열고 수의를 찾아보았지만 하얀 비단 잠옷이 수의처럼 보일 뿐 수의는 없었다. 흐릿하게 꽃무늬가 있고 가슴에 수놓은 '리칭'이라는 붉은색 글자가 이미 퇴색해버린 잠옷. 짧았던 결혼 생활의 흔적이었다. 당시 내 아내였던 리칭은 내 잠옷에 자신의 이름을 수놓았다. 결혼 생활이 끝난 뒤 한 번도 입지 않았던 잠옷을 꺼내 입으면서 하얀 비단 잠옷이 눈꽃처럼 따뜻한 색이라고 느꼈다.

현관문을 열어 문에 붙은 빈의관의 통지서를 자세히 살피다가 'A3'이라는 글자를 발견하고 이게 예약 번호구나, 했다. 통지서를 떼어내 접은 다음 조심스럽게 잠옷 주머니에 넣었다.

걸음을 옮기려다가 뭔가를 잊어버린 듯한 느낌이 들어 흩날리는 눈송이 속에서 잠시 생각에 잠겼다. 상장(喪章)이 떠올랐다. 나는 외톨이라서 애도해줄 사람이 없으니 스스로 애도하는 수밖에.

다시 셋집으로 돌아가 옷장에서 검은 천을 찾았다. 한참을 뒤졌지만 검은 천은 보이지 않고, 대신 검은 셔츠가 눈에 들어왔다. 오래된 탓에 검은색에 희끄무레한 색이 섞여 있었다. 하지만 다른 선택의 여지가 없었기 때문에 소매 일부를 잘라 하얀 잠옷의 왼쪽 소매에 끼웠다. 스스로 애도하는 모양새라 부족한 감이 있지만 그것만으로 이미 만족스러웠다.

그때 휴대폰이 또 울렸다.

"양페이 씨입니까?"

"네."

"빈의관인데요." 목소리가 물었다. "화장을 원하는 게 맞습니까?"

나는 조금 주저하다가 대답했다.

"네, 맞습니다."

"이미 아홉 시 반입니다. 늦었습니다."

"이런 일에도 늦는 게 있나요?"

내가 조심스럽게 물었다.

"화장을 하고 싶으면 얼른 오세요."

빈의관의 화장 대기실은 넓고도 깊었다. 안개가 서서히 흩어지는 바깥과 달리, 빈의관 안쪽은 여전히 안개에 둘러싸여 있었다. 듬성듬성한 촛불 모양의 벽걸이 등이 하얀 빛을 내뿜었다. 역시 눈꽃 색이었다. 왜인지 모르겠지만 하얀색을 보면 마음이 따뜻해졌다.

대기실 오른쪽에는 쇠틀에 고정된 플라스틱 의자가 줄줄이 놓여 있고, 왼쪽에는 푹신한 소파가 둥글게 몇 겹의 원을 이루며 놓여 있었다. 소파 구역의 중앙 탁자에는 플라스틱 꽃까지 꽂혀 있었다. 플라스틱 의자에는 화장을 기다리는 대기자가 무척 많았지만 소파 쪽에는 다섯 명뿐이었다. 그들은 전부 성공한 명사들처럼 느긋하게 다리를 꼬고 앉았고, 플라스틱 의자 쪽 사람들은 하나같이 옷깃을 여민 채 단정하게 앉아 있었다.

빈의관으로 들어서자 해진 파란색 옷을 입고 낡은 하얀색 장갑을 낀, 장작개비처럼 바싹 마른 사람이 맞아주었다. 얼굴이 살갗 없이 뼈만 앙상했다.

그가 이목구비가 일그러진 내 얼굴을 보며 조용히 말했다.

"오셨군요."

"여기가 화장터입니까?" 내가 물었다.

"이제는 화장터라고 하지 않습니다. 빈의관이라고 부르지요."

나는 잘못 말했다는 것을 알았다. 그건 호텔에 들어가서 초대소(호텔의 예전 명칭)냐고 묻는 것과 같은 일이었다.

그의 목소리에서 아득한 피로가 묻어나 그가 "여기 빈의관인데요" 하고 전화한 사람이 아니라는 걸 알 수 있었다. 늦어서 미안하다고 하자 그는 조용히 고개를 저으며 안심하라는 듯 오늘은 늦은 사람이 아주 많다고 말했다. 내 예약 번호는 이미 순서가 지나서 쓸모없어졌다며 그가 입구에 있는 기계에서 나 대신 번호표를 뽑아 그 조그만 종이를 건네주었다.

나는 A3에서 A64로 밀려났고, 번호표에는 내 앞에 54명의 대기자가 있다고 적혀 있었다.

"오늘 안에 화장될 수 있을까요?" 내가 물었다.

"그냥 지나치는 번호가 늘 많답니다." 그가 대답했다.

그가 낡은 하얀색 장갑을 낀 오른손으로 플라스틱 의자 쪽을 가리켰다. 그쪽에서 기다리라는 뜻이었다. 내 눈이 소파 쪽을 향하자, 소파는 귀빈 구역이며 내 신분은 플라스틱 의자가 있는 일반 구역에 속한다고 알려주었다. 그래서 A64 번호표를 들고 플라스틱 의자 쪽으로 가는데 그가 나직하게 탄식했다.

"불쌍한 사람 하나가 또 단장도 못 하고 왔구나."

나는 플라스틱 의자에 앉았다. 그 파란색 옷을 입은 사람은 귀빈 대기 구역과 일반 대기 구역 사이의 통로를 깊은 생각에 잠긴 듯한 모습으로 오갔다. 발걸음에서 노크하는 것 같은 리듬감이 느껴졌다. 늦은 사람들이 속속 들어왔다. 그때마다 그는 "오셨어요" 하며 맞이한 다음, 번호표를 새로 뽑아 주고 손짓으로 우리가 있는 플라스틱 의자 쪽에 앉으라고 알려주었다. 그러다 귀빈 쪽의 사람 하나가 뒤늦게 도착하자 이번에는 소파 구역까지 직접 안내해주었다.

플라스틱 의자에 앉은 대기자들이 조용조용 이야기를 나눌 때 귀빈 구역의 여섯 명도 대화를 나누고 있었다. 그런데 그들은 무대에서 노래하는 사람처럼 목청을 돋우며 큰 소리로 말했다. 반면 우리 쪽 대화는 무대 밑의 오케스트라 박스에서 흘러나오는 반주 같았다.

귀빈 구역의 화제는 수의와 유골함이었다. 그들이 입고 있는 것은 모두 최고급 명주 수의로, 손으로 직접 수를 놓은 화려한 무늬가 눈에 띄었다. 그들은 대수롭지 않다는 듯 수의의 가격을 말했는데, 여섯 명 모두 2만 위안이 넘었다. 그러고 보니 차림새가 전부 궁중에 사는 사람들 같았다. 이어서 그들은 자신의 유골함에 대해 이야기했다. 모두 장미목 재질에 정교한 무늬가 조각되어 있으며 6만 위안이 넘는다고 했다. 유골함의 명칭마저 단향궁전, 선학궁,

용궁, 봉궁, 기린궁, 단향사릉으로 호화스럽기 그지없었다.

우리 쪽에서도 수의와 유골함에 관해 이야기가 오갔다. 플라스틱 의자에 앉은 사람들은 인조 견사에 천연 면사가 섞인 1천 위안 이하의 수의를 입고 있었다. 유골함은 측백나무나 잡목 재질에 조각은 없었고 가장 비싼 게 8백 위안, 가장 싼 게 2백 위안이었다. 하지만 유골함의 이름만큼은 '고향 회귀', '불후의 명성' 등으로 또 다른 기풍이 있었다.

소파 쪽에서 수의와 유골함의 높은 가격을 자랑하는 것과 달리, 플라스틱 의자 쪽에서는 누구 것이 싸고 좋은지를 비교했다. 내 앞 줄에 앉은 두 사람은 대화 도중에 같은 수의점에서 똑같은 수의를 샀는데 가격 차이가 50위안이나 난다는 것을 알게 됐다. 그러자 비싸게 산 사람이 탄식하며 중얼거렸다.

"우리 마누라는 참 흥정할 줄을 모른다니까."

그러고 보니 플라스틱 의자에 앉은 대기자들도 전부 수의를 입고 있었다. 명·청대 분위기가 물씬 나는 전통 수의를 입었는가 하면, 인민복이나 양복 같은 현대식 수의를 입기도 했다. 하지만 나는 낡고 하얀 중국식 앞트임 잠옷을 입었을 뿐이다. 그나마 아침에 나왔다가 불룩한 솜외투가 격식에 어긋난다는 것을 깨닫고 하얀 잠옷이라도 입은 게 다행이었다. 초라하긴 해도 플라스틱 의자 쪽에서는 그런대로 섞여 있을 만했다.

하지만 내게는 유골함이 없었다. '고향 회귀', '불후의 명성' 같은 값싼 유골함마저 없었다. 나는 고민에 빠졌다. 내 유골은 어디로 가야 하지? 망망대해에 뿌려질까? 그럴 리가, 그런 건 위인들의 유골에나 해당되지. 전용기로 운송되고 군함의 호위를 받으며 가족과 부하의 흐느낌 속에서 표표히 바다로 들어가는 것은. 화장터 가마에서 나오는 내 유골을 받아주는 건 빗자루와 쓰레받기일 거야. 그런 다음은 쓰레기통이겠지.

그때 옆에 앉은 노인이 고개를 돌려 내 얼굴을 보더니 놀라서 물었다.

"염도 안 하고 단장도 안 했나?"

"씻었어요. 제가 직접요."

내가 대꾸하자 노인이 말했다.

"자네 얼굴, 왼쪽 눈알이 튀어나오고 코가 옆으로 비뚤어진 데다 턱은 이렇게 길게 빠졌어."

나는 씻을 때 얼굴을 잊은 게 떠올라 창피했다.

"얼굴 단장은 안 했네요."

"자네 집안사람들 너무 무심하군. 얼굴 복원도 안 하고, 화장(化粧)도 안 해주다니."

나는 혈혈단신 혼자였다. 나를 길러준 아버지 양진뱌오는 1년여 전에 불치병을 앓다가 작별 인사도 없이 떠나고, 친부모는 멀리 북방 도시에 살아서 내가 이미 다른 세상 사람이 된 것도 모르고 있었다.

반대편 옆에 앉은 여자가 우리 대화를 듣다가 내 옷을 훑어보며 물었다.

"당신 수의는 왜 잠옷 같죠?"

"이건 염의거든요."

"염의?"

내 대답에 그녀가 잘 모르겠다는 듯 되물었다.

"염의가 수의라네." 노인이 말했다. "수의가 상서롭게 들리니까."

나는 두 사람이 짙게 분장하고 있다는 걸 깨달았다. 불가마에 들어가는 게 아니라 무대에 공연하러 가는 사람들 같았다.

그때 앞쪽 플라스틱 의자에 앉은 한 대기자가 파란색 옷을 입은 사람에게 불평했다.

"이렇게 한참을 기다렸는데 번호 부르는 소리는 한 번도 못 들었어요."

"시장님 시신 앞에서 고별식이 열리고 있거든요." 파란색 옷을 입은 사람이 말했다. "아침에 세 사람을 화장하고 멈췄습니다. 시장님이 가마에 들어갔다가 나온 뒤에야 여러분 차례가 될 겁니다."

"왜 시장님 화장이 끝난 뒤에야 우리를 화장하는 거죠?" 그 대기자가 물었다.

"그건 저도 모릅니다."

이번에는 다른 대기자가 물었다.

"여기에 가마가 몇 개인데요?"

"두 개입니다. 하나는 수입품이고 하나는 국산품이지요. 수입 가마는 귀빈용이고 국산은 여러분용입니다."

"시장은 귀빈일 거 아닙니까?"

"그렇습니다."

"시장이 가마 두 개를 전부 쓰나요?"

"시장님은 수입 가마를 사용할 겁니다."

"수입 가마는 시장을 위해 멈췄다지만 국산 가마는 왜 멈춘 건데요?"

"그건 저도 모릅니다. 저는 가마가 모두 멈추었다는 것만 알 뿐입니다."

그때 소파 구역의 귀빈 하나가 파란색 옷을 입은 사람에게 손짓하자 그가 곧장 잰걸음으로 다가갔다.

"시장의 고별식이 얼마나 더 걸리겠나?" 귀빈이 물었다.

"잘 모르겠습니다." 그가 잠시 뜸을 들였다가 이어서 말했다.

"조금 더 걸릴 것 같으니 양해 좀 해주십시오."

그때 뒤늦게 들어온 대기자가 그들의 대화를 듣고 통로에 선 채로 말했다.

"시의 관리란 관리는 물론이고 각 현의 관리들까지 전부 몰려서 천 명도 넘을 겁니다. 거기다가 한 사람씩 시신에게 작별 인사를 하는데 빨리 걷지도 않아요. 느릿느릿 가면서 흐느끼는 사람들까지 있으니."

"일개 시장이 뭐가 그리 대단하다고." 귀빈이 아니꼽다는 듯 내뱉었다.

늦은 사람이 이어서 말했다.

"아침부터 시내 주요 도로가 봉쇄되었는걸요. 시장의 운구차는 걸어가는 것처럼 느린 데다가 수백 대의 배웅 차량이 뒤따르고 있어서 30분이면 되는 길이 한 시간 반이나 걸려요. 지금도 주요 도로가 봉쇄되었고요. 시장 유골을 가져간 다음에야 푼다더군요."

시내 주요 도로가 봉쇄되는 바람에 다른 도로는 밀려온 차량을 감당하지 못해 몸살을 앓는다고 했다. 문득 아침에 안개 속을 걷다가 들었던 차량의 연쇄 충돌 소리와 그 이후에 목격한 끔찍한 광경이 떠올랐다. 그리고 보름 전에 신문과 텔레비전을 장식했던 시장의 갑작스러운 사망 뉴스도 떠올랐다. 공식적인 설명은 과도한 업무 때문에 심장 발작을 일으켜 돌연사 했다는 것이었지만, 인터넷에 떠도는 소문에 따르면 한 5성급 호텔의 이그제큐티브 스위트룸 침대에서 늘씬한 모델과 최고조에 다다를 즈음 돌연 심근경색이 일어났다고 했다. 모델이 얼마나 놀랐는지 맨궁둥이가 드러난 줄도 모르고 복도를 뛰어다니며 울고불고 소리쳤다고.

이어서 나는 소파 쪽 귀빈들이 묘지에 대해 논하기 시작하는 소리를 들었다. 그러자 플라스틱 의자 쪽에서도 묘지로 화제를 돌렸다. 플라스틱 의자 쪽의 묘지는 전부 1제곱미터인 데 반해 소파 쪽의 묘지는 모두 1무(畝, 중국식 토지 면적 단위. 1무=666.7제곱미터)가 넘었다. 이쪽의 대화 내용이 들렸는지 소파 쪽의 귀빈 하나가 큰 소리로 말했다.

"1제곱미터의 묘지에서 어떻게 지내지?"

플라스틱 의자 쪽이 조용해지더니 소파 쪽의, 눈이 휘둥그레질 정도의 호화로움에 귀를 기울이기 시작했다. 그들 여섯 중 다섯 명의 묘지가 바다를 마주하고 운무에 휩싸인 높은 산꼭대기에 있었다. 모두 '높은 산은 우러러보고 큰길은 따라 간다'는 '고산앙지, 경행행지(高山仰止, 景行行止)'라는 구절이 떠오르는, 바다가 보이는 곳에 자리한 호화 묘지였다. 딱 한 사람의 묘지만 산속에 있었다. 숲이 울창하고 계곡물이 흐르며 새소리가 들리는 산속에 자리를 잡고, 그곳에 수백 년 동안 박혀 있던 천연 바위로 묘비를 만들었다고 했다. 요즘은 유기농 식품이 대세라며 자기 묘비는 '유기농 묘비'라고 말했다. 이어서 다섯 가운데 두 명이 실물을 축소한 묘비를 썼다며 각각 중국식 정원과 서양식 별장의 축소판이라고 하자, 다른 두 명은 자신들은 겉만 번지르르한 게 싫어서 정식 묘비를 썼다고 말했다. 그런데 마지막 사람의 말이 모두를 깜짝 놀라게 했다. 그의 묘비는 톈안먼 광장의 인민 영웅 기념비와 크기까지 똑같다고, 다만 기념비의 '인민 영웅이여, 영원하라'라고 적힌 마오쩌둥의 친필이 '리핑 동지여, 영원하라'로 바뀌었을 뿐이라고 했다. 심지어 마오쩌둥의 친필이라며, 가족들이 마오쩌둥의 친필 중에서 '리핑 동지'라는 네 글자를 찾아내 확대한 뒤 묘비에 새겼다고 했다.

그런 다음 그가 덧붙였다.

"리핑 동지가 바로 접니다."

그러자 한 귀빈이 말했다.

"그건 위험합니다. 정부에서 언제 철거해버릴지 모르잖아요."

"정부 쪽에는 이미 돈을 써두었습니다." 그가 자신 있게 대꾸했다. "다만 기자들이 떠벌리면 안 되니까 기자의 접근을 원천 봉쇄하라고 가족들이 열두 사람을 배치했답니다. 열둘이면 한 분대의 편제 인원이지 않습니까? 경호 분대가 보호하고 있으니 아무 걱정이 없습니다."

그때 대기실 천장의 전등 두 줄에 불이 들어와 황혼의 시간이 정오의 시간으로 바뀌었다. 파란색 옷을 입은 사람이 황급히 대문 쪽으로 향했다.

시장이 들어왔다. 검은 양복에 흰 셔츠를 입고 검은 넥타이를 맨 채 무표정하게 걸어왔다. 눈썹을 검고 굵게 그리고 립스틱을 짙게 바르는 등 화장이 무척 진했다. 파란색 옷을 입은 사람이 그를 맞이한 뒤 공손하게 안내했다.

"시장님, 최고급 귀빈실에서 좀 쉬십시오."

시장이 살짝 고개를 끄덕이고는 파란색 옷을 입은 사람을 따라 걸어가자 대기실 안쪽의 커다란 문이 양쪽으로 천천히 열렸다. 문은 시장이 들어간 뒤에 다시 서서히 닫혔다.

소파 쪽 귀빈들은 아무 말이 없었다. 최고급 귀빈실이 소파 귀빈 구역을 압도했으니, 돈이 권력 앞에서 스스로 초라해진 것이다.

우리 플라스틱 의자 쪽은 여전히 묘지에 관해 두런두런 이야기하고 있었다. 모두 요즘은 집보다 묘지가 비싸다며, 외지고 비좁은 공원묘지에서 1제곱미터의 가격이 3만 위안을 넘는 데다 소유 기한도 25년에 불과하다고 한탄했다. 집값이 비싸다고는 하지만 그래도 70년은 소유할 수 있지 않느냐고. 대기자의 일부는 불공평하다며 화를 내고, 일부는 깊은 수심에 잠겼다. 25년 뒤에는 어떡하나, 하고 걱정하는 것이었다. 25년 뒤면 묘지 가격이 천정부지로 오를 텐데 가족들이 돈 낼 능력이 없으면 자기 유골이 밭에 비료로 뿌려질 수밖에 없기 때문이었다.

앞줄에 앉아 있던 대기자가 애통해했다.

"죽어서도 제대로 죽을 수가 없군!"

그러자 내 옆에 앉은 노인이 담담하게 말했다.

"나중 일은 지금 걱정하지 말게."

노인은 내게 7년 전에 3천 위안으로 사둔 묘지 1제곱미터가 지금은 3만 위안이 되었다고 말해주었다. 그는 당시 자신의 혜안에 뿌듯해하며, 지금이라면 묘지를 사지 못했을 거라고 했다.

"7년 동안 열 배가 뛰다니." 노인이 감격해하며 말했다.

대기실에서 다시 번호를 부르기 시작했다. 시장의 화장이 끝난 모양이었다. 시장의 유골함이 당기(黨旗)에 덮인 채 검은색 운구차에 실려 천천히 뒤따르는 수백 대의 배웅 차량을 이끌고 진혼곡이 울리는 봉쇄된 길을 갔다……. 귀빈 번호는 V로 시작하고, 일반 번호는 A로 시작했다. 나는 시장 같은 최고급 귀빈은 무슨 글자로 시작하는지 알 수 없었다. 아마 번호가 필요 없을 테지.

V에 속하는 여섯 명의 귀빈이 모두 들어갔고 A 번호도 빠르게 불렀다. 파란색 옷을 입은 사람이 말한 것처럼 그냥 지나가는 번호가 많았다. 어떨 때는 10여 명이 연달아 없기도 했다. 그때 나는 파란색 옷을 입은 사람이 내 옆의 통로에 서 있는 것을 발견하고 고개를 들어 그를 보았다. 그의 피곤한 음성이 다시 한 번 울렸다.

"오지 않은 사람들은 다 묘지가 없어서 그렇지."

나는 유골함도 없고 묘지도 없었다. 나는 스스로에게 왜 여기에 왔지, 하고 물었다.

A64를 부르는 소리가 들렸다. 내 번호였지만 일어나지 않았다. A64를 세 번 부른 다음 A65를 불렀다. 옆에 있던 여자가 일어났다. 청나라 시대 분위기의 전통 수의를 입은 그녀가 커다란 소매통을 흔들며 걸어갔다.

옆의 노인은 여전히 기다리며 여전히 이야기 중이었다. 자기 묘지가 조금 외지고 교통도 불편하지만 경관이 좋다고, 앞에 자그마한 호수가 있고 얼마 전에 묘목을 좀 심었다고 했다. 어차피 거기 들어가면 다시 나오지 않을 테니까 멀고 교통이 불편한 건 아무 문제가 아니라고 했다. 그런 다음 내 묘지는 어느 공원에 있는지 물었다.

내가 고개를 저으며 대답했다.

"묘지가 없는데요."

"묘지가 없으면 어디로 가나?"

그가 놀라며 되물었다.

그때 내 몸이 일어나더니 나를 이끌고 대기실을 떠나는 게 느껴졌다.

또다시 짙은 안개와 흩날리는 눈송이 속에 놓였지만 이번에는 어디로 가야 할지 알 수가 없었다. 문득 내가 죽은 것은 알겠는데 왜 죽었는지는 모른다는 생각에 강한 의문이 솟았다.

보일 듯 말 듯한 도시를 거니는 동안, 복잡하게 얽힌 기억의 회로에서 영혼이 방향을 더듬기 시작했다. 삶의 마지막 광경을 찾아야 한다고, 그 마지막 광경이 기억의 끝부분일 테니 그걸 찾으면 죽은 시간도 알 수 있을 거라고 생각했다. 나의 영혼은 몸의 움직임을 빌려 눈송이처럼 흩날리는 수많은 장면들을 넘나든 끝에 마침내 그날에 도달했다.

그날은 어제 같기도 하고, 그제 같기도 하고, 오늘 같기도 했다. 확실한 것은 저쪽 세계에 있던 마지막 날이라는 것뿐이었다. 나는 차가운 바람을 맞으며 길을 걷고 있는 나를 보았다.

앞으로 걷고 또 걸어 시청 앞 광장에 도착했다. 그곳에는 2백여 명의 사람들이 모여 강제 폭력 철거에 항의하고 있었다. 하지만 그들은 현수막도 걸지 않고 구호도 외치지 않았다. 그저 각자의 불행을 이야기할 뿐이었다. 모여 있는 사람들을 헤치고 지나가면서 나는 그들이 서로 다른 강제 철거의 피해자라는 것을 알 수 있었다. 한 할머니가 장을 보고 왔더니 자기 집이 사라져버렸다고, 처음에는 집을 잘못 찾은 줄 알았다고 눈물을 흘리며 말했다. 이어서 몇몇 사람들이 한밤중에 강제 철거를 당했을 때 느낀 공포에 대해 이야기했다. 엄청난 굉음 때문에 잠에서 깼는데 집이 계속 흔들려서

지진이 난 줄 알았다고. 그래서 다급하게 뛰어나왔더니 불도저와 굴착기가 마당을 부수고 있었다고 했다. 그때 한 남자가 쩌렁쩌렁한 목소리로 다른 사람들의 말문을 막을 만한 굉장한 경험을 이야기했다. 그가 집에서 여자 친구와 사랑을 나누고 있을 때 갑자기 문이 부서지더니 우람한 남자 몇이 들어와 그들을 이불째로 묶고 번쩍 들어다 차에 태웠다. 차가 도심 거리를 오가는 동안 그와 여자 친구는 이불에 묶인 채 어디로 끌려가는지 몰라 혼비백산했다. 차는 도시를 빙빙 돌다가 날이 밝은 뒤 집에 도착했고, 우람한 남자들은 두 사람을 차에서 꺼내 줄을 풀어준 다음 남의 옷가지를 몇 벌 던져주었다. 그들은 이불 속에서 벌벌 떨며 그 옷들을 주워 입었는데, 그곳을 지나는 행인들이 호기심 어린 눈으로 구경을 했다. 옷을 입고 이불에서 일어나 보니 그의 집은 흔적도 없이 사라졌고, 여자 친구는 엉엉 울면서 다시는 그와 자지 않을 거라고, 공포영화보다 더 무서운 경험이었다고 말했다.

그는 주변 사람들에게 집도 잃고, 여자 친구도 잃고, 그날 놀란 뒤로는 성욕마저 잃어버렸다고 말했다. 그리고는 손가락 네 개를 펼치면서, 발기부전을 고치려고 이미 4만 위안도 넘게 쏟아 부으며 양약, 중약, 진짜, 가짜를 가리지 않고 할 수 있는 건 다했지만 아랫도리는 여전히 활주만 하는 비행기 같다고 말했다.

누군가 그에게 물었다.

"뜨자마자 떨어진다는 말인가요?"

"그러면 좋게요." 그가 말했다. "활주만 하고 이륙을 못한다니까요."

"정부에 손해배상을 청구하게." 누군가 외쳤다.

그러자 그가 쓴웃음을 지으며 대꾸했다.

"정부에서 철거한 집은 보상해줘도 놀라서 달아난 성욕은 보상하지 않더군요."

"비아그라를 먹어봐요." 누군가 제안했다.

"먹어봤는데 심장만 미친 듯이 뛸 뿐이었어요. 아랫도리는 여전히 활주만 하고."

나는 웃음소리를 들으며 그 자리를 떠났다. 그들은 시위가 아니라 모임을 하는 것 같았다. 그렇게 시청 앞 광장에서 나와 버스 정류장 두 개를 지나자 성허로가 나왔다.

그때 나는 인생의 가장 밑바닥을 걷고 있었다. 아내는 진즉에 떠나버렸고, 1년여 전에 아버지가 불치병에 걸렸다. 치료비 마련을 위해 집을 팔고 병구완을 위해 직장까지 그만둔 다음 병원 근처에 작은 가게를 냈지만, 나중에 아버지는 아무 말도 없이 아득한 인파 속으로 사라져버렸다. 나는 가게를 처분해 싸구려 셋방을 구한 뒤 모래밭에서 바늘을 찾듯 아버지를 찾아다녔다. 도시의 골목골목을 뒤지면서 수많은 노인들을 만났지만 아버지의 얼굴은 볼 수가 없었다.

직장도, 집도, 가게도 잃은 나는 의기소침해졌다. 통장에 잔액이 얼마 남지 않은 것을 발견했을 때 앞으로의 생활을 걱정하지 않을 수 없었다. 이제 마흔한 살이니 보내야 할 시간이 아직도 많았다. 그래서 과외 중개업체를 통해 가정교사 자리를 찾았다. 첫 과외 학생이 성허로에 살고 있었다. 학생 아버지가 수화기 건너편에서 쉰 목소리로 머뭇머뭇하며 딸의 이름은 정샤오민, 초등학교 4학년이고 공부를 잘한다고 알려주었다. 그리고 자기 부부는 공장에서 일하기 때문에 수입이 많지 않다고, 시간당 50위안의 과외비는 좀 힘들겠다고 말했다. 그 목소리에 담긴 절망이 어쩐지 내 것인 것만 같아 나는 시간당 30위안으로 하자고 제안했다. 그는 잠시 아무 말도 않다가 연이어 세 번이나 고맙다고 인사했다.

우리는 그날 오후 네 시에 첫 수업을 하기로 정했다. 나는 미용실에서 머리를 다듬은 뒤 집으로 돌아가 면도를 하고 깨끗한 옷에 외투를 걸쳤다. 솜외투도 낡고 안에 입은 옷도 오래된 것이었다.

성허로에 도착했다. 워낙 익숙한 곳이라서 앞쪽 어디쯤에 슈퍼가 있고 어디에 스타벅스가 있는지, 어디에 맥도날드가 있고 어디에 KFC가 있는지, 어디가 패션 거리인지, 어디에 어떤 식당이 있는지 아주 훤했다.

그런데 이러한 곳들을 지나치자 눈앞에 갑자기 생경한 광경이 펼쳐졌다. 뒤죽박죽 난장판이 된 폐허로 보아 오래된 6층짜리 건물 세 동이 사라졌다는 걸 적나라하게 알 수 있었다. 내가 가르칠 학생의 집은 그 세 동 중에서 가운데 동에 있었다.

며칠 전에 지나갈 때만 해도 건물들은 제자리에 우뚝 서 있었다. 베란다에서는 빨래가 마르고 있었고, 하얀 현수막 몇 개가 세 동에 가로로 걸려 있었다. 현수막에는 검정 글자로 '강제 철거 절대 반대', '폭력 철거 엄중 항의', '우리 가옥 결사 수호'라는 구호가 적혀 있었다.

나는 그 폐허를 바라보았다. 콘크리트 사이로 옷가지들이 듬성듬성 보였다. 옆으로 지게차 두 대와 트럭 두 대, 경찰차 한 대가 정차해 있고 따뜻한 차 안에 경찰 네 명이 앉아 있었다.

빨간색 오리털 점퍼를 입은 여자아이가 부러진 철근이 양옆으로 구불구불 튀어나온 시멘트 판에 혼자 앉아 있었다. 책가방을 무릎에 기대놓고 교과서와 숙제 공책을 다리에 펼친 채 고개를 숙이고 무엇인가를 쓰고 있었다. 아침에 집을 나서 학교에 갔다가 오후에 수업을 마치고 돌아왔더니 집이 사라진 것이다. 집도 부모도 보이지 않아, 폐허에 앉은 채 부모가 돌아오기를 기다리며 칼바람에 덜덜 떨면서 숙제를 하고 있었다.

나는 온통 철근 콘크리트인 폐허를 넘어 휘청휘청 아이에게로 걸어갔다. 고개를 들어 나를 보는 아이의 얼굴이 차가운 바람 때문에 새빨갰다.

"안 춥니?" 내가 물었다.

"추워요."

나는 멀지 않은 곳에 있는 KFC를 가리키며 저기는 따뜻하니까 저기 들어가 숙제하렴, 하고 말했다. 그러자 아이가 고개를 저으며 대답했다.

"그러면 아빠 엄마가 돌아왔을 때 저를 못 찾을 수도 있어요."

말을 마친 아이가 고개를 숙이더니 자신의 두 다리로 만든 책상에서 계속 숙제를 했다. 나는 폐허를 둘러보았다. 내가 가려고 했던 학생 집이 어디인지 알 수가 없었다.

다시 아이에게 물었다.

"정샤오민네 집이 어디인지 아니?"

"바로 여기예요." 아이가 자신이 앉은 곳을 가리키며 대답했다. "제가 정샤오민이고요."

나는 아이의 놀라는 표정을 보며 오늘 오기로 한 과외 선생님이라고 알려주었다. 아이가 과외에 대해 안다는 듯 고개를 끄덕이고는 멍하니 주위를 둘러보며 말했다.

"아빠 엄마가 아직 안 오셨어요."

"내일 다시 오마."

"내일은 여기 없을 거예요." 아이가 말했다. "우리 아빠한테 전화해보세요. 내일 우리가 어디 있을지 아빠는 알겠죠."

"그래, 내가 아버지한테 전화할게."

그 으스러진 콘크리트 더미를 힘겹게 걸어 나올 때 뒤편에서 "선생님, 고맙습니다" 하는 아이의 목소리가 들려왔다.

처음으로 선생님이라는 호칭을 들은 나는 고개를 돌려 빨간색 오리털 점퍼를 입은 여자아이를 바라보았다. 그곳에 앉은 아이는 콘크리트 폐허마저 부드럽게 바꾸고 있었다.

시청 앞 광장으로 돌아와 보니 어느새 2, 3천 명으로 늘어난 사람들이 현수막을 내걸고 구호를 외치고 있었다. 이번에는 정말로 시위를 하는 것 같았다. 광장 주변이 온통 경찰과 경찰차로 뒤덮이고 도로가 봉쇄되어 외부인의 출입이 금지되었다. 그때 한 시위자가 시청 앞 계단에 오르는 게 보였다. 그는 확성기를 들고 한창 격앙된 시위대를 향해 반복적으로 외쳤다.

"조용! 조용히 해주십시오."

그가 몇 번을 외친 뒤에야 시위대가 조용해졌다. 그는 왼손에 확성기를 들고 오른손을 흔들며 말했다.

"우리는 공정함과 정의를 요구하러 왔습니다. 우리는 평화로운 시위를 벌일 것입니다. 과격한 행동을 해서는 안 됩니다. 저들에게 꼬투리를 잡혀서는 안 됩니다."

그가 잠시 쉬었다가 이어서 말했다.

"여러분에게 알려드릴 일이 있습니다. 오늘 오전 성허로에서 벌어진 강제 철거 때 한 부부가 폐허에 깔렸는데 지금 생사를 모릅니다……."

그때 승합차 한 대가 내 옆으로 다가와 서더니 안에서 일고여덟 명이 뛰어내렸다. 웃옷 주머니가 불룩한 게 돌이 한가득 들었다는 걸 알 수 있었다. 그들은 도로를 막고 있는 경찰에게 다가가 바지 주머니에서 증명서를 꺼내 보여준 다음 거침없이 안으로 들어갔다. 처음에는 건들건들 걷다가 이내 가볍게 뛰어 시청 앞 계단으로 가서는 소리치기 시작했다.

"시청을 부숴버리자……."

그러더니 주머니에서 돌을 꺼내 시청 문과 창문을 향해 던졌다. 유리가 박살 나는 소리가 멀리서 들려왔다. 그와 동시에 경찰이 사방팔방에서 광장으로 물밀 듯 들어가 시위대를 몰아내기 시작했다. 광장은 아수라장이 되고 시위대는 뿔뿔이 흩어졌다. 경찰에 맞서는 사람은 바닥에 내동댕이쳐졌다. 그런데 시청 문과 창문을 깬 일고여덟 명은 그대로 달려 나와 내 앞에 서 있던 경찰 두 명에게 고개를 까딱한 뒤 승합차에 올라타는 것이었다. 승합차가 질주해 떠나갈 때 나는 그 승합차에는 번호판이 없는 것을 똑똑히 보았다.

저녁 때 '탄가네'라는 음식점에 갔다. 저렴하면서도 맛이 좋아 자주 찾는 식당이지만 늘 값싼 국수 한 그릇만 먹었다. 식당 계산

대의 전화로 정샤오민의 아버지 핸드폰에 여러 차례 전화를 걸었다. 그러나 뚜뚜 하는 통화 연결음만 들릴 뿐 아무도 받지 않았다.

마침 텔레비전에서 오후에 있었던 시위 사건을 보도하고 있었다. 얼마 안 되는 사람들이 시청 광장에 모여 소란을 피우다가 시청을 훼손하고 실상을 모르는 군중을 선동하여, 경찰이 법에 따라 공공안전위해죄 혐의로 열아홉 명을 구속하였으며 이미 사태가 진정되었다는 내용이었다. 텔레비전에서는 영상 대신 남녀 두 메인 앵커의 모습만 나왔다. 광고가 이어진 뒤에는 정장 차림의 시청 대변인이 나와 소파에 앉은 채로 방송국 기자와 인터뷰했다. 기자가 물으면 그가 대답하는 형식으로 진행됐지만 두 사람 모두 방금 전에 뉴스 앵커가 했던 말을 되풀이할 뿐이었다. 이어서 기자가 성허로 철거 때 한 부부가 폐허에 매몰된 사실이 있는지를 물었다. 대변인은 단호하게 부인하며 전부 유언비어이고 유언비어 날조자를 법에 따라 검거했다고 말했다. 그런 다음 최근 몇 년 동안 시 정부가 민생 건설에서 보여준 혁혁한 성과를 낱낱이 늘어놓았다.

옆 탁자에서 술을 마시던 남자가 큰 소리로 외쳤다.

"여기요, 채널 좀 바꿔줘요."

종업원이 리모컨을 가져와 채널을 돌리자 대변인이 사라지고 축구 경기가 화면을 메웠다.

남자가 고개를 돌려 내게 말했다.

"저들이 하는 말은 문장부호조차도 믿지 않아요."

나는 살짝 웃고는 고개를 숙인 채 계속 국수를 먹었다. 아버지의 병환이 깊었을 때 아버지를 모시고 이곳에 온 적이 있다. 아래층 구석에 앉아 아버지가 평소가 좋아하시던 음식을 주문했는데 아버지는 몇 입 드시고는 더 드시지 못했다. 조금만 더 드시라고 하니까 순순히 고개를 끄덕이고는 힘겹게 몇 입 더 드셨지만 곧이어 게워내고 말았다. 나는 미안하다고 하며 종업원에게 냅킨을 가져다 달라고 해서 탁자와 바닥에 떨어진 토사물을 깨끗하게 닦았다. 그런 다음 아버지를 부축해 나가면서 음식점 사장에게 사과했다.

"죄송합니다."

그러자 음식점 사장이 가볍게 고개를 흔들며 말했다.

"괜찮습니다. 다음에 또 오세요."

아버지가 말도 없이 사라진 뒤 혼자서 다시 찾아왔을 때였다. 역시 구석에 앉아 서글프게 국수를 먹는데 사장이 내 맞은편에 앉더니 아버지는 어떠시냐고 물었다. 우리를 기억하고 있었다니. 나는 감정이 복받쳐, 아버지가 불치병에 걸린 뒤 내게 누가 될까 봐 혼자서 떠났다고 털어놓았다. 그는 아무 말도 없이 안됐다는 듯 나를 쳐다보기만 했다.

그 뒤 이곳에 와서 값싼 국수를 시켜먹으면, 사장은 늘 과일을 서비스로 주고 의자에 앉아 말을 붙이곤 했다.

사장의 이름은 탄자신으로 아내, 딸 내외와 함께, 위층은 룸이고 아래층은 홀인 이 식당을 운영했다. 사장은 가족이 전부 광둥 출신이라 도시도 낯설고 인맥도 없어서 장사가 힘들다고 내 앞에서 탄식하곤 했다. 식당이 늘 북적이기에 매일 수익이 꽤 나겠다고 생각했는데 그건 내 짐작일 뿐 사장은 하루 종일 고심하느라 인상을 찌푸렸다. 언젠가 한번은, 경찰이나 소방관, 보건과와 공상행정관리소, 세무서 직원 등이 툭하면 찾아와 잔뜩 먹고 마신 다음 돈을 내지 않는다고 말했다. 장부에 달아놓았다가 연말에 민영회사에게 결제하도록 시킨다고 했다. 처음에는 외상값이 7, 80퍼센트 해결되어 괜찮았지만 최근 경기가 나빠지면서 문제가 생겼다고 했다. 회사들이 줄줄이 도산하면서 외상값을 해결해주는 기업이 줄었기 때문이다. 그런데도 그들은 여전히 늘 하던 대로 마음껏 먹고 마셨다. 장사가 잘되는 것처럼 보여도 사실은 적자라고, 또 정부 부처 사람이라면 누구에게든 원한을 사서는 안 된다고 했다.

국수를 다 먹었을 때 어떤 사람이 채널을 돌렸다. 텔레비전 화면에서 또다시 오후의 시위 사건에 대한 보도가 나왔다. 방송국의 한 여기자가 거리에서 행인 몇을 인터뷰했는데 모두 시청을 훼손하는 폭력 행위에 반대한다고 말했다. 그런 다음 한 교수가 등장했다. 내가 다녔던 대학의 법학과 교수인 그는 당당하고 차분하게 오후에 발생한 폭력 사건을 비난한 다음, 민중은 정부를 믿고 정부를 이해하며 정부를 지지해야 한다고 말했다.

'탄가네' 사장 탄자신이 과일을 가져오면서 말을 붙였다.

"한동안 뜸했네요."

내가 고개를 끄덕였다. 내 안색이 어두워서인지 그는 보통 때처럼 앉아서 말을 걸지 않고, 과일 접시를 내려놓은 뒤 그대로 돌아섰다.

나는 얇게 썬 과일을 천천히 먹으면서 누군가 탁자에 두고 간 그날의 신문을 펼쳤다. 대충 몇 페이지를 넘겼을 때, 커다란 사진 한 장이 내 눈길을 붙잡았다. 여전히 아름다운 한 여자의 상반신 사진이었다. 그녀의 눈동자가 신문 위에서 나를 보았다. 나는 속으로 그녀의 이름 '리칭'을 불렀다.

이어서 기사 제목을 읽었다. 리칭이라는 여성 부호가 어제 자기 집 욕조에서 손목을 그어 자살했다는 내용이었다. 그녀는 한 고위 관료의 부정부패 사건에 연루되었는데, 그의 정부라서 참고인 조사에 데려가기 위해 조사관이 찾아갔다가 자살한 것을 발견했다고 했다. 신문의 글자가 총알구멍으로 가득한 벽처럼 새까맣게 내 눈을 틀어막았다. 나는 그 만신창이 같은 글자를 겨우겨우 읽었다. 어떤 글자는 갑자기 이해가 되지 않았다.

그때 식당 주방에서 불이 나 짙은 연기가 뭉게뭉게 피어올랐다. 아래층에서 식사하던 사람이 비명을 지르기에 고개를 들어보니 사람들이 황급하게 뛰어나가는 게 보였다. 탄자신이 입구에서 돈을 내라며 고함을 치는 가운데, 몇몇 손님이 그를 밀치며 바깥으로 달아났다. 탄자신은 계속 고함을 질렀고 그의 아내와 딸 내외가 달려가 함께 문을 막았다. 몇몇 종업원도 가세했다. 손님과 그들이 부딪치면서 욕지거리까지 오가는 것 같았다. 나는 고개를 숙인 채 그 새까만 글자를 계속 읽다가 식당의 소리가 점점 더 커져서 다시 고개를 들었다. 위층 룸에 있던 사람들도 뛰어 내려오고 있었다. 탄자신 가족은 문을 막은 채 돈을 내라고 계속 소리쳤다. 하지만 사람들은 돈을 내는 대신 탄자신 가족을 뚫고 거리로 달아났다. 몇몇 손님은 의자를 가져다 창문을 깨고 도망갔고, 뒤이어 종업원들도 하나둘 창문으로 달아났다.

나는 식당의 난장판에 개의치 않고 계속 신문을 읽으면서 쉴 새 없이 고개만 들어 살펴보았다. 나중에는 연기 때문에 신문의 검은 글씨가 보이지 않았다. 그래서 눈을 비비다가 공상행정관리소나 세무서 유니폼을 입은 사람 몇이 위층 룸에서 뛰어 내려오는 것을 보았다. 그들은 엉망이 된 홀을 지난 뒤 입구를 막고 있는 탄자신 가족에게 호통을 쳤다. 탄자신이 머뭇거리다가 길을 내주자 욕을 퍼부으면서 밖으로 달아났다.

탄자신 가족은 계속 입구를 막고 있었다. 연기 속에서 탄자신이 나를 보며 뭐라고 고함치는 것 같았는데 곧이어 엄청난 굉음이 들렸다.

나는 기억의 끝자락에 도달했다. 아무리 노력해도 그 이후의 광경은 전혀, 눈곱만큼도 떠오르지 않았다. 나를 향한 탄자신의 시선과 뒤이은 엄청난 굉음, 그것이 바로 내가 찾아낸 마지막 순간이었다.

그 마지막 순간, 나의 몸과 마음은 온통 리칭이라는 여자의 자살에 쏠려 있었다. 내 아내였던 여자, 내 아름답고 가슴 아픈 기억. 나의 슬픔은 출발도 하기 전에 이미 도착해 하차하고 말았다.

눈송이가 여전히 흩날리고 안개가 내내 자욱한 곳을 나는 계속 걷고 있었다. 피로감이 걸을수록 더 짙어졌다. 앉고 싶다는 생각이 들고서야 나는 자리에 앉았다. 의자에 앉았는지 바위에 앉았는지 알 수가 없었다. 육중한 화물선이 일렁이는 수면에 떠 있듯 비틀비틀 그곳에 앉았다.

그때 두 눈이 보이지 않는 죽은 자가 지팡이로 공허한 바닥을 두드리며 걸어왔다. 그는 내 앞에서 걸음을 멈추더니 누군가 앉아 있나, 하고 중얼거렸다. 내가 그렇다고, 한 사람이 앉아 있다고 대답했다. 그러자 그가 빈의관에 어떻게 가느냐고 물었다. 내가 예약번호표를 가지고 있느냐고 되묻자 그가 쪽지 하나를 건네주었다. A52라고 적혀 있었다. 잘못 왔다고, 돌아서서 반대편으로 가라고 일러주니 그가 쪽지에 뭐라고 쓰여 있는지 물었다. A52라고 대답했더니 무슨 뜻이냐고 또 물었다. 그래서 빈의관에 가면 번호를 부를 건데 당신 번호가 A52라고 알려주었다. 그는 고개를 끄덕이더니 뒤돌아서 걸어갔다. 지팡이가 반향 없는 바닥을 치며 멀어져간 뒤 나는 그 실명한 죽은 자에게 방향을 잘못 가르쳐준 게 아닌가 의심이 들었다. 나 자신도 헤매고 있었으니까.

낯선 여자의 목소리가 내 이름을 부르고 있었다.

"양페이……"

먼 길을 날아온 듯, 그 부름은 내게 도착해서는 길게 늘어났다가 탄식처럼 떨어졌다. 사방을 둘러보았지만 부름이 어디에서 시작되는지 알 수 없었다. 다만 부러지듯 토막토막 날아오는 것을 느낄 수 있을 뿐이었다.

"……, 양페이……, 양페이……."

어제 있던 그곳에서 깨어난 걸까, 나는 썩어가는 나무 벤치에 앉아 있었다. 처음에는 흔들흔들하는 게 곧 무너질 것 같았지만 조금 지나자 바위처럼 안정감이 느껴졌다. 흩날리는 눈송이 속에서 빗방울이 후드득후드득 떨어졌다. 타원형의 물방울은 부서진 뒤 더 많은 물방울을 튕겨냈다. 그중 일부는 계속 떨어지고, 어떤 것은 눈송이에 녹아들었다.

친숙한 낡은 건물이 진눈깨비 뒤편으로 어렴풋이 보였다. 그 건물의 원룸에 리칭과 나는 우리의 그림자와 숨결을 기록했다. 어둠 속에 이곳까지 걸어온 나는 죽은 듯 고요하게 벤치에 앉아 있었다. 빗물과 눈송이의 떨어짐과 흩날림마저 죽은 듯 고요했다. 적막 속에 앉아 있으니 가물가물 졸음이 몰려와 다시 눈을 감았다. 그러자 예쁘고 똑똑한 리칭이 보였다. 우담바라처럼 반짝했다 사라진 사랑과 우담바라처럼 반짝했다 사라진 결혼 생활이 보였다. 그 세계가 떠나가고 있는데 그 세계 속의 옛일이, 버스에서 내가 처음 리칭을 보았던 광경이 느릿느릿 다가왔다.

내 몸이 다른 승객의 몸과 한데 엉켜 흔들거리고 있을 때 앞에 앉은 사람이 자리에서 일어났다. 잠시 비켜섰던 내가 막 앉으려는 순간, 누군가 재빠르게 내 자리를 꿰차고 앉아버렸다. 나는 기회를 포착하는 엄청난 속도에 놀란 다음, 곧이어 그녀의 아름다운 모습에 놀랐다. 탄성을 자아내는 미모였다. 그녀가 고개를 살짝 들자 버스 안 남자들의 시선이 그녀의 얼굴에서 떠날 줄을 몰랐다. 하지만 그녀는 무슨 생각에 빠진 듯, 건방지다 싶을 만큼 도도한 표정을 지을 뿐이었다. 나는 속으로 내 자리를 빼앗고도 눈길 한번 안 주다니, 하고 생각했다. 그러나 붐비고 시끄러운 출근길에서 그녀의 뽀얀 피부와 아름다운 이목구비를 수시로 감상할 수 있어서 나름대로 무척 즐거웠다. 다섯 정거장쯤 지난 뒤 나는 문 쪽으로 비집고 나갔다. 버스가 서고 문이 열리자 내리려는 사람들이 한데 뒤엉켜 나는 강제로 떠밀리듯 차에서 내렸다. 그리고 나서 인도를 걸어가는데 갑자기 가벼운 바람이 이는 듯하더니 그녀가 잰걸음으로 내 옆을 지나갔다. 나는 뒤에서 그녀의 치마가 나풀거리는 모습을 지켜보았다. 성큼성큼 걸으며 팔을 크게 흔드는데도 우아하고 매혹적이었다. 그녀를 뒤따라 한 빌딩으로 들어갔다. 그녀가 빠른 걸음으로 올라탄 엘리베이터를 나는 놓치고 말았다. 엘리베이터 문이 닫힐 때 그녀의 눈을 보았지만 그녀는 엘리베이터 바깥을 바라보면서도 나를 보지는 않았다.

곧이어 그녀가 같은 회사 직원이라는 것을 발견했다. 내가 일을 시작한 지 얼마 되지 않아서 몰랐을 뿐. 회사에서 나는 눈에 띄지 않는 직원이었지만 그녀는 뛰어난 미모와 지성을 겸비한 스타였다. 사장이 비즈니스 만찬에 항상 그녀를 대동했기 때문에 그녀는 비즈니스 협상 경력도 풍부했다. 사실 비즈니스 만찬의 최고 화제는 여자이고 사업은 부수적으로 지나가듯 거론될 뿐이었다. 그러다 보니 그녀는 여자 이야기가 성공한 남자들을 의기투합하게 만든다는 사실을 깨달았다. 몇 시간 전에 알았든 방금 알았든, 남자들은 몇 시간 만에 막역한 사이가 되고 사업상의 협력 또한 그로 인해 자연스럽게 성사되었다. 소문에 의하면, 술자리에서 그녀는 대범하면서도 교묘하게 처신해 그녀를 노리는 성공한 남자들이 거절을 당하고도 바보같이 껄껄 웃는다고 했다. 또 주량이 어찌나 센지 쉬지 않고 건배해 손님들을 전부 탁자 밑으로 쓰러뜨릴 수 있다고도 했다. 그런데도 고주망태가 된 손님들은 다시 한 번 리칭과 대적해 고주망태가 되기를 원해서 다음 만찬을 약속할 때면 늘 사장에게 "리칭을 꼭 데려오게" 하고 당부한다고 했다.

회사 여직원들은 그녀를 질투했다. 그래서 점심시간에 삼삼오오 창가에 모여 식사할 때면 번번이 실패로 끝나는 그녀의 연애사에 대해 수근거리곤 했다. 그녀의 상대는 전부 시 지도층 자제였고, 진짜인지 가짜인지 알 수 없는 연애사는 바통을 넘기듯 사람들 사이에서 퍼져나갔다. 때때로 리칭은 쑥덕거리는 여직원들 옆을 지나다가 화제의 주인공이 지도층 자제에게 차인 자기라는 것을 발견하기도 했다. 하지만 그녀는 아무렇지 않게 미소를 보냈다. 마치 여직원들의 쓸데없는 뒷말이 자신에게는 우산도 필요 없는 포슬포슬한 빗방울에 불과하다는 듯. 사실 그녀가 그렇게 당당할 수 있었던 것은 차인 게 아니라 차버렸기 때문이다. 하지만 그녀는 회사에 친구가 하나도 없었기 때문에 다른 사람들에게 그 사실을 설명한 적이 한 번도 없었다. 겉으로는 회사 모든 사람과 친해 보였지만 사실은 늘 외톨이였다.

수많은 남자들이 그녀와 사귀고 싶어서 꽃이며 선물을 보냈다. 그녀는 한꺼번에 몇 개씩 받을 때도 있었지만 언제나 웃으며 예의 바르게 거절했다. 그런데 회사의 한 남자가 1년도 넘게 꽃과 선물을 거절당하고도 도저히 포기할 수 없었는지 배수진을 치듯 구애를 했다. 퇴근 시간에 회사 사람들이 엘리베이터로 속속 모여들 때 장미꽃 한 다발을 들고 공개적으로 무릎을 꿇은 것이다. 갑작스러운 광경에 우리는 모두 말문이 막혔다. 그러다 정신을 차리고 그의 용감한 행동에 환호하며 박수를 칠 때 그녀가 미소 지으며 말했다.

"구애하느라 무릎을 꿇으면 결혼한 뒤에는 항상 무릎을 꿇어야 할 거예요."

"당신을 위해서라면 기꺼이 평생토록 무릎을 꿇겠어요."

"좋아요. 당신은 여기에서 평생 무릎 꿇고 있어요. 나는 평생 결혼하지 않을 테니."

그렇게 말하면서 그녀는 무릎 꿇은 그를 빙 돌아 엘리베이터에 탔다. 엘리베이터 문이 닫힐 때, 그녀가 미소 띤 얼굴로 바깥을 바라보던 바로 그 순간, 그녀의 눈이 나를 보았다. 그녀가 나의 불안한 눈빛을 보았다. 그녀의 냉혹함, 어쩌면 냉정함에 나는 살짝 전율이 일었다.

분위기와 어울리지 않게 된 환호와 박수가 천천히 사그라졌다. 무릎을 꿇은 남자가 겸연쩍게 우리를 보며 계속 꿇고 있어야 하는지, 얼른 일어나 가야 하는지 갈피를 잡지 못했다. 그때 이상한 웃음소리가 들렸다. 몇몇 여자가 입을 가린 채 웃고, 몇몇 남자가 서로 눈짓하며 킥킥거리고 있었다. 엘리베이터에 탄 그들은 문이 닫히자 웃음보를 터뜨렸다. 포복절도의 웃음소리가 엘리베이터와 함께 내려갔다. 떨어지는 웃음소리 속에는 기침 소리까지 섞여 있었다.

나는 마지막으로 그곳을 떠났다. 그때까지도 그는 꿇어 앉아 있었다. 뭐라고 얘기하고 싶었지만 대체 무슨 말을 해야 할지 알 수가 없었다. 그가 나를 보았다. 쓴웃음을 지으며 뭔가 말하려는 듯하다가 끝내 아무 말도 하지 않았다. 그가 고개를 숙이더니 장미꽃 다발을 바닥에 내려놓고 무릎을 모았다. 나는 계속 거기 서 있으면 안 될 것 같아서 아무도 없는 엘리베이터에 탔다. 엘리베이터가 아래로 내려가면서 내 마음도 가라앉았다.

다음 날 그가 출근하지 않자 온 사무실이 그가 무릎 꿇은 구애 사건을 이야기하느라 웃음소리로 들썩거렸다. 남녀 할 것 없이 엘리베이터 문이 열렸을 때 그가 아직도 꿇어 앉아 있을까, 궁금해하며 출근했노라고 말했다. 그가 없는 것을 보고는 삶에서 커다란 즐거움이 순식간에 사라져버린 것 같아 안타까웠다고 했다. 오후에 그는 회사를 그만둔 다음 건물 밖에서 친한 동료에게 전화를 걸었다. 그런데 동료는 "나 지금 바빠" 하고 대꾸했다.

동료가 전화기를 내려놓은 뒤 두 손을 휘저으며 큰 소리로 외쳤다.

"그가 사표를 냈대요. 올라오지 못하겠다며 자기 물건을 좀 가져다 달라고 하네요."

한바탕 웃음소리가 지나간 뒤 다른 동료가 그의 전화를 받아 큰 소리로 말했다.

"나 바쁘니까 직접 올라와."

두 번째 동료가 수화기를 내려놓고 그랬다고 말하기도 전에 웃음소리가 다시 한 번 높아졌다. 나는 잠시 망설이다가 자리에서 일어나 그의 책상으로 갔다. 책상 위의 물건을 분류한 다음 서랍 안의 물건을 책상 위에 꺼내놓고 종이상자를 가져다 전부 집어넣었다. 그사이 세 번째 동료에게 전화가 왔고, 나는 세 번째 동료가 대꾸하는 소리를 들었다.

"지금 양페이가 자네 물건을 정리하고 있어."

종이 상자를 들고 빌딩 밖으로 나가자 그가 완전히 피폐해진 모습으로 서 있었다. 상자를 건넬 때 그는 나를 똑바로 쳐다보지 않았다. 그냥 상자만 받고는 고맙다고 말한 뒤 곧장 뒤돌아서 갔다. 고개를 숙인 채 길을 건너 낯선 사람들 속으로 사라지는 그를 보면서 뭔가 말로 표현할 수 없는 기분이 들었다. 그는 회사에서 5년을 일했지만 그에게 회사 동료는 거리의 낯선 사람들과 다를 바가 없었다.

사무실 책상으로 돌아와 앉자 몇몇 사람이 다가와서는 그가 뭐라고 말했는지, 그의 표정은 어땠는지 물었다. 나는 고개도 들지 않고 컴퓨터 모니터만 바라보며 짧게 대꾸했다.

"상자만 받아서 그냥 갔어요."

그날 1천여 제곱미터의 우리 사무실은 희희낙락한 분위기로 들끓었다. 2년 넘게 근무하면서 그렇게 많은 사람들이 동시에 즐거워하는 건 처음 보았다. 그들은 어제 그가 무릎 꿇은 광경을 떠올리면서 예전에 그가 겪었던 재미있는 일화들도 이야기하기 시작했다. 언젠가 공원을 산책하다가 강도를 당했던 얘기도 나왔다. 그날 백주 대낮에 강도 둘이 그에게 다가오더니 근처에 경찰이 있느냐고 물었다. 그가 없다고 하자 강도가 정말로 없느냐고 다시 물었고, 그가 확실히 없다고 하자 목에 칼을 들이대며 당장 지갑을 내놓으라고 했다는 내용이었다. 그들은 한참을 깔깔거렸다. 나 혼자만 웃지 않는 것 같았다. 나는 그들의 대화를 듣고 싶지 않아서 모든 신경을 업무에 집중했다. 두 차례 복사하려고 일어서다가 우연찮게 그녀와 시선이 마주쳤다. 그녀의 자리가 내 대각선 맞은편이기 때문이었다. 나는 얼른 고개를 돌린 다음 다시는 그쪽을 쳐다보지 않았다. 얼마 뒤 남자 몇 명이 그녀에게 다가가 알랑거렸다.

"어쨌든 당신을 위해서라면 무릎 꿇을 만하지요."

그러자 그녀의 차가운 대답이 들렸다.

"그럼 해보시든가요."

한바탕 웃음이 일고 그 남자들이 연거푸 "어떻게 감히요……"
하고 말했다.

그 순간 슬며시 웃음이 났다. 늘 친절하게 말하는 그녀에게서 그
렇게 차가운 언사가 나온 것은 처음이라 통쾌하기까지 했다.

회사 젊은이 가운데 그녀에게 호감을 드러내지 않은 사람은 나
하나뿐이었을 것이다. 때때로 고백하고 싶은 충동도 일고 그게 짝
사랑이라는 것도 알았지만, 자격지심 때문에 그건 불가능한 일이
라고 되뇌기만 했다. 우리 사무실은 책상이 다닥다닥 붙은 편이라
내가 직접 나서서 그녀와 말한 적은 없어도 그녀의 그림자와 숨결
을 가까이에서 느끼며 흐뭇해할 수는 있었다. 그건 속으로만 간직
한 은밀한 즐거움으로 그녀는 물론 그 누구도 알지 못했다. 그녀는
홍보부이고 나는 마케팅부라서 그녀는 가끔씩 업무상의 문제를 물
어보러 오곤 했다. 그럴 때 나는 일상적인 시선으로 바라보면서 그
녀의 말에 귀 기울이고 대답했지만, 그녀의 미모를 자연스럽게 감
상할 수 있는 그 순간을 무척 즐겼다. 그런데 그녀가 무릎 꿇은 사
람을 냉혹하다 싶을 만큼 심하게 대한 뒤로는 왜인지 그녀의 눈을

더 이상 바라볼 엄두가 나지 않았다. 그렇지만 그녀는 전보다 훨씬 더 자주 찾아와 공적인 질문을 했다. 그럴 때마다 나는 고개를 숙인 채 대답했다.

며칠 뒤 조금 늦게 퇴근할 때였다. 위의 경영진 층에서 타고 내려왔는지 엘리베이터 문이 열리자 그녀가 혼자 타고 있었다. 내가 탈지 말지 고민하고 있을 때 그녀가 열림 버튼을 누르며 말했다.

"타요."

그래서 엘리베이터에 올랐다. 그녀와 단둘이 있는 건 그때가 처음이었다.

"그는 어땠어요?"

그녀의 질문에 처음에는 어리둥절했지만 곧 무릎 꿇었던 남자에 대한 질문이라는 걸 알아차렸다.

"무척 피곤해 보였어요. 밤새 거리를 걸어 다닌 것 같더군요."

나는 그녀의 깊은 한숨 소리를 들었다. 그녀가 말했다.

"그 사람 때문에 정말 난처했어요."

"그 자신도 난처했겠지요."

엘리베이터가 내려가면서 하나씩 하나씩 불이 켜지는 숫자를 바라보는데 그녀가 갑자기 물었다.

"내가 심했다고 생각해요?"

나는 그녀가 좀 심했다고 생각했지만 그녀의 목소리에서 묻어나는 쓸쓸함 때문에 갑자기 마음이 짠해졌다.

"당신은 참 외로워 보여요. 친구가 없는 것 같아요."

그렇게 말하고 나자 내 눈이 촉촉해졌다. 항상 그녀는 나와 아무 관련이 없는 사람이라고 되뇌었으니 깊은 밤에 그녀를 떠올릴 일은 없겠지만, 그 순간에는 갑자기 그녀 때문에 가슴이 아팠다. 그녀가 손으로 내 팔을 건드려 내려다보니 티슈 한 통을 건네고 있었다. 나는 한 장을 뽑은 뒤 그녀를 쳐다보지 않고 되돌려주었다.

그 이후에도 우리는 똑같은 나날을 보냈다. 각자 출퇴근하고 그녀는 종종 업무에 관해 물으러 왔으며, 나는 여전히 일상적인 시선으로 그녀를 보고 그녀의 말을 듣고 그녀의 질문에 답했다. 그 이외에는 별다른 왕래가 없었다. 아침에 출근해 우연히 마주치면 그녀의 눈에 반가운 기색이 스쳤지만 그렇다고 엘리베이터에서의 작은 사건으로 헛된 꿈을 꾸지는 않았다. 그 작은 사건으로 친밀한 동료가 되었다고 생각할 뿐이었다. 출근하면 그녀를 만날 수 있다는 것만으로도 나는 이미 만족스러웠다. 그녀가 날 사랑하게 되었다고는 전혀 생각하지 않았다.

당시 아가씨들은 지도층 자제와 결혼하는 것을 자랑스럽게 생각했지만 그녀는 달랐다. 그녀는 그 귀한 집 자식들이 평생을 함께할 배우자는 될 수 없다는 걸 한눈에 알아차렸다. 회사 사장과 참석한 비즈니스 만찬에서 성공한 뒤 아내를 저버리고 온갖 감언이설로 다른 여자를 유혹하는 남자를 수도 없이 보았던 것이다. 그러한 경험 때문일까? 그때 그녀는 배우자에 대한 기준을 충실하고 믿음직한 남자로 정해놓고 있었다. 그리고 우연히도 나는 그러한 사람이었다.

감정에 관한 한 나는 문과 창문이 꼭 닫힌 집처럼 답답하고 둔했다. 사랑이 문 앞을 왔다 갔다 하면서 내는 발걸음 소리를 분명히 들으면서도 그게 지나가는 행인의 발걸음, 다른 사람을 향한 발걸음이라고만 생각했다. 그러던 어느 날 그 발걸음이 멈춘 다음 현관의 벨을 눌렀다.

어느 봄날의 저녁이었다. 일을 다 끝내지 못해 텅 빈 회사에서 야근을 하고 있을 때 그녀가 다가왔다. 대리석 바닥을 두드리는 하이힐 소리가 내 곁으로 다가오는 걸 듣고 고개를 들자 그녀의 미소가 보였다.

"이상하죠. 어젯밤 꿈에서 내가 당신과 결혼한 거 있죠."

나는 어안이 벙벙해졌다. 어떻게 가능하겠는가? 내가 한마디도 못 하자 그녀가 나를 보며 의미심장하게 말했다.

"정말 이상하죠."

그러더니 돌아서서 걸어갔다. 또각거리는 하이힐 소리가 내 심장 소리처럼 쿵쿵 울렸다. 하이힐 소리가 사라진 뒤에도 내 심장의 쿵쿵거림은 한동안 멈추지 않았다.

나는 터무니없는 생각에 빠져 그 뒤 며칠 동안을 넋이 나간 채로 지냈다. 밤이 깊어 고요해지면 그 말을 하던 그녀의 표정과 어투를 하나하나 떠올리면서 혹시 나한테 마음이 있는 건 아닐까 조심스럽게 추측해봤다. 밤이고 낮이고 온통 그 생각에 사로잡힌 탓인지 어느 밤 나도 그녀와 결혼하는 꿈을 꾸었다. 떠들썩한 결혼이 아니라 우리 두 사람이 손을 잡고 동사무소에 가서 혼인신고를 하는 꿈이었다. 다음 날 회사에서 그녀를 보았을 때 갑자기 내 얼굴이 귀 밑까지 새빨개졌다. 그녀가 예리한 눈으로 그것을 발견하고는 옆에 아무도 없을 때 물었다.

"왜 나를 보고 얼굴이 빨개져요?"

그녀의 눈빛이 얼마나 매서운지 나는 시선을 피하며 떨리는 목소리로 대답했다.

"어젯밤에 당신과 혼인신고 하는 꿈을 꾸었거든요."

그러자 그녀가 빙그레 웃으며 나직이 말했다.

"퇴근하면 회사 건너편에서 기다려요."

무척 긴 하루였다. 내 청춘의 세월만큼 긴 것 같았다. 도무지 일에 집중할 수가 없고 동료와 대화하면서는 엉뚱한 대답을 하기 일쑤였다. 벽에 걸린 시계가 갈수록 느려지는 것 같았고, 숨 쉬기도 점점 어려워지는 것 같았다. 그 미루적미루적하는 시간을 힘겹게 보낸 뒤 마침내 퇴근 시간이 되었지만, 회사 맞은편 거리에 섰을 때 나는 여전히 숨 쉬기가 힘들었다. 그녀가 정말로 야근을 하는 건지, 일부러 시간을 끌며 나를 시험하는 건지도 모르는 채로 나는 날이 컴컴해질 때까지 기다렸다. 마침내 회사 문을 나온 그녀가 잠시 계단에 서서 사방을 둘러보다가 나를 발견하고는 계단을 뛰어 내려왔다. 그러고는 자동차를 피해 길을 건너서 내 앞까지 뛰어와 웃으며 말했다.

"배고프죠? 내가 쏠게요."

그런 다음 첫 데이트가 아니라 오랜 연인처럼 다정하게 팔짱을 꼈다. 나는 깜짝 놀랐지만 금세 행복감에 파묻혀버렸다.

그 뒤 며칠 동안 이게 꿈인지 생시인지 스스로에게 묻곤 했다. 우리는 매일 아침 버스 정류장에서 만나 함께 버스를 타고 출근하기로 약속했다. 나는 항상 한 시간도 더 전에 나가 그녀가 올 때까지 안절부절못하며 기다렸다. 손을 휘저으며 빠르게 걷는 그녀의 우아하면서도 매혹적인 모습을 보고 나서야 안심하고 꿈이 아니라 생시라는 것을 믿을 수 있었다.

우리가 함께 출근하고 퇴근한 지 열흘이 넘도록 회사 동료들은 우리의 연애를 알아차리지 못했다. 아마 이전의 나처럼 불가능한 일이라고 생각했을 것이다. 한번은 퇴근 시간이 지나고 업무도 끝났지만 그녀의 업무가 끝나지 않아서 내가 자리에 앉아 기다리고 있었다.

그때 한 동료가 지나가면서 물었다.

"왜 안 가?"

"리칭 기다려."

동료의 얼굴에 내가 곧 누군가의 전철을 밟게 되리라고 비웃는 듯한 기묘한 웃음이 떠올랐다. 그러던 또 어느 날, 그녀는 일이 끝났는데 내가 끝나지 않아 그녀가 내 옆에 앉아 기다리고 있었다.

그때는 동료의 표정이 달랐다. 그가 놀라움이 가득한 얼굴로 그녀에게 물었다.

"왜 안 가요?"

"양페이 기다려요."

그 뒤 우리가 사귄다는 소문으로 회사가 떠들썩해졌다. 남자들은 리칭이 시 지도층 자제를 마다하고 나를 좋아하는 것은 수박을 버리고 참깨를 줍는 어리석은 일이라며 이해하지 못했다. 그들은 자기들이 나보다 못한 게 없다고 분개하면서 꽃을 소똥에 꽂았다느니, 두꺼비가 백조 고기를 먹었다느니 하며 뒤에서 쑥덕거렸다. 한편 여자들은 뭔가 고소해하는 분위기였다. 그들은 나를 보며 의미심장하게 웃고는 상대를 고를 때 너무 까다롭게 굴지 말고 웬만하면 받아들이라고, 리칭을 좀 보라고, 그렇게 고르더니 결국 싸구려를 갖지 않았느냐고 서로 충고했다.

우리는 우리의 사랑에 푹 빠져 우리를 겨냥한 이런저런 말들에,

그녀의 표현을 빌리자면 그러거나 말거나 했다. 하지만 그녀도 화를 낼 때가 있었다. 나를 보고 소똥이니 두꺼비니 싸구려니 할 때는 웃기고 있네, 하며 욕을 했다.

그녀가 내 얼굴을 가만히 들여다보며 말했다.

"정말 멋져."

그러면 나는 겸연쩍어하며 대꾸했다.

"싸구려라는 말이 맞아."

"아니야, 당신은 착하고 성실하고 믿음직해요."

우리는 손을 잡고 밤거리를 거닐다가 공원의 한적한 의자에 오랫동안 앉아 있곤 했다. 그녀가 피곤해져 내 어깨에 머리를 기대면 나는 팔로 그녀의 어깨를 감쌌다. 그곳에서 처음으로 그녀에게 키스하고 그녀도 처음으로 내게 키스했다. 그 뒤 우리는 자주 그녀의 작은 셋집에 갔고, 그녀는 자신의 연약한 모습을 내게 마음 편히 드러내며 사장과 비즈니스 만찬에 다니는 어려움을 토로했다. 성공한 남자들의 음흉한 눈빛과 저질스런 말들, 그리고 속으로 그들을 혐오하면서도 웃는 얼굴로 계속 건배를 하고, 화장실에 가서 토하고, 토한 다음 다시 건배하는 일까지 전부 이야기했다. 또한 시 지도층 자제와 연애했다는 것은 소문일 뿐이라고, 그동안 사장 소개로 세 명을 만났는데 세 사람이 각기 다르게 도련님 티를 냈다고 했다. 첫 번째 남자는 거들먹거리며 자랑을 늘어놓았고, 두 번째는

64

괴상야릇한 시선을 던졌으며, 세 번째는 만나자마자 집적대기에 웃으면서 거부했더니 내숭떨지 말라고 비웃었다고 했다. 그녀의 부모님은 먼 타향에 있었다. 그녀는 속상한 일이 있을 때마다 하소 연하려다가도 막상 통화할 때는 억지로 웃으면서 잘 지내니까 걱 정 말라고 부모님을 안심을 시키게 된다고 했다.

그녀의 말에 가슴이 아팠던 나는 두 손으로 그녀의 얼굴을 받쳐 들었다. 그리고 간질간질 눈에 입을 맞추며 그녀를 웃겼다. 그녀는 진즉부터 나를 살펴보다가, 내가 근면한 사람인 걸 알아봤다고 했 다. 그러더니 게으르고 약삭빠른 동료가 툭하면 내 실적을 가로채 자기 것인 양 보고해도 내가 문제시하지 않더라는 이야기를 했다. 나는 몇 번인가 정말로 화가 나서 따지려고 했지만 도무지 입이 떨 어지지 않더라고 알려주었다.

"가끔 나도 약해빠진 내가 정말 싫어요."

그러자 그녀가 사랑이 가득한 손길로 내 얼굴을 쓰다듬으며 물 었다.

"나한테 강압적으로 굴지 않을 거죠?"

"그럴 일은 절대 없어요."

그녀가 계속 이야기했다. 회사의 젊은 남자들이 각자 나름대로 사랑을 고백할 때 나는 자신에게 무관심해 보여서 조금 궁금했다 고, 그래서 업무에 관해 물어볼 때 내 눈빛을 관찰했는데 다른 남자들이 자신을 보는 눈빛과 달랐다고, 정말 그냥 순수하게 호의적인 눈빛이었다고 했다. 그리고 나중에 그 남자가 무릎을 꿇은 사건이 일어났을 즈음 나에게 호감이 생겨 모두가 그를 비웃을 때 내가 그의 물건을 정리해 가져다주는 것을 몰래 지켜봤다고 했다. 그런 다음 잠시 말을 끊었다가 가만가만한 목소리로, 바깥에서는 갈수록 당당해지지만 저녁에 집으로 돌아오면 점점 더 외롭고 쓸쓸해져, 그럴 때마다 사랑하는 사람이 옆에 있으면 좋겠다고 간절히 바랐다고 말했다. 엘리베이터에서 내 눈이 촉촉해진 그 순간 그녀는 누군가에게 사랑받고 있다는 따뜻함을 느꼈고, 그 뒤 며칠 동안 내가 자신 옆에 있어줄 사람이라는 생각이 강해졌다고 했다.

그런 다음 그녀가 내 코를 살짝 비틀며 물었다.

"왜 내게 고백하지 않았어요?"

"그런 야심이 없었거든요."

1년 뒤 우리는 결혼했다. 아버지의 숙소가 너무 작아서 우리는 그 원룸을 세내어 신방을 차렸다. 아버지는 내가 예쁘고 똑똑한 아가씨를 맞았다며 무척 기뻐하셨다. 그녀는 주말에 아버지를 모셔와 함께 보내는 등 아버지에게도 아주 잘했다. 둘이서 모시러 갈 때마다 버스에 오르면 그녀는 재빨리 아버지를 위해 자리를 잡곤 했다. 그 모습을 볼 때마다 처음 그녀를 만났던 순간이 생각나 웃었지만 그 이야기를 한 적은 없었다. 설날에는 기차를 타고 그녀의 부모님을 찾아뵈었다. 국영 공장에서 일하시는 순박하고 선량한 분들로 딸이 믿음직하고 착실한 남자에게 시집갔다며 좋아하셨다.

결혼 생활은 조용하고 행복했다. 다만 그녀가 여전히 사장과 함께 고객을 응대해야 해서 어두워진 집에서 나 혼자 기다려야 할 때가 많았다. 그녀는 늘 아주 늦게 녹초가 되어 돌아오곤 했다. 그리고 술 냄새를 풀풀 풍기며 두 팔을 벌려 나를 안고 머리를 내 가슴에 기대 잠시 쉰 다음 침대에 누웠다. 그녀는 접대하는 일에 진저리를 쳤지만 그때 이미 홍보부 차장이 되어 나가지 않을 수가 없었다. 그녀는 차장이라는 직위를, 그녀 표현에 따르면 술 상무에 불과하다며 탐탁지 않게 여겼다. 언젠가 그녀는 미모란 여자의 통행증과 같지만 자신의 통행증은 줄곧 회사가 이용했지, 정작 자신은 한 번도 이용한 적이 없다고 말했다.

2년여를 안정적인 궤도 안에서 생활한 뒤 우리는 집을 살 계획을 세우고, 아이가 생기면 접대를 피할 구실이 된다며 아이를 낳기로 결정했다. 하지만 그녀가 피임약을 끊었을 때 우리 삶의 궤도에 장애물이 등장했다. 그녀는 출장을 갔다가 자신이 어떤 사람인지 명확히 인식하고, 또 내가 어떤 사람인지를 깨닫게 되었다. 그녀는 자신의 운명을 충분히 바꿀 수 있는 사람이지만 나는 내 운명에 순응하기만 할 사람이었다.

그녀가 비행기에 탔을 때 미국에서 유학을 마치고 돌아오는 박사가 옆자리에 앉았다. 얼마 전에 사업을 시작한 그 남자는 그녀보다 열 살이 많았고 아내와 아이가 있었다. 두어 시간의 비행 동안 그는 열정적으로 자기 사업의 원대한 구상을 설명했다. 내 생각으로는 그녀의 미모에 반한 그가 주저리주저리 많은 말을 쏟아냈던 것 같다. 회사 사장을 따라 수많은 비즈니스 만찬에 참석했던 그녀는 그 경험 덕분에 유익한 조언을 많이 할 수 있었다. 그는 그녀의 미모에 반한 뒤 그녀의 꼼꼼함과 예리함에 경탄하고, 결국 비행기에서 "나와 함께 일합시다"라고 제안하기에 이르렀다.

비행기에서 내린 뒤에도 그는 자신이 예약한 호텔이 아니라 그녀가 묵는 호텔에 묵으면서 계속 도와달라고 부탁했다. 그는 그럴싸한 이유를 댔지만 나는 그녀의 미모가 더 큰 이유였다고 생각한다. 두 사람은 낮 동안 각자 자기 일을 한 뒤 저녁에 다시 호텔 바에서 만나 창업의 어려움에 대해 이야기를 나눴고, 그녀는 계속 조언해주었다. 또한 새로운 아이디어를 제시했을 뿐만 아니라 중국에서 일할 때의 규칙들, 예를 들어 정부 부처 관리와 인맥을 쌓는 방식이나 그들에게 이익을 안겨주는 방법 등도 알려주었다. 그는 미국에서 몇 년 동안 유학했기 때문에 중국의 수많은 관행을 이해하지 못했다. 헤어질 때 그는 함께 일하고 싶다는 소망을 다시 한 번 피력했다. 그녀는 대답 대신 웃으면서 집 전화번호를 알려주었다.

그때 그녀의 마음에 변화가 찾아왔다. 우리 회사 사장은 그녀가 예쁘고 똑똑하다는 것만 알았지, 능력과 함께 야심까지 품은 줄은 몰랐다. 그녀는 비행기에서 만난 남자가 자신을 진정으로 이해한 다고 느꼈다.

집에 돌아온 뒤 잠시 아이를 미루자며 그녀가 다시 피임약을 먹었다. 그리고 매일 저녁 전화가 왔다. 두 사람의 통화는 한 시간 넘게, 때로는 두세 시간씩 지속되곤 했다. 처음에는 언제나 내가 나서서 전화를 받았지만 나중에는 전화벨이 울려도 내버려두었다. 그녀는 회사 업무에 관해서만 이야기했다. 그가 질문하면 그녀가 생각한 뒤 답하는 식이었다. 하지만 얼마 뒤부터 주로 듣기만 할 뿐 거의 말하지 않았다. 전화를 끊은 뒤에는 깊은 생각에 빠졌다가 얼마 후에야 내가 옆에 있는 것을 의식하고 애써 미소를 지었다. 그들의 대화에 변화가 생겼다는 것을 감지할 수 있었다. 아무 말도 하지 않았지만 무척 서글펐다.

6개월 뒤 그가 우리 도시를 찾아왔을 때 그는 이혼 수속까지 끝낸 상태였다. 그녀는 저녁 식사를 마친 뒤 그가 묵는 호텔에 갔다. 집을 나서기 전에 그에게 간다고 말했다. 나는 밤새 소파에 앉아 있었다. 머릿속이 하얘지고 모든 생각이 죽어버린 것 같았다. 날이 밝아서야 돌아온 그녀는 내가 잠들었으려니 하며 조심스럽게 문을 열었다가 소파에 앉아 있는 것을 보고 화들짝 놀랐다. 그녀가 쭈뼛 거리며 다가와 내 옆에 앉았다.

항상 자신감이 넘쳤던 그녀가 처음으로 위축된 모습을 보인 순간이었다. 그녀가 불안하게 고개를 숙인 채 떨리는 목소리로 그 사람이 이혼했다고, 자신을 위해 이혼한 거라고, 그와 잘 통하니 함께 있고 싶다고 말했다. 나는 아무 말도 하지 않았다. 그녀가 다시 한 번 그가 자신을 위해 이혼한 거라고 말했다. 그녀의 말에 힘이 실린 것을 느끼면서 어떤 남자든 그녀를 위해서라면 기꺼이 이혼할 거라고 생각했다. 나는 계속 아무 말도 하지 않았지만 이미 그녀를 잃었다는 걸 알고 있었다. 나와 함께라면 편안하고 평범한 삶을 살 뿐이지만 그와 함께라면 멋지게 사업을 하며 살 수 있다는 것을 잘 알았다. 사실 나는 6개월 전에 이미 그녀가 떠나리라는 걸 어렴풋하게 예감했고 6개월 동안 그 예감이 더욱 강해지는 것을 느꼈다. 그리고 그 순간 예감은 현실이 되었다.

그녀가 숨을 깊게 들이쉰 다음 말했다.

"우리 이혼해요."

"그래."

말을 내뱉자 눈물이 걷잡을 수 없게 흘러내렸다. 헤어지기 싫었지만 붙잡을 능력이 없었다. 그녀가 고개를 들었다가 내가 우는 것을 보고 따라 울기 시작했다. 그녀는 손으로 눈물을 훔치며 말했다.

"미안해요. 미안해……."

내가 눈가를 닦으며 말했다.

"미안하다고 하지 마요."

그날 오전 우리 둘은 평소처럼 함께 회사에 갔다. 나는 휴가를 내고 그녀는 사직서를 제출한 다음, 함께 동사무소에 가서 이혼 수속을 밟았다. 짐을 챙기러 그녀가 먼저 돌아간 뒤 나는 은행에서 둘이 함께 저축한 6만 위안 남짓한 돈을 모두 인출했다. 집을 사려던 돈이었다. 집으로 돌아와 돈을 건네자 그녀가 잠시 망설이더니 2만 위안만 가져갔다. 내가 고개를 저으며 다 가져가라고 하자 그녀는 2만 위안이면 충분하다고 했다. 다 가져가야 안심이 된다고 했더니 그녀가 고개를 숙인 채 걱정하지 말라고, 자기 능력을 알지 않느냐며 다 잘할 수 있다고 말했다. 그녀는 2만 위안만 가방에 넣고 나머지 4만여 위안은 탁자에 놓았다. 그러고는 우리가 함께했던 집을 애틋하게 둘러보며 집에게 말했다.

"나 간다."

그녀를 도와 커다란 여행 가방 두 개에 옷을 정리해 넣었다. 그러고는 가방을 들고 길가로 배웅을 나갔다. 먼저 그가 묵는 호텔에 들러 둘이 함께 공항으로 간다는 걸 알았기 때문에 택시를 잡아 트렁크에 가방을 실었다. 헤어질 순간이 되었다. 그녀에게 손을 흔들자 그녀가 나를 꼭 안으며 말했다.

"여전히 당신을 사랑해."

"나는 영원히 당신을 사랑해."

그러자 그녀가 울면서 말했다.

"편지도 쓰고 전화도 할게."

"편지도 전화도 하지 마." 내가 말했다. "그럼 많이 힘들 거야."

택시에 올라 떠나갈 때 그녀는 나를 보지 않고 눈물만 닦았다. 그렇게 떠나갔다. 그렇게 운명으로 정해진 자기 삶의 길에 올랐다.

아버지에게 나의 갑작스러운 이혼은 청천벽력과 같았다. 깜짝 놀란 얼굴로 나를 바라보는 아버지에게 간단하게 이유를 설명했다. 그녀와의 결혼 자체가 한바탕 오해에 불과했다고, 애당초 분에 넘치는 여자였다고 말했다. 아버지는 고개를 가로저으며 내 말을 받아들이지 않았다. 그리고 무척 상심한 얼굴로 말했다.

"좋은 아가씨라고 생각했는데 잘못 봤구나."

아버지의 동료인 하오창성 아저씨와 리웨전 아줌마 부부는 나를 당신들 자식이라고 여겨왔기 때문에 내 이혼 소식에 아버지와 똑같이 경악했다. 하오 아저씨는 그가 사기꾼이라고 단정하며 나중에 그녀를 차버릴 거라고, 그녀는 도무지 무엇이 좋고 무엇이 나쁜지를 구분할 줄 모른다고, 나중에 분명히 후회할 거라고 말했다. 똑똑하고 예쁜 데다 이해심이 많다며 그렇게 그녀를 좋아했던 리 아줌마도 그녀를 속물이라고 규정한 뒤, 이놈의 사회에서는 가난은 죄가 돼도 헤픈 건 죄가 되지 않기 때문에 약삭빠른 여자가 많아지는 거라고 개탄했다. 그러고는 그녀보다 좋은 아가씨가 세상에 널렸고, 자기가 아는 사람만 해도 한 무더기라며 위로했다. 실제로 아줌마는 여러 명을 소개해줬지만 성공하지는 못했다. 대부분 나 때문이었다. 함께 사는 동안 그녀가 자신만 바라보도록 나를 바꿔놓았기 때문이다. 아가씨들과 만나는 내내 나는 끊임없이 그녀와 비교했고 결국 실망감에서 헤어 나올 수가 없었다.

나중에 텔레비전에서 그녀의 인터뷰를 보고, 신문과 잡지에서 그녀에 대한 기사도 읽었다. 그녀는 익숙하면서도 낯설었다. 웃음과 행동은 낯익었지만 말하는 내용이나 어조는 낯설었다. 그녀가 회사의 주인공이고 남편은 조연에 불과한 것처럼도 보였다. 그녀를 보면서 무척 기뻤다. 텔레비전과 잡지 속 그녀가 아직도 그렇게 예쁘다는 것과 통행증을 마침내 스스로 사용하게 되었다는 것이 참 기뻤다. 그런 다음 나 자신 때문에 슬펐다. 나와 함께한 3년이 그녀의 인생에서는 잘못된 길인 것 같아서, 나를 떠난 뒤에야 올바른 길에 들어선 것 같아서 슬펐다.

모든 것이 사라진 듯한 적막 속에서 다시 한 번 낯선 여인의 "양페이……" 하는 소리가 들려왔다.

나는 눈을 뜨고 사방을 둘러보았다. 진눈깨비가 잦아들고 리칭처럼 생긴 여자가 왼쪽에서 걸어왔다. 나이트가운을 걸쳤는데 가까이 왔을 때 보니 물방울이 뚝뚝 떨어지고 있었다. 내 앞까지 다가온 그녀가 내 얼굴을 자세히 살피고, 또 내 잠옷을 자세히 살펴다가 색이 바랜 두 글자 '리칭'을 발견했다. 그런 다음 묻는 것처럼 내 이름을 불렀다.

"양페이?"

그녀가 리칭이라고 느꼈지만 목소리가 너무 낯설었다. 나는 벤치에 앉은 채로 아무 말 없이 그녀를 바라보았다. 그녀가 이상한 표정을 지으며 물었다.

"이건 양페이 잠옷인데, 당신은 누구죠?"

"내가 양페이예요."

그녀가 당혹해하며 비틀린 내 얼굴을 바라보았다.

"양페이 같지 않은데."

얼굴을 더듬어보니 왼쪽 눈이 광대뼈까지 튀어나오고 코는 코 옆에, 턱은 턱 아래에 있었다.

"얼굴 단장하는 걸 깜빡했어요."

내가 말하자 그녀가 두 손을 뻗어 바깥으로 떨어져 나온 눈동자를 조심조심 눈구멍에 밀어 넣고 옆으로 누운 코를 원래 위치로 옮긴 뒤 턱 아래로 늘어진 턱을 철컥, 하며 위로 밀었다.

그런 다음 한 발자국 물러나 자세히 살펴보며 말했다.

"이제야 양페이 같네요."

"내가 바로 양페이예요. 당신은 리칭같이 생겼네요."

"내가 바로 리칭이에요."

우리는 동시에 미소 지었다. 익숙한 웃음으로 서로를 알아볼 수 있었다.

"리칭이군요." 내가 말했다.

"당신은 정말 양페이로군요."

"당신 목소리가 달라졌어요." 내가 말했다.

"당신 목소리도 달라졌어요." 그녀가 말했다.

우리는 서로를 바라보았다.

"지금 목소리는 모르는 사람 같아요." 내가 말했다.

"당신 목소리도 낯설어요."

"정말 이상하지. 당신 목소리를 얼마나 잘 아는데. 심지어 당신 숨소리까지 다 아는데."

"나도 이상해요. 당신 목소리를 알아야 하는데……." 그녀가 잠시 말을 끊었다가 웃었다. "당신 코 고는 소리도 익숙하고."

그녀가 몸을 살짝 기울여 내 잠옷을 어루만지다 옷깃 부근을 쓰다듬으며 말했다.

"옷깃이 아직 멀쩡하네."

"당신이 떠난 뒤에 입은 적이 없으니까."

"지금은 입고 있잖아요?"

"지금은 염의로 입은 거예요."

"염의?"

그녀는 이해할 수 없다는 표정이었다.

"당신 잠옷은?" 내가 물었다.

"나도 다시는 안 입었어요." 그녀가 말했다. "어디 있는지도 모르고."

"당신은 다시 입으면 안 되지. 내 이름이 새겨져 있잖아."

"그렇죠. 나는 그 사람과 결혼했으니까."

그녀의 말에 내가 고개를 끄덕였다.

"조금 아쉽네." 그녀가 장난기 어린 웃음을 지으며 말했다. "그걸 입고서 그 사람이 어떤 표정을 짓는지 봤어야 했는데."

그런 다음 침울해져서 말했다.

"양페이, 당신한테 작별 인사 하러 왔어요."

나는 그녀의 가운에서 계속 물이 떨어지는 것을 보고 물었다.

"그 가운을 입은 채로 욕조에 누웠던 거예요?"

그녀가 익숙한 눈빛을 반짝이며 물었다.

"내 얘기 알고 있어요?"

"알지."

"언제 알았는데?"

"어제." 나는 잠시 생각하고 다시 말했다. "어쩌면 그제."

그녀가 나를 자세히 보면서 뭔가 깨달은 듯 물었다.

"당신도 죽었어?"

"응, 죽었어."

그녀가 침울하게 나를 보고, 나도 침울하게 그녀를 보았다.

"당신 눈빛이 나를 애도하는 것 같네." 그녀가 말했다.

"나도 그런 기분이야. 우리 둘이 서로를 애도하는 것 같아."

그녀가 어리둥절해하며 사방을 둘러보다가 물었다.

"여기가 어디예요?"

나는 진눈깨비 뒤편으로 어렴풋하게 보이는 오래된 건물을 가리켰다. 그녀가 잠시 시선을 고정한 채 보다가 우리의 소소한 삶이 기록된 원룸이라는 것을 기억해냈다.

"아직도 여기 살아요?"

그녀의 질문에 내가 고개를 저었다.

"당신이 떠난 뒤에 이사했어요."

"아버님 집으로?"

내가 고개를 끄덕였다.

"왜 여기 왔는지 알겠네." 그녀가 웃었다.

"어둠 속에서." 내가 말했다. "우연히 여기로 왔나 봐."

"지금은 누가 사는데?"

"모르지."

그녀가 건물에서 눈길을 거둔 다음 물이 떨어지는 가운을 두 손으로 꽉 짜며 말했다.

"피곤하다. 나 정말 아주 먼 길을 걸어서 여기까지 온 거예요."

그녀는 몸을 조금 더 기울여 벤치의 내 왼쪽 옆에 앉았다. 그러다 벤치가 기우뚱하는 걸 느끼고 말했다.

"이 의자 무너질 것 같아."

"조금 있으면 괜찮아져요."

그녀가 조심스럽게 긴장을 풀지 않고 앉았다가 조금 뒤 편안히 몸을 놓으며 말했다.

"무너지지는 않겠네."

"바위에 앉은 것 같다니까."

"맞아요."

우리는 조용히 나란하게 꿈속에서처럼 앉아 있었다. 아마도 꽤 긴 시간이 지난 뒤에 그녀의 목소리가 되살아났다.

"여긴 어떻게 왔어요?"

"모르겠어요." 나는 마지막 광경을 떠올리며 말을 이었다. "음식점에서 국수를 먹는데 탁자에 신문이 있더라고. 거기 당신 기사가 실려 있었어요. 그러다 식당 주방에서 불이 났는지 사람들이 밖으로 달아났지. 하지만 나는 움직이지 않고 당신이 자살했다는 기사를 계속 읽었어. 그러다 엄청난 굉음이 들렸고. 그 뒤의 일은 모르겠어요."

"그게 어제예요?" 그녀가 물었다.

"어쩌면 그제."

"내가 당신을 죽게 한 거네."

"당신이 아니라 신문이 그랬지."

그녀가 내 어깨에 머리를 기댔다.

"나 좀 기대도 돼요?"

"벌써 기대놓고 뭐."

그녀가 웃는지 내 어깨에 놓인 그녀의 머리가 살짝 흔들렸다. 그녀가 내 왼쪽 팔에서 상장을 발견하고는 쓰다듬으며 물었다.

"나 때문에 단 거예요?"

"나 자신을 위해서 단 거예요."

"당신을 위해 상장을 달 사람이 없어서?"

"없어요."

"아버님은?"

"가셨어요. 1년도 더 전에 가셨어요. 심하게 앓으셨는데 불치병인 걸 아신 다음에 날 힘들게 하지 않으려고 조용히 가셨어. 사방으로 찾아 다녔지만 찾지 못했지."

"정말 좋은 아버지셨어요. 나한테도 잘해주셨는데."

"최고의 아버지였어요."

"당신 아내는?"

나는 아무 말도 하지 않았다.

"아이 있어요?"

"없어요. 재혼 안 했거든."

"왜 안 했어?"

"하고 싶지 않았으니까."

"나 때문에 너무 힘들었던 거예요?"

"아니, 당신 같은 여자를 못 만나서 그랬어요."

"미안해요."

내 왼팔의 상장을 계속 쓰다듬는 그녀에게서 아련한 사랑이 느껴졌다.

"당신은 아이 없어요?" 내가 물었다.

"하나 낳으려다가 포기했어요."

"왜?"

"성병에 걸렸거든. 그 사람한테 옮았지."

눈가에서 물방울이 느껴졌다. 빗물이나 눈송이가 아닌 물방울이었다. 나는 오른손을 뻗어 그 물방울들을 닦아냈다.

"당신 우는 거예요?" 그녀가 물었다.

"그런 것 같아."

"나 때문에 울어요?"

"그렇겠지."

"그 사람은 첩을 둔 것으로도 모자라 밤업소를 전전하며 아가씨를 찾았어. 난 성병에 걸리고 나서 별거를 시작했고." 그녀가 한숨을 내쉰 뒤 계속 말을 이었다. "그거 알아요? 밤이면 당신이 그리웠어."

"별거한 뒤에?"

"응." 그녀가 잠시 주저하다가 말했다. "다른 남자와 일을 끝낸 뒤에."

"다른 남자를 사랑했어요?"

"사랑하지는 않았어요. 공무원이었는데 그가 일을 끝내고 가면 당신이 생각났어."

내가 쓴웃음을 지었다.

"당신 질투해?"

"우리는 오래전에 이미 이혼했어."

"그 사람이 가면 혼자 침대에 누워서 아주 오랫동안 당신을 생각했어." 그녀가 나직하게 말했다. "우리가 함께 살 때 나는 늘 고객 응대로 바빴잖아. 아무리 늦어도 당신은 자지 않고 기다려줬지. 집에 돌아오면 너무 피곤해서 안아달라고 하고. 당신한테 기대면 그렇게 편안했는데……."

눈가에 또 물방울이 생겨 오른손으로 또 닦아냈다.

"나 보고 싶었어요?" 그녀가 물었다.

"언제나 당신을 잊기 위해 노력했어."

"그래서 잊었어?"

"완전히 잊지는 못했어."

"당신이 못 잊을 줄 알았어. 그 사람은 완전히 잊겠지만."

"지금 그 사람은 어떻게 됐어?"

"호주로 도망갔어요. 회사를 조사한다는 소문이 돌자마자 달아났어. 나한테 미리 알려주지도 않고."

내가 고개를 절레절레 흔들며 말했다.

"남편 같지 않은 사람이네."

그녀가 조용히 웃으며 말했다.

"나는 두 번 결혼했지만 남편은 하나뿐이야. 바로 당신."

나는 또 오른손을 들어 눈가를 훔쳤다.

"또 울어요?"

"기뻐서 그래요."

그녀가 자신의 마지막 순간을 이야기했다.

"욕조에 누워 있는데 나를 잡으러 온 사람이 대문을 냅다 차면서 내 이름을 부르는 거예요. 꼭 강도 같더라고. 나는 피가 물고기처럼 살랑살랑 물속으로 천천히 퍼지면서 물을 붉게 물들이는 걸 보고 있었어. 그거 알아요? 마지막 그 순간에 계속 당신을 생각했어. 우리가 함께 살았던 저 작은 집을 생각했어."

"그래서 당신이 이곳에 온 거군요."

"맞아요. 정말 먼 길을 걸어서."

그녀의 머리가 내 어깨에서 멀어졌다.

"아직도 아버님 집에 살아요?"

"아버지 치료비 때문에 진즉에 팔았어요."

"그럼 지금은 어디서 사는데?"

"방 한 칸짜리 셋집에 살아."

"당신 집에 데려가줘요."

"거긴 좁고 낡은 데다 아주 더러워요."

"상관없어."

"불편할 거야."

"나 너무 피곤해요. 침대에 눕고 싶어."

"그래 그럼."

우리는 동시에 일어났다. 방금 전까지 성기던 진눈깨비가 다시 드세게 휘날렸다. 그녀가 팔짱을 끼자 다시 연애를 시작하는 듯했다. 우리는 공허한 길을 한없이 다정하게, 얼마나 오래인지 모를 만큼 걸어 셋집에 도착했다. 내가 문을 열 때 그녀가 문에 붙은 수도세와 전기세 독촉 고지서를 발견하고 한숨을 내쉬었다. 그 소리에 내가 물었다.

"왜 한숨을 쉬어?"

"수도세랑 전기세도 못 내다니."

내가 고지서 두 장을 모두 떼어내며 말했다.

"이미 냈어."

우리는 그 어수선한 작은 집으로 들어갔다. 엉망인 방이 아무렇지도 않다는 듯 그녀가 침대에 누웠고 나는 침대 옆 의자에 앉았다. 그녀가 누워서 가운을 풀었다. 그녀와 가운 모두 피곤해 보였다. 그녀가 눈을 감자 몸이 침대 위에 떠 있는 것 같았다. 얼마 후 그녀가 눈을 뜨고 물었다.

"왜 앉아 있어요?"

"당신 보느라고요."

"당신도 누워요."

"앉아 있어도 돼요."

"올라와요."

"그냥 앉아 있을게요."

"왜?"

"좀 그래."

그녀가 침대에 앉아서 한 손을 내밀었다. 손을 건네주자 그녀가 나를 침대로 끌어당겼다. 우리 둘은 나란히 누워 깍지를 끼듯 서로의 손을 잡았다. 잔잔한 호수 위에 일렁이는 잔물결 같은 그녀의 고른 숨소리가 들렸다. 잠시 뒤 그녀가 나직한 소리로 말을 걸었고 나도 이야기를 시작했다. 다시 한 번 이상한 느낌이 들었다. 너무나 잘 아는 여자와 누워 있다는 것을 알고 있었는데도 그녀의 낯선 목소리 때문에 낯선 여자와 누운 기분이었다. 그런 느낌을 이야기하자 그녀도 그렇다고. 이상하게도 낯선 남자와 누워 있는 것 같다고 말했다.

"이렇게 해요." 그녀가 몸을 돌리며 말했다. "이렇게 서로 마주봐요."

나도 몸을 돌려 그녀를 보았다.

"이제 좀 나아졌어요?" 그녀가 물었다.

"좀 나아졌어요."

그녀가 축축한 손으로 내 상처 난 얼굴을 쓰다듬었다.

"헤어지던 날 당신이 택시를 잡아줬을 때 내가 당신을 안고 뭐라고 했는지 기억해요?"

"기억해요. 여전히 나를 사랑한다고 했지."

"맞아요." 그녀가 고개를 끄덕였다. "그리고 당신도 말했죠."

"나는 영원히 당신을 사랑할 거라고 했어요."

그녀와 가운이 한꺼번에 내 몸으로 올라왔다. 나는 조금 당황한 나머지 두 손을 들었다. 감히 그녀를 안을 수가 없었다. 그녀가 입술을 내 귀에 바싹 대고 축축하게 말했다.

"성병은 완치됐어."

"난 그런 뜻이 아니라."

"안아줘요."

내 두 손이 그녀를 안았다.

"애무해줘."

내 손이 그녀의 등과 허리, 허벅지를 어루만지기 시작했다. 그녀의 온몸을 쓰다듬었다. 그녀의 몸이 얼마나 축축한지 물속에서 쓰다듬는 것 같았다.

"옛날보다 살이 붙었네."

내가 말하자 그녀가 가볍게 웃었다.

"허리가 좀 쪘어."

내 손은 다른 것은 다 잊고 그녀를 애무하는 일에 완전히 빠져들었다. 그런 다음에는 내 몸이 그녀의 몸을 더듬고 그녀의 몸도 내 몸을 더듬기 시작했다. 우리 몸에 연결 고리가 생긴 것처럼……

침대에서 일어나 앉았을 때 그녀는 침대 옆에 서서 손으로 머리카락을 정돈하고 있었다.

"깼네."

"나 안 잤어."

"코 고는 거 들었거든요."

"정말로 안 잤어."

"좋아. 안 잤다고 해요."

그녀가 가운의 허리띠를 묶으며 말했다.

"이제 가야 해요. 친구들이 성대한 장례식을 준비하고 있어서 얼른 돌아가야 해."

나는 고개를 끄덕였다. 그녀가 입구로 걸어가 문을 열다가 고개를 돌려 나를 보고는 쓸쓸하게 말했다.

"양페이, 나 가요."

셋째
날

나는 삶과 죽음의 경계를 어슬렁거렸다. 눈은 환하고 비는 어두컴컴해 아침과 저녁을 동시에 걷는 느낌이었다.

여러 차례 그 셋집을 찾아갔다. 그런데 어제 리칭과 오랜만에 만나 흔적을 남긴 그곳에 오늘은 왜인지 다가갈 수가 없었다. 아무리 여러 방향에서 시도해봐도 시종일관 접근할 수가 없었다. 어쩐지 정적 속을 거니는 것 같았다. 그 셋집은 빤히 보이는데도 닿을 수가 없었다. 문득 어릴 때 아버지 손을 잡고 어떻게든 달 아래까지 가고 싶어 한참을 걸었는데도 달과의 거리를 좁힐 수 없었던 기억이 떠올랐다.

그때 반짝, 하며 발밑으로 두 줄 철길이 생기더니 펄럭이듯 앞으로 나아갔다. 그 머뭇거리는 듯한 모습이 흐릿한 두 가닥 빛줄기 같았다. 그런 다음 내가 태어나는 광경이 보였다.

캄캄한 밤, 기차 한 대가 지나간 뒤 나는 두 갈래 철길 사이로 강생(降生)했다. 나의 첫 울음소리는 별빛 가득한 하늘 아래에서 울려 퍼졌다. 폭풍우가 몰아치는 밤은 아니었기에 젊은 선로 전환공이 내 가냘픈 울음소리를 들었다. 그가 철길을 따라 걸어오는데 멀리서 질풍처럼 달려오는 또 다른 기차가 철길을 뒤흔들었다. 그가 나를 품에 안은 직후 그 기차는 굉음을 내며 빠른 속도로 지나갔다. 바로 그렇게, 기차 한 대가 지나간 뒤 다른 기차가 지나가기 전에 내게 아버지가 생겼다. 며칠 뒤에는 양페이라는 이름도 생겼다. 아버지의 이름은 진뱌오였다.

내가 세상에 온 과정은 황당하기 이를 데 없었다. 나는 병원 분만실도 아니고 집도 아닌, 달리는 기차의 좁은 변소에서 태어났다.

41년 전 나의 생모는 임신 9개월의 몸으로 기차에 올랐다. 어머니는 셋째 아이인 나를 배 속에 품은 채 위중한 외할머니를 뵈러 친정으로 가고 있었다. 열 시간 넘게 달린 기차가 천천히 중간 역으로 들어설 때, 어머니는 갑자기 배가 살살 아파왔지만 배 속의 내가 나오려는 신호라고는 생각도 못 했다. 출산 예정일까지 아직 스무 날도 더 남은 데다가 형과 누나 모두 예정일에 나왔기 때문에 나 역시 그럴 거라 여겼던 것이다. 그래서 화장실에 가야겠다고만 생각했다.

어머니는 열차 침대칸에서 내려와 커다란 배를 흔들며 객차 연결 통로에 있는 화장실로 향했다. 기차가 멈춘 뒤 승객들이 크고 작은 보따리를 지고 올라타는 바람에 화장실로 가는 게 무척 힘들었지만, 어머니는 맞은편에서 오는 승객과 크고 작은 보따리를 조심스럽게 헤치며 나아갔다. 마침내 화장실에 들어갔을 때 기차가 천천히 움직이기 시작했다. 당시 기차는 환경이 열악해 화장실도 쪼그려 앉는 방식이었고, 밑을 내려다보면 넓고 둥근 구멍으로 철길 침목이 휙휙 줄지어 지나가는 게 보였다. 어머니는 배 속의 나 때문에 도저히 쪼그려 앉을 수가 없어 무릎을 꿇었다. 화장실 바닥이 더러운 것 따위는 신경 쓸 여유도 없었다. 어머니가 바지를 벗은 뒤 힘을 한번 주자 송곳이 주머니를 뚫듯 내가 쑥 빠져나와 화장실 둥근 구멍으로 떨어졌다. 그리고 달리는 기차가 순식간에 나와 어머니를 이어주던 탯줄을 잘라버렸다. 속도, 그러니까 내가 떨어지고 기차가 나아가는 상반된 속도가 나와 어머니의 연결을 끊어버려 우리는 한순간에 서로를 잃었다.

격렬한 통증으로 널브러진 까닭에 어머니는 얼마 뒤에야 배 속이 비었다는 것을 알아차렸다. 놀라서 허둥지둥 주위를 둘러보고는 내가 이미 구멍으로 떨어졌다는 것을 알았다. 어머니는 비틀비

틀 일어나 화장실 문을 열고 밖에서 기다리는 승객에게 울며 소리
쳤다.

"내 아기, 내 아기가⋯⋯."

그러고는 곧바로 쓰러졌다. 그 승객이 다급하게 객차 안을 향해
"여기 사람이 쓰러졌어요"라고 소리쳤다.

먼저 여승무원이 달려오고 이어서 차장도 달려왔다. 여승무원이
처음으로 어머니의 하혈을 발견하고는 긴급 방송으로 승객 중에
의사나 간호사가 있으면 11호 객차로 와달라고 청했다. 의사 두 명
과 간호사 한 명이 달려왔다. 어머니는 객차 통로에 누운 채 울면
서 띄엄띄엄 도움을 요청했지만 아무도 무슨 말을 하는지 알아듣
지 못했다. 곧이어 어머니는 정신을 잃었다. 어머니를 침대로 옮긴
뒤 의사와 간호사 세 명이 응급 치료를 했고, 기차는 계속 빠르게
나아갔다.

그때 나는 이미 젊은 선로 전환공의 작은 집에 있었다. 갑작스
럽게 아버지가 된 젊은이는 온몸이 자홍색인 데다 쉬지 않고 울어
대는 나를 어떻게 해야 할지 몰라 바라만 보았다. 울음소리와 함께
끊임없이 흔들리는 내 배의 탯줄을 꼬리라고 생각하면서. 울음소
리가 점점 미약해질 때에야 아버지는 내가 배고플 거라는 생각을
할 수 있었다. 하지만 이미 한밤중이라 상점이 모두 문을 닫은 상
태였다. 그날 밤에는 분유가 없다는 뜻이었다. 다급해진 순간, 문

득 동료 하오창성의 아내가 3일 전에 딸을 낳았다는 사실이 떠올랐다. 그래서 저고리에 나를 감싸 안고 하오 아저씨의 집으로 달려갔다.

한창 자고 있던 아저씨가 문 두드리는 소리에 깜짝 놀라 일어났다. 대문을 열어보니 아버지가 뭔가를 안은 채 다급하게 "젖, 젖, 젖……" 하는 모습이 보였다.

몽롱한 상태로 아저씨가 눈을 비비며 물었다.

"무슨 젖?"

아버지가 저고리를 열어 응애응애 우는 나를 보여주고는 아저씨에게 바로 건넸다. 아저씨는 깜짝 놀라 뜨거운 감자를 받듯 건네받고는 영문을 모르겠다는 표정으로 나를 안은 채 안방에 들어갔다. 아저씨의 아내 리웨전 아줌마도 이미 일어나 있었다. 아저씨가 "양진뱌오야"라고 할 때 아줌마는 온몸이 자홍색인 나를 보고는 방금 태어난 아이라는 걸 알았다. 아줌마가 나를 품에 안고 윗도리를 올리자 나는 곧장 조용해져 생애 첫 젖을 빨기 시작했다.

아버지 양진뱌오와 동료 하오창성 아저씨는 바깥방에 앉아 있었다. 당시 스물한 살에 불과했던 아버지는 얼굴의 땀을 닦으며 나를 발견한 과정을 자세히 이야기했다. 아저씨는 그제야 이해하고 방금 놀라 자빠지는 줄 알았다고, 여자 친구도 없는 사람이 갑자기 어떻게 아이를 데려왔나 했다고 말했다. 아버지는 아이처럼 헤헤 웃더니 아무래도 내가 기형아인 것 같다며, 몸에 꼬리가 나 있는데 심지어 앞쪽에 있다고 걱정했다.

그때 아줌마는 안에서 젖을 먹이면서 이제 막 아버지가 된 두 남자가 바깥에서 하는 이야기를 들었다. 내가 배불리 먹고 새근새근 잠이 들자 아줌마는 직접 만든 딸의 배냇저고리를 입혔다. 그리고 낡은 천 한 뭉텅이를 들고 바깥방으로 나왔다.

나는 다시 아버지 품에 안겼다. 아줌마는 낡은 천으로 기저귀를 갈아주는 방법과 낡은 옷으로 기저귀 만드는 법을 알려주며, 천이 낡을수록 부드럽기 때문에 좋다고 말해주었다. 그리고 마지막으로 내 배의 그 물건을 가리키며 말했다.

"이건 탯줄이에요. 내일 역사 의무실에 가서 의사 선생님한테 잘라달라고 해요. 직접 자르면 감염될 수 있으니까 꼭 데려가요."

나는 빛줄기 같은 철길을 따라 앞으로 걸어가면서 철길 옆에서 흔들거리던 그 작은 집을 찾았다. 그 집은 내가 자라온 수많은 이야기들을 품고 있었다. 내 앞은 진눈깨비였고, 진눈깨비 앞은 검은 창문이 점점이 보이는 층층의 빌딩숲이었다. 그쪽으로 다가가자 빌딩들이 뒤로 물러나 그 세계가 점점 멀어져가고 있다는 걸 알 수 있었다.

어렴풋이 아버지의 불평 소리가 들려왔다. 너무도 아득하고 너무도 친근하게, 멀리 있는 빌딩처럼 층층이 겹겹이 귓가에 쌓여 나도 모르게 미소를 지었다.

아주 오랫동안 아버지 양진뱌오는 고집스럽게도 나의 친부모가 나를 기차 바퀴에 치여 죽이려고 철길에 버렸다고 믿었다. 그는 "세상에 어쩌면 그렇게 독한 부모가 있담" 하며 중얼거리곤 했다.

그 집요한 확신 때문에 아버지는 각별히 나를 아꼈다. 철길에서 아버지 품에 안긴 이후 나는 아버지와 꼭 붙어 다녔다. 갓난아기였을 때는 아버지 가슴의 포대기에서 자랐다. 리 아줌마가 만들어줬던 첫 번째 포대기와 나중에 아버지가 직접 만든 포대기 모두 파란색이었다. 아버지는 매일 출근할 때마다 분유 탄 젖병을 체온으로 따뜻하게 유지하려고 가슴 앞쪽, 팔딱거리는 심장 가까이에 집어넣었다. 그런 다음 나를 가슴 앞 포대기에 놓고, 어깨에 비스듬하게 군용 수통을 멘 다음 깨끗한 기저귀 보따리와 나중에 더러워진 기저귀를 담을 보따리 두 개를 등에 멨다.

아버지가 선로 분기점에서 철길을 바꾸느라 왔다 갔다 하는 동안 나는 아버지의 가슴 앞에 흔들흔들 매달려 있었다. 그건 세상에서 가장 훌륭한 요람이었기 때문에 갓난아기 시절 나의 수면 역시 세상에서 가장 달콤했다. 배가 고프지 않았다면 언제까지고 아버지 품속에서 깨어나기 싫었을 것이다. 내가 으앙 하고 깨면 아버지는 배고프다는 것을 알아차리고 젖병을 꺼내 입에 넣어주었다. 그렇게 나는 젖병과 아버지의 체온을 빨며 하루하루 자라났다. 그러다 깨서도 울지 않고 직접 아버지 가슴 앞에서 젖병을 꺼냈을 때, 아버지는 무척 기뻐하며 하오 아저씨 부부에게 뛰어가 내가 세상에서 제일 똑똑한 아이라고 자랑했다.

아버지는 내 성장에 무척 민감해, 내가 언제 배고프고 언제 목마른지 척척 알아맞혔다. 그래서 내가 목이 마를 때면 수통을 꺼내 물을 한 모금 머금은 뒤 내 입에 천천히 흘려 넣어주었다. 아버지가 리 아줌마한테 내가 배고플 때와 목마를 때 내는 소리의 미묘한 차이를 구별할 수 있다고 하자 아줌마는 반신반의했다. 자기는 시간으로만 딸이 배고픈지 목마른지를 구별할 수 있었기 때문이다.

아버지는 철길을 걷다가 가슴 앞에서 구린내가 나면 기저귀 갈 시간임을 알았다. 그러면 철길 옆에 앉아 나를 바닥에 누이고 덜컹거리는 기차 소리 속에서 풀로 엉덩이를 깨끗이 닦은 뒤 새 기저귀를 채웠다. 그러고는 철길 옆 진흙에 배설물을 대충 털어낸 다음 기저귀를 접어 보따리에 넣었다. 그리고 퇴근해 집으로 돌아오면 나를 침대에 눕힌 뒤 비누와 수돗물로 기저귀를 깨끗이 빨았다.

철길에서 20여 미터 떨어진 작은 우리 집은 곳곳이 햇볕에 말리려고 널어둔 기저귀로 가득했다. 기저귀 한 장 한 장이 마치 나뭇잎 같아서 집이 꼭 나뭇잎으로 뒤덮인 무성한 나무 같았다.

나는 덜컹거리는 기차 소리를 들으며 흔들거리는 작은 집에서 자라났다. 조금 큰 다음에는 아버지 등에서 자랐다. 아버지 가슴 앞에 있던 포대기가 등에 메는 포대기로 바뀌었고, 포대기는 갈수록 커졌다.

영리하고 손재주가 뛰어난 아버지는 옷 만드는 법과 털옷 짜는 법을 배웠다. 아버지의 동료들은 근무 중인 아버지를 볼 때마다 웃음을 참지 못했다. 나를 업은 채 철길을 걸으면서 작은 털옷을 짰기 때문인데 손놀림이 어찌나 능숙한지 굳이 눈으로 볼 필요도 없을 정도였다.

내가 혼자 걸을 수 있게 된 뒤에는 손을 잡고 다녔다. 주말이면 아버지는 공원에 데려갔다. 공원 안에 들어가서야 아버지는 안심하고 손을 놓은 뒤 나를 따라 사방으로 뛰어다녔다. 나와 아버지는 마음이 잘 통해서 공원의 샛길을 걷다가도 아버지가 손을 뻗기만 하면, 나는 보지 않고도 알아채고 곧장 내 작은 손을 건넸다.

그러다 철길 옆 작은 집으로 돌아오면 아버지는 예민해졌다. 안에서 밥하는 동안 내가 밖에서 놀겠다고 하면 끈으로 당신 발과 내 발을 묶었다. 나는 그렇게 아버지가 그어놓은 안전지대에서 자라났다. 내가 오갈 수 있는 곳은 문 앞 정도였다. 행여 기차가 지나가는 것을 보려고 앞으로 나가면 안에서 곧장 경고가 들려왔다.

"양페이, 돌아와!"

내가 찾던 작은 집은 두 갈래 철로가 펄럭이듯 멀리 뻗어갈 때 나타났다. 방금 전까지도 없다가 갑자기 나타났다. 작은 집에서 어린 나와 젊은 아버지, 길게 머리를 땋은 아가씨까지 세 사람이 나오는 게 보였다. 내 모습도 그런대로 알 것 같고 아버지의 모습도 생생했지만 아가씨의 모습은 흐릿하니 불분명했다.

나의 어린 시절은 웃음소리처럼 마냥 즐거워, 나는 내가 아버지의 인생을 갉아먹고 있는 줄은 전혀 몰랐다. 내가 철로 위로 떨어진 뒤 아버지의 인생길은 순식간에 좁아졌다. 결혼은커녕 여자 친구도 사귈 수가 없었다. 아버지의 가장 친한 친구인 하오 아저씨 부부가 여자한테 내가 생긴 사연을 알려주고 이게 바로 선량하고 믿음직한 남자라는 증거라며 몇 번인가 자리를 마련해주었지만, 처음 만날 때조차 아버지는 내 기저귀를 갈아주거나 털옷을 짰기 때문에 여자들은 잠시 미소를 지은 뒤 돌아서 나가버렸다.

그러다가 내가 네 살 때, 아버지보다 세 살 연상인 땋은 머리 아가씨가 나타났다. 그녀는 기저귀를 갈아주거나 털옷을 짜는 광경 대신 귀여운 축에 속하는 남자아이를 보았다. 그녀는 내 머리와 얼굴을 쓰다듬으며 자기를 '이모'라고 부르게 하고는 기꺼이 나를 안아 무릎에 앉혔다. 그녀의 그런 행동 때문에 아버지는 싱숭생숭한 마음으로 결혼에 대한 한 줄기 희망을 발견했다.

두 사람은 데이트를 시작했다. 나는 데이트에 끼지 못한 채 하오 아저씨네 집에 맡겨졌다. 데이트라고 해봐야 해가 진 뒤 철길을 따라 천천히 걸어갔다가 천천히 돌아오는 것에 불과했다. 아버지는 워낙 내향적이고 부끄러움이 많은 사람이라 아가씨와 걸어갔다 걸어오는 동안 거의 말을 하지 않았다. 침묵을 깨는 건 늘 아가씨였다. 아버지는 한두 마디 대꾸하면서 겨우 자기 목소리를 냈지만 그것마저 기차의 덜컹거리는 소리에 사라지기 일쑤였다.

처음에는 데이트 시간이 무척 짧았다. 철길을 따라 한두 번 오가는 것으로 끝낸 뒤 아버지는 얼른 나를 데리러 왔다. 하지만 오가는 횟수가 대여섯 번으로 늘어나더니 때로는 동틀 무렵까지 이어졌다. 그럴 때면 나는 나보다 3일 빨리 태어난 하오샤의 침대에서 함께 잠들었고, 아저씨도 기다리다 못해 침대에 누워 코를 골았다. 오직 아줌마만이 바깥방에 앉아 끈질기게 아버지를 기다렸다가 데이트 내용을 대충 들은 뒤 나를 안겨주었다. 그 당시 나는 저녁에 아저씨네 침대에서 잠들었다가 아침에 우리 집 침대에서 깨어나는 날이 많았다.

그런 상황이 두 달 정도 계속되었을 때, 아줌마는 철길을 오가는 시간은 길어졌지만 아버지와 그 아가씨 사이가 별다른 진전이 없다는 것을 간파했다. 그래서 아버지에게 데이트의 모든 과정을 세세하게 물은 다음 문제점을 찾아냈다. 두 사람이 한밤중까지 걸을 때 아가씨가 피곤해져 걸음을 멈추고 작별 인사를 하면, 순박한 아버지는 고개를 끄덕인 뒤 돌아서서 나를 데리러 하오 아저씨 집으로 달려오는 것이었다.

아줌마가 아버지에게 물었다.

"왜 집에 안 데려다주는데요?"

"잘 가라고 했어요."

아줌마가 고개를 절레절레 흔들며 한숨을 내쉬었다. 그리고 아가씨가 입으로는 잘 가라고 말하지만 속으로는 데려다주길 바란다고 일러주었다. 아버지가 아는 듯 모르는 듯한 표정을 짓자 아줌마가 단호하게 말했다.

"내일 저녁에는 집까지 데려다줘요."

아버지는 내가 철길에 떨어진 날 이후부터 계속 우리 부자를 도와주는 하오 아저씨 부부에게 매우 감사하고 있었다. 그래서 아줌마의 말을 따라 다음 날 저녁에는 아가씨가 잘 가라고 말한 뒤에도 돌아서지 않고 묵묵히 바래다주었다. 아가씨가 집에 도착해 한밤의 달빛을 받으며 두 번째로 잘 가라고 말할 때, 아가씨의 얼굴에 기쁜 표정이 떠올랐다.

그 뒤 두 사람의 관계는 급물살을 탔다. 더 이상은 해가 진 뒤에 몰래 만나지 않고, 일요일에 보란 듯이 어깨를 나란히 하고 공원에 갔다. 정식으로 연애했을 뿐만 아니라 열애에 빠져들었다. 그리고 그들은 기차가 지나갈 때마다 흔들리는 그 작은 집에서 만나기 시작했다. 집에서 아마 끌어안고 입을 맞추었겠지. 내 생각에는 그게 전부였을 것이다.

두 사람의 만남이 데이트에서 열애로 바뀌는 내내 내 자리는 없었다. 그건 리 아줌마의 생각이었다. 내가 중간에 끼어들면 두 사람의 감정이 정상적으로 발전하지 못할 것이라며, 나는 일이 거의 성사된 뒤에 들어가야 한다고 말했다. 아줌마는 아가씨가 정말로 아버지를 사랑하게 되면 자연스럽게 내 존재를 받아들일 거라고 믿었다. 그 시간 동안 나는 거의 아줌마네 집에서 지냈다. 나는 그 집이 좋았다. 하오샤와 사이좋게 지냈고 아줌마도 엄마 같았다.

결혼 이야기가 오가면서 아버지와 아가씨는 나에 대해 논의하지 않을 수 없었다. 한창 사랑에 열중했을 때는 나를 거의 잊고 있었지만. 아버지는 내 울음소리를 듣고 철로에서 나를 안아 올린 순간부터 지난 4년 동안 내가 자라면서 있었던 재미있는 이야기들을 자세히 늘어놓았다. 나에 대해 말하면서 아버지는 행복해하고 자랑스러워했다. 내가 영리하게 굴었던 소소한 일들을 거론하면서 세상에서 제일 똑똑한 아이라고 말했다.

그동안 아버지는 한 번도 그렇게 길게 이야기한 적이 없었다. 아버지가 한 시간이 넘도록 쉬지도 않고 내 이야기를 하자 장차 그의 아내가 될 아가씨가 냉정하게 말했다.

"아이를 거두면 어떡해요, 고아원에 보냈어야죠."

아버지는 순간 멍해졌다. 얼굴 가득하던 행복한 표정이 순식간에 흐릿하고 슬픈 표정으로 바뀌었다. 그 표정은 비바람처럼 스쳐 지나가지 않고 그 뒤로도 한참 동안 얼굴에 남아 있었다. 아버지가 감정의 소용돌이 속으로 빠져들게 된 것은 그때 이미 아가씨를 깊이 사랑하게 되었기 때문이다. 물론 나도 사랑했기에, 두 가지 다른 사랑 앞에서 아버지는 하나를 선택하고 하나를 버려야 했다.

사실 그 아가씨가 나를 거절했던 것도 아니다. 그냥 아주 현실적이었을 뿐이다. 스물여덟이라는, 당시에는 이미 노처녀에 속하는 나이로 선택할 수 있는 남자는 많지 않았다. 그러던 차에 만난 아버지는 버려진 아이를 입양했다는 결점이 하나 있을 뿐 여러 면으로 괜찮았다. 그녀는 훗날 자기 아이가 생긴다면 나라는 존재가 그 집에 어울리지 않는다고 생각했다. 그래서 내가 없으면 두 사람의 생활이 훨씬 더 좋아질 거라고 말했다. 사실 그녀의 생각은 틀리지 않았다. 친자식을 둘 이상 낳을 텐데 거기에 입양아가 하나 있으면, 그렇지 않아도 넉넉지 못한 두 사람에게 경제적 부담이 클 터였다. 그럼에도 불구하고 그녀는 나의 존재를 인정했다. 단지 아버지가 나를 애초에 고아원에 보냈어야 했다고 생각했을 뿐이다. 그러니까 그냥 한번 말해본 것에 불과했다.

그런데 아버지는 어떤 생각에 한번 꽂히면 다른 생각은 전혀 못

할 만큼 고지식한 사람이라서 그녀가 나를 받아들일 수 없을 거라고 마음속으로 단정해버렸다. 어쩌면 아버지가 옳았을 수도 있다. 그녀가 나를 억지로 받아들인다고 해도 그 이후의 긴 삶에서 나는 그 가정에 갈등과 짜증을 일으키는 도화선이 될지도 모른다. 당시 아버지는 무척 힘들어했다. 아버지가 감정에 푹 젖은 수건이라면, 나와 그 아가씨는 수건의 양쪽 끝을 잡고 그 안의 감정을 다 짜낼 때까지 힘껏 비트는 사람들 같았다.

당시 네 살이었던 나는 아무것도 알지 못했다. 아버지가 나를 볼 때 행복해하던 눈빛이 차갑게 변했다는 것도 알아차리지 못했다. 오히려 그 시기에는 아버지가 전보다 나를 더 많이 사랑하는 것 같았다. 이미 잘 걷는데도 집을 나서기만 하면 아버지는 내가 아직 못 걷는 아이라도 되는 양 품에 안았다. 길을 걸을 때도 항상 당신 얼굴을 내 얼굴에 붙였다. 늘 검약하던 아버지가 매일 사탕을 두 개씩 사서 하나는 껍질을 까 입에 넣어주고 하나는 주머니에 넣어주었다.

차마 정을 떼지도 못하면서 아버지의 마음은 점점 멀어지고 있었다. 겨우 스물다섯이던 아버지는 심리적이든 생리적이든 여자가 필요했다. 나를 사랑했지만 아버지에게는 여자의 사랑이 더 필요했다. 고통스러운 가슴앓이 끝에 아버지는 나를 버리고 그녀를 선택했다.

어느 날 아침, 잠에서 막 깨어났을 때 아버지가 침대 머리맡에 앉아 있었다. 아버지가 몸을 굽혀 나직하게 말했다.

"양페이, 기차 타러 가자."

기차의 덜컹거림이 끊이지 않는 철길 옆에서 4년을 사는 동안 나는 한 번도 기차를 타본 적이 없었다. 생전 처음 기차에 올라 창문 유리에 얼굴을 붙이고 있다가 기차가 움직이기 시작했을 때, 플랫폼에 서 있는 사람들이 점점 빠르게 뒤로 멀어질 때 나는 놀라서 으앙 하고 울음을 터뜨렸다. 그런 다음 집과 도로가 빠르게 뒤로 사라지고, 들판과 저수지도 빠르게 사라지는 것을 바라보았다. 가까이에 있는 것일수록 빨리 사라지고, 멀리 있는 것일수록 늦게 사라지는 게 이상해 아버지에게 물었다.

"왜 그런 거예요?"

아버지가 슬픈 목소리로 대답했다.

"모르겠구나."

한낮이 되었을 때 아버지가 나를 안고 작은 도시에 내리더니 기차역 맞은편에 있는 식당에서 국수를 시켰다. 내 몫으로는 고기 고명이 있는 국수를, 당신 몫으로는 고명 없는 소면을 시켰다. 양이 너무 많아서 내가 다 먹지 못하자 아버지가 남은 것을 먹었다. 그런 다음 아버지는 나를 앉혀놓은 채 혼자서 거리로 나가 고아원이 어디 있는지 물어보았다. 처음 세 사람은 고아원이 있는지 없는지도 모르겠다고 하고, 네 번째 사람이 잠시 생각한 다음 구체적인 위치를 알려주었다.

아버지는 나를 안고 먼 길을 걸어 어느 돌다리 옆으로 갔다. 다리 밑에 간헐천이 흘렀는데 당시에는 물이 없었다. 아버지는 다리 맞은편에 있는 한 건물에서 아이들의 노랫소리가 흘러나오자 그게 고아원이라고 생각했다. 하지만 사실은 유치원이었다. 다리 입구에서 아버지 품에 안긴 채 건너편 건물에서 들려오는 노랫소리에 내가 좋아하며 말했다.

"아빠, 저기 아이들이 많아요."

아버지가 고개를 숙인 채 사방을 둘러보다가 다리 옆에서 작은 수풀을 발견했다. 그곳에는 바위가 몇 개 있었다. 그중에서 가장 크고 푸른 바위는 풀덤불 옆에 있는 데다 윗면이 평평했다. 아버지가 두 손으로 윗면을 쓸었다. 먼지와 돌조각을 털어낸 뒤 사포로 철판의 녹을 문지르듯 바위를 말끔하게 닦았다. 그러고는 나를 안아 바위에 앉히고 주머니에서 사탕 한 움큼을 꺼내 내 주머니에 넣어주었다. 내가 사탕이 많다며 좋아하고 있을 때, 놀랍게도 아버지는 과자까지 잔뜩 꺼내 다른 주머니 세 개를 가득 채웠다. 그런 다음 메고 있던 군용 수통까지 내 목에 걸어주었다. 아버지가 내 앞에 서서 바닥의 풀덤불을 바라보며 말했다.

"나 간다."

"네."

아버지가 몸을 돌렸다. 감히 돌아볼 수 없어 곧장 길모퉁이까지 가더니 결국에는 참지 못하고 뒤돌아서, 바위에 앉아 작은 다리를 신나게 흔드는 나를 보았다.

아버지가 기차를 타고 우리가 사는 도시에 돌아왔을 때는 이미 해가 진 뒤였다. 기차에서 내린 아버지는 자신의 작은 집 대신 그 아가씨네 집으로 갔다. 그녀를 불러내고는 아무 말 없이 공원 쪽으로 걸음을 옮겼다. 이미 아버지의 과묵함에 익숙해진 아가씨는 아버지의 뒤를 따랐다. 하지만 공원에 도착해 보니 문이 벌써 잠겨 있었다. 아버지는 공원 담장을 따라 걸었고 그녀도 계속 뒤를 따랐다. 조용한 곳에 이르러서 마침내 아버지가 발걸음을 멈추었다. 그러고는 고개를 숙인 채 자신이 그날 무슨 일을 했는지 이야기하고, 마지막으로 나를 고아원 옆에 두고 왔노라고 강조했다. 아가씨는 무척 놀랐다. 아버지가 그런 식으로 나를 버렸다는 것을 믿지 못했을 뿐만 아니라 심지어 두려워하기까지 했다. 잠시 후 그녀는 아버지의 행동이 자신에 대한 사랑에서 나왔다는 것을 알고는 아버지를 꼭 끌어안은 채 뜨겁게 입을 맞추었다. 아버지도 그녀를 세게 끌어안았다. 마른 장작이 불을 만난 것처럼 두 사람은 다급하게, 내일 당장 혼인신고를 하기로 결정했다. 열정이 사그라진 뒤 아버지는 피곤하다며 철길 옆의 작은 집으로 돌아갔다.

그날 밤 아버지는 잠을 이룰 수가 없었다. 철도에서 나를 안아 올린 이후 우리가 처음으로 떨어진 날이었다. 아버지는 갑자기 두려워졌다. 그 시각 내가 어디에 있는지도 알지 못했고, 고아원 사람이 나를 발견했는지도 알지 못했다. 아무도 발견하지 못했다면 아이는 여전히 그 바위에 있을 텐데, 사나운 개가 한밤중에 덮치기라도 하면…….

다음 날 걱정에 휩싸인 채로, 아버지는 아가씨와 혼인신고를 하러 나섰다. 그때 아가씨는 아버지의 마음속에서 엄청난 변화가 일고 있다는 것을 몰랐다. 그냥 피곤해서 그런가 싶어 살갑게 물어본 뒤 밤새 한숨도 못 잤다는 대답을 듣고는 아버지가 설레어서 잠을 못 이루었다고 생각하며 달콤한 미소를 지어 보였다.

절반쯤 갔을 때 아버지가 피곤하다며 보도 옆에 앉았다. 그러고는 두 손을 무릎에 놓고 머리를 팔에 묻고는 엉엉 울었다. 아가씨는 어쩔 줄 몰라 멍하니 선 채 희미한 불안감에 휩싸였다. 한참을 울고 난 다음 아버지가 벌떡 일어나며 말했다.

"가야겠어요. 가서 양페이를 데려와야겠어요."

나는 아버지가 나를 버린 적이 있는 줄 몰랐다. 나중에야 아버지의 이야기를 듣고 기억 속 깊은 곳에서 조금씩 세세한 광경이 떠올랐다. 내가 기억하기로 처음에는 무척 기뻤다. 오후 내내 그 바위에 앉아 과자와 사탕을 줄기차게, 유치원 아이들이 수업을 마치고 지나갈 때까지 먹었다. 아이들이 부러워하며 "나도 사탕 먹을래", "나도 과자 먹을래" 하고 부모를 조르는 소리가 들렸다. 그러다가 해가 진 뒤 멀지 않은 곳에서 개 짖는 소리가 들려오자 불현듯 무서워졌다. 바위에서 내려와 바위 뒤에 숨었지만 그래도 무서워서 풀덤불에 떨어진 나뭇잎을 모아 몸을 덮었다. 머리까지 다 덮고 나자 안심이 되었다. 나는 나뭇잎의 엄호 아래 잠이 들었고, 아침에 아이들이 유치원 가는 소리에 깨어났다. 나뭇잎 틈새로 해가 뜬 것을 보고 다시 바위에 올라가 아버지를 기다렸다. 한참을 기다리는 동안 누군가 말을 붙였던 것도 같은데 뭐라고 말했는지는 기억나지 않는다. 사탕도 없고 과자도 없었다. 수통에 물이 조금 있을 뿐이었다. 배가 고플 때 조금씩 아껴 마셨지만 이내 물도 다 떨어졌다. 배도 고프고 목도 마르고 피곤해서 나는 바위에서 내려와 뒤쪽 풀덤불에 누웠다. 또 개 짖는 소리가 들리기에 다시 머리부터 발끝까지 나뭇잎을 덮은 뒤 잠이 들었다.

아버지는 점심 때 그 작은 도시에 도착했다. 기차에서 내린 뒤 한걸음에 달려와 멀리서부터 둘러보았지만 바위에서 내 모습을 찾을 수가 없었다. 아버지의 다급한 발걸음이 천천히 잦아들다가 바위 가까이에 와서는 완전히 멈추었다. 혼비백산해 사방을 둘러보는 그 초조한 순간, 아버지는 바위 뒤에서 나는 내 잠꼬대 소리를 들었다.

"아빠가 왜 아직도 데리러 안 오지?"

나중에 아버지는 나뭇잎을 이불처럼 덮은 내 모습을 보고 웃다가 울음을 터뜨렸노라고 말했다. 나뭇잎을 헤쳐 풀덤불에서 안아올리자 내가 깨어나 좋아하며 외쳤다.

"아빠 왔구나. 드디어 아빠가 왔어."

아버지의 인생이 내 궤도로 돌아왔다. 그 이후 아버지는 결혼을 거부했다. 당연히 처음으로 거절한 상대는 머리를 길게 땋았던 그 아가씨였다. 무척 상심한 아가씨는 도무지 이해할 수가 없어서 리 아줌마에게 달려가 울며 하소연했다. 아줌마는 그제야 무슨 일이 생겼는지 알아채고 아버지를 책망했다. 자기와 하오 아저씨가 나를 거둘 의향이 있다며, 나는 자기 젖을 먹었으니 이미 자기 아들이라고 말했다. 아버지는 부끄러워하며 고개를 끄덕이고는 자신의 잘못을 시인했다. 하지만 아줌마가 그 아가씨와 다시 잘해보라고 권했을 때, 고지식한 우리 아버지는 나와 아가씨 가운데 하나를 선택할 수밖에 없다면서 말했다.

"난 양페이만 원해요."

그 뒤 아줌마가 뭐라고 하든지 아버지는 침묵으로 응대했다. 아줌마는 화가 나고 다른 방법도 없어서 다시는 아버지 일에 관여하지 않겠노라고 선언했다.

나중에 그 머리 땋은 아가씨를 몇 번 본 적이 있다. 아버지와 손을 잡고 거리를 걷다가 아가씨를 보고는 반가운 마음에 아버지의 손을 힘껏 잡아끌며 "이모" 하고 외쳤다. 그때마다 아버지는 고개를 숙인 채 나를 잡아끌며 발걸음을 재촉했다. 처음에는 아가씨도 내게 미소를 지었지만 나중에는 우리를 못 본 척하고 내가 부르는 소리도 못 들은 척했다. 3년 뒤 그녀는 자기보다 열 살도 더 많은 해방군 중대장과 결혼해 군인 가족으로 먼 북방에 따라갔다.

아버지는 그 이후 나를 키우는 데만 집중했다. 나는 아버지의 모든 것이 되었고, 우리 둘은 서로 의지하며, 살 때는 길었지만 돌아보니 짧은 시간들을 보냈다. 아버지는 벽에 키를 표시한다며 6개월마다 나를 벽에 세우고 연필로 내 머리 위에 한 줄씩 선을 그었다. 중학교 때 키가 갑자기 크면서 선의 간격이 넓어지자 아버지는 진심으로 기뻐했다.

고등학교 1학년 때 내 키는 아버지와 비슷해졌다. 내가 종종 웃으며 아버지에게 손짓하면 아버지는 허허 웃으며 내 옆에 섰다. 나는 몸을 똑바로 세우고 아버지와 키를 비교했다. 그건 고등학교 3학년 때까지 계속되었다. 나는 점점 커지고, 아버지는 점점 작아졌다. 나는 아버지의 정수리에서 선명한 흰머리를 발견했다. 그리고 아버지 얼굴에 주름이 가득하다는 것도 알게 되었다. 힘들게 일해서인지 아버지는 실제 나이보다 열 살은 더 들어 보였다.

그때 아버지는 더 이상 선로 전환공 일을 하지 않았다. 수동 전로기가 전동 전로기로 대체되는 등 철도가 자동화된 것이다. 그래서 역무원 일을 맡게 되었는데 꽤 오랜 시간이 지난 뒤에야 새로운 일에 적응할 수 있었다. 워낙 책임 있는 일을 좋아하기 때문이다. 선로를 전환하는 일은 잘못할 경우 대형 사고로 연결될 수 있으니 늘 신경을 집중하고 있어야 했다. 그러다가 역무원이 되자 일이 편해지면서 아무런 책임감도 느낄 수 없게 되었다. 아버지는 자신이 쓸모없는 일에 썩고 있다는 느낌을 자주 받았다.

작은 집이 점점 멀어지고 표표히 날아간 두 줄기 철길도 되돌아오지 않았다. 하지만 나는 여전히 지나온 삶의 종적에 푹 빠져 있었다. 그러다가 문득 피곤해져 바위에 앉았다. 몸은 한 그루 고요한 나무 같은데 기억은 떠나간 세계에서 마라톤을 하듯 천천히 뛰었다.

아버지는 아껴 먹고 아껴 쓰며 나를 초등학교부터 대학교까지 가르쳤다. 우리 생활은 가난하지만 따뜻하고 행복했다. 그러던 어느 날, 생모가 멀리서 나를 찾아오면서 평화롭던 생활이 깨졌다. 그때 나는 대학 4학년이었고, 어머니는 철길을 따라 도시 하나하나를 되짚으며 나를 찾아왔다. 사실 41년 전에도 나를 찾았지만 정신을 잃었던 어머니가 깨어났을 때 기차는 이미 2백 킬로미터 가까이를 달린 데다 어머니는 기차역에서 나를 낳았다는 것만 기억할 뿐 정확히 어느 역이었는지는 기억하지 못했다. 직전의 세 개역을 찾아봐달라고 사람들에게 부탁했지만 내 흔적은 어디에도 없었다. 그래서 기차에 치여 죽었거나 철길에서 굶어 죽었을 거라고 생각하며 서럽게 울었다. 그 뒤 찾기를 포기하긴 했지만 속으로는 마음씨 좋은 사람이 발견해 길러주었을지도 모른다는 희망을 버리지 않았다. 그러다가 쉰다섯 살에 은퇴한 뒤 어머니는 남쪽으로 가서 찾아야겠다고, 이번에도 찾지 못하면 정말로 포기하겠다고 결심했다. 우리 지역 텔레비전과 신문은 어머니에게 협조적이었다. 실제로도 나의 특이한 출생은 좋은 기삿거리였기 때문에 텔레비전과 신문에서는 이야기를 극적으로 과장했고, 한 신문은 '기차가 낳은 아이'라는 제목을 달기까지 했다.

신문에 실린 어머니의 우는 사진을 보고, 또 어머니가 텔레비전에 나와 울며 설명하는 모습을 보고는 찾고 있는 아이가 나라는 것을 직감했다. 어머니가 말하는 날짜가 바로 내 생일이기 때문이었다. 하지만 나는 마치 다른 사람의 일을 보듯 별다른 감흥을 느끼지 못했다. 오히려 신문 지면의 눈물과 텔레비전 화면의 눈물이 다르다고, 신문에서는 고정된 채 뺨에 붙어 있는데 텔레비전에서는 움직여 입가까지 흐른다고 흥미롭게 비교나 하고 있었다. 나는 아버지 양진뱌오와 22년을 서로 의지하며 살아왔고 내게 익숙한 어머니는 리웨전인데 갑자기 뜬금없이 또 다른 어머니라니, 뭔가 이상한 기분이 들었다.

아버지는 신문과 텔레비전에서 어머니의 이야기를 자세히 본 다음 내가 그녀의 아들이라고 확신했다. 그러고는 신문에서 어머니가 묵고 있는 호텔을 알아두었다가 아침에 기차역 사무실에서 전화를 걸었다. 순조롭게 연결되어 세부 내용을 맞춰본 다음, 아버지는 어머니의 흐느낌을 듣고 따라서 눈물을 흘렸다. 두 사람은 오열하며 한 시간 넘게 통화했다. 어머니는 쉴 새 없이 나에 대해 묻고 아버지는 쉴 새 없이 대답한 끝에, 오후에 호텔에서 만나기로 약속했다. 아버지가 돌아와 흥분한 목소리로 말했다.

"네 어머니가 찾아왔어."

아버지는 은행에서 통장 잔액 3천 위안을 전부 인출해 왔다. 그러고는 좋은 양복을 사 주겠다며 도시에 막 들어선 가장 큰 쇼핑센터로 나를 데려갔다. 나를 텔레비전 스타처럼 입혀야 떳떳하게 생모를 만날 수 있고 22년 동안 학대하지 않았다는 걸 보여줄 수 있다고 생각한 것이다. 아버지는 그 도시에서 아주 오래 살았지만 대체로 기차역 주변을 떠나본 적이 없었다. 거대한 6층짜리 쇼핑센터에 처음 들어가 본 아버지는 눈이 휘둥그레져 엄청 화려하구나, 엄청 웅장하구나 하며 중얼거렸다.

화장품 매장이 자리 잡은 쇼핑센터 1층에서는 코를 벌름거리며

"여긴 공기까지 향기롭네" 하고 말했다.

아버지가 화장품 매대의 아가씨에게 물었다.

"명품 양복은 몇 층인가요?"

"2층입니다." 아가씨가 대답했다.

아버지가 의기양양하게 나를 끌고 에스컬레이터에 올랐다. 부자처럼 당당하게 2층으로 올라가자 마침 맞은편에 유명한 외국 브랜드 매장이 있었다. 아버지가 입구에 걸린 넥타이 가격을 보고는 깜짝 놀라서 말했다.

"넥타이 하나가 280위안이야."

"아빠, 잘못 보셨어요. 2천 8백 위안이에요."

아버지의 낯빛이 놀라움에서 슬픔으로 바뀌었다. 본인의 주머니 사정을 깨닫고 그 자리에서 아연해졌다. 그때까지 가난하긴 하지만 절약한 덕분에 그런대로 넉넉해졌다는 착각에 빠져 있었다는 것을, 자신이 가난하다는 것을 그 순간 절감한 것이다. 아버지는 감히 외국 브랜드 매장에는 들어가지도 못하고 다가온 판매원에게 의기소침하게 물었다.

"저렴한 양복은 어디 있나요?"

"4층입니다."

아버지가 고개를 숙인 채 상향 에스컬레이터 쪽으로 걸어갔다. 에스컬레이터에 서 있을 때 아버지의 한숨 소리가 들렸다. 아버지는 나지막하게 애당초 기차에서 떨어지지 않았으면 좋았을 텐데, 그러면 지금보다 훨씬 잘 살았을 텐데, 하고 말했다. 신문과 텔레비전에서 생모가 부처장급 대우를 받으며 은퇴했고 생부는 아직도 처장이라는 기사를 보았기 때문이다. 사실 친아버지는 북쪽 도시의 하급 관료에 불과했지만 아버지 눈에는 권력이 높은 인물로 보였다.

4층은 전부 국산 브랜드 남성복 매장이었다. 아버지가 내 양복과 셔츠, 넥타이, 신발을 전부 사느라 지불한 돈은 외국 브랜드 넥타이 하나보다도 2백 위안이 싼 2천 6백 위안에 불과했다. 양복에 구두까지 갖춰 입은 나의 그럴싸한 모습을 보자 아버지의 얼굴에서 방금 전의 우울한 표정이 사라졌다. 금세 그런대로 먹고살 만하다는 착각을 하며 아버지는 천천히 내려가는 에스컬레이터에 의기양양하게 선 채 양복을 쫙 빼입은 2층 광고 속의 외국 남자를 거만하게 내려다보았다. 그러고는 내가 양복을 입은 모습이 광고 속의 저 외국인보다 멋지다고, 정말 옷이 날개라는 말이 딱 맞는다며 감탄했다.

그날 오후 두 시에 아버지는 새 철도원 제복을 입고, 나는 양복에 구두를 신은 뒤 생모가 묵고 있는 3성급 호텔로 향했다. 아버지가 안내 데스크에 가서 문의하자, 거기 있던 아가씨가 생모는 오전에 나가서 줄곧 돌아오지 않았다며 아마 방송국에 갔을 거라고 말했다. 안내 데스크의 아가씨도 분명 생모의 이야기를 알고 있는 듯했다. 그녀는 내가 그 이야기의 주인공이라는 것을 모른 채 나를 훑어보았다. 아버지와 나는 로비 소파에 앉아 생모가 돌아오기를 기다렸다. 군데군데가 거뭇거뭇해지기 시작한 갈색 소파는 사람들이 너무 많이 앉아 반질반질했다. 나는 행여 양복이 구겨질까 봐 똑바로 앉았고 아버지도 새 제복이 구겨질까 봐 정자세로 앉아 있었다.

얼마 지나지 않아서 한 중년 부인이 들어왔다. 우리 쪽을 쳐다보는 그녀를 한눈에 알아보고 자리에서 일어나자, 그녀가 눈치 채고 걸음을 멈춘 채 나를 자세히 살펴보았다. 그때 안내 데스크 아가씨가 기다리는 사람이 있다면서 왼손으로 우리를 가리켰다. 생모는 우리가 누구인지 알아챘다. 아버지와 오후에 만나기로 약속했지만 가만히 기다릴 수가 없어서 오전에 기차역으로 아버지를 찾아갔던 터였다. 그때 우리는 쇼핑센터에 있었기 때문에 만날 수 없었던 것이다. 대신 생모는 하오 아저씨를 만나 아버지가 나를 어떻게 키웠는지 자세한 이야기를 들었다. 그 뒤 내가 다니는 대학교로 찾아가 기숙사 친구들에게 나에 대해 자세히 물어보기도 했다. 이제 생모가 온몸을 부들거리며 다가왔다. 내게서 눈을 떼지 못한 채, 내 얼굴을 뚫어져라 쳐다보며 우리 앞까지 걸어왔다. 그녀는 입을 몇 번이나 뗐지만 아무 말도 못 하고 눈물을 왈칵 쏟아냈다. 그런 다음 아주 힘겹게 소리 내 물었다.

"네가 양페이니?"

아버지도 같이 고개를 끄덕였다.

생모가 울었다. 울면서 말했다.

"네 형이랑 많이 닮았구나. 키는 형보다 크고."

그렇게 말한 뒤 갑자기 아버지를 향해 무릎을 꿇었다.

"저희 은인이십니다. 은인이세요……."

아버지가 얼른 생모를 일으켜 거뭇거뭇한 갈색 소파에 앉혔다. 어머니가 눈물을 그치지 못하자 아버지의 얼굴도 눈물범벅이 되었다. 어머니는 연신 고맙다고 인사했다. 고맙다고 할 때마다 어떻게 해야 아버지의 크나큰 은덕에 보답할 수 있을지 모르겠다고 말했다. 아버지가 나 때문에 결혼까지 포기한 걸 알았기에 눈물을 거두지 못했다.

"제 아들 때문에 너무 많이 희생하셨습니다. 너무 많이요."

아버지는 그 말이 조금 어색했던지 나를 보며 말했다.

"양페이는 제 아들이기도 합니다."

생모가 눈물을 닦으며 대꾸했다.

"그럼요, 그럼요. 선생님 아들이기도 합니다. 영원히 선생님 아들입니다."

두 사람 모두 어느 정도 안정을 찾은 뒤, 생모가 내 손을 꼭 잡고 나를 뚫어지게 쳐다보며 두서없이 말을 걸었다. 내가 대답할 때마다 흐뭇해하며 아버지 쪽으로 고개를 돌려 말했다.

"목소리도 제 형이랑 똑같네요."

내 모습과 목소리로 생모는 22년 전에 달리는 기차 화장실에서 낳은 아이가 나라고 확신했다.

나중에 DNA 친자 확인에서 내가 아들이라는 게 증명되자 나의 낯선 친부모와 가족이 북방 도시에서 찾아왔다. 친아버지와 친어머니, 형과 누나, 그리고 형수와 자형까지 모두 왔다. 우리 도시의 텔레비전과 신문이 들썩거리며 '기차가 낳은 아이'가 대단원의 막을 내렸다고 보도했다. 나는 어쩔 줄 모르는 내 모습을 텔레비전에서 보았고, 억지로 만들어낸 나의 미소를 신문에서 보았다.

다행히 딱 이틀만 떠들썩했다. 3일째 되던 날, 텔레비전과 신문의 관심이 경찰의 갑작스러운 매춘 단속으로 옮겨 갔기 때문이다. 신문 보도에 따르면, 경찰들이 어둠을 틈타 도시의 사우나와 이발소에 불시에 들이닥쳐 매춘 혐의로 78명을 검거했는데 그중 한 매춘부가 놀랍게도 남자라고 했다. 리씨 성의 그 남자는 돈을 벌기 위해 여장한 채 매춘했으며, 매춘 방식이 얼마나 교묘한지 1년 남짓한 기간 동안 백 번도 넘게 손님을 받았지만 눈치 챈 사람이 아무도 없었다고 했다. 그 일은 언론의 집중 포화를 받았다. 텔레비전과 신문의 관심이 '기차가 낳은 아이'에서 여장하고 매춘한 남자에게로 쏠렸다. 그러나 매춘 방법이 교묘하다고만 할 뿐, 어떻게 교묘한지 자세한 내용은 텔레비전과 신문 모두 말하지 않았다. 그래서 우리 도시 사람들은 흥미진진하게 온갖 기묘한 매춘 방식을 상상했다.

진눈깨비가 눈앞에서 나부꼈지만 눈이나 몸에 닿지 않는 것을 보면서 진눈깨비마저 떠나고 있다는 것을 알았다. 나는 여전히 바위에 앉은 채였고, 나의 기억 또한 여전히 그 시끌벅적한 세계를 뛰어다니고 있었다.

낯선 가족들이 북방 도시로 돌아가고 나서 두 달 뒤에 나는 대학을 졸업했다. 당시 다들 모인 자리에서 친부모가 졸업하면 자신들이 있는 도시에서 일하는 게 어떻겠느냐고 했다. 친아버지가 처장 자리에서 아직 4년은 더 있을 수 있다며, 그 뒤에는 은퇴하니까 그래도 힘이 남아 있을 때 좋은 일자리를 찾아주겠노라고 한 것이다. 그러자 아버지가 전적으로 찬성했다. 자신은 아무런 힘도 없는 하찮은 사람이라서 좋은 일자리를 찾아줄 수 없으니, 내가 그 북방 도시에 가면 앞날이 밝아질 거라고 여겼기 때문이다. 사실 친아버지는 조심스러워하며 그 얘기를 꺼낸 터였다. 아버지가 불쾌해할까 봐 여기서 일해도 괜찮다고, 이쪽에서 좋은 일자리를 찾도록 줄을 댈 방법도 있을 거라고 여러 차례 설명했다. 그런데 뜻밖에도 아버지가 제안을 흔쾌히 받아들이고 나에 대한 배려에 진심으로 감사하자 도리어 당황하고 말았다. 친아버지의 당혹해하는 표정을 보고 아버지가 얼른 말을 고쳤다.

"감사하다고 하면 안 되겠군요. 양페이는 두 분 아들이기도 하니까요."

친어머니가 감동한 나머지 몰래 눈물을 닦으며 내게 말했다.

"정말 좋은 분이구나. 정말 좋은 사람이야."

아버지는 내가 가려는 도시가 무척 춥다는 것을 알고는 두꺼운 털옷과 바지를 뜨고 검은 모직 코트를 샀다. 그리고 커다란 여행 가방을 사서 사계절 옷을 전부 집어넣었다가 곧 낡은 옷을 꺼낸 다음 밖으로 나가 새 옷을 사 왔다. 아버지가 그것들을 마련하느라 하오 아저씨 부부에게서 돈을 빌렸다는 사실을 나는 전혀 몰랐다. 어느 여름날 아침, 나는 겨울옷으로 가득한, 그리고 얼마 전에 산 양복도 들어 있는 여행 가방을 끌고 아버지의 뒤를 따라 기차역으로 들어갔다. 표를 뜯은 뒤에야 아버지는 기차표를 주며 나중에 검사할 테니 잘 가지고 있으라고 당부했다. 플랫폼에서 기다리는 동안 아버지는 고개를 숙인 채 한마디도 하지 않다가 내가 탈 기차가 천천히 역으로 들어오자 손을 들어 내 어깨를 쓰다듬으며 말했다.

"시간 나면 편지도 쓰고 전화도 해라. 잘 지내는지 알려주렴. 내 걱정은 말고."

내가 올라탄 기차가 역을 떠날 때 아버지는 그곳에 선 채 멀어지는 기차를 보며 손을 흔들었다. 플랫폼은 오가는 사람들로 붐볐지만 아버지 혼자만 거기에 서 있는 것 같았다.

나중에 아버지가 내 삶에서 조용히 사라진 이후, 나는 그 여름날 아침 플랫폼의 광경을 가슴 시리게 떠올리곤 했다. 아버지가 스물한 살 때 갑자기 아버지 삶으로 뛰어든 나는 아버지의 삶을 송두리째 장악해버렸다. 그래서 아버지가 마땅히 누려야 했던 행복은 아버지 삶에 비집고 들어올 수가 없었다. 온갖 고생을 참고 견디며 나를 길러낸 그 아버지를 나는 나도 모르게 플랫폼에 내버린 것이다.

북방 도시에서의 짧고도 낯선 생활이 시작되었다. 친아버지는 업무와 각종 모임으로 아침 일찍 나가 밤늦게 돌아왔기 때문에 나는 대부분의 시간을 은퇴한 어머니와 함께 지냈다. 어머니는 그 도시의 명소를 데리고 다니면서 예전에 함께 일했던 여러 동료들의 집에 들러 22년 동안 잃어버렸던 아들을 보여주었다. 어머니의 친구들은 우리 모자의 상봉을 기뻐했지만, 기쁨보다 더한 건 호기심이었다. 어머니는 희색이 만연해서 나를 어떻게 찾았는지부터 이야기를 시작했다가 어느 지점이 되면 감정이 북받쳐 눈시울을 붉히곤 했다. 처음에는 그런 모습에 안절부절못했지만 나중에는 점점 익숙해졌다. 내가 꼭 잃어버렸다가 되찾은 물건같이 느껴지면서 어머니가 나를 잃어버렸을 때의 고통과 찾았을 때의 기쁨을 담담하게 듣게 되었다.

새로운 가정에 처음 합류했을 때는 귀빈처럼 친아버지와 친어머니, 형 부부, 누나 부부의 지극한 보살핌을 받았다. 하지만 두 주가 지난 뒤부터는 내가 불청객이라는 사실을 느낄 수 있었다. 그 집의 방 세 개를 부모님, 형 내외, 누나 내외가 각각 하나씩 쓰고 있었기 때문에 나는 좁은 거실의 접이식 침대에서 잤다. 저녁마다 잠들기 전에 식탁을 벽으로 민 다음에 침대를 펼쳤다가, 다음 날 아침 자고 있을 때 어머니가 조용히 깨우면 얼른 일어나 침대를 접고 식탁을 끌어와야 했다. 그렇게 하지 않으면 식구들이 아침식사 할 공간이 없었다. 어머니는 미안해하면서 형네 직장에서 집을 배정해줄 거라고, 누나네 직장에서도 곧 집을 배정해줄 거라고, 형과 누나가 이사 가면 나한테 방이 생길 거라고 달랬다.

새 집에서는 말다툼 소리가 끊이지 않았다. 형과 형수가 싸우고, 누나와 자형이 싸우고, 친어머니와 친아버지가 싸웠다. 때로는 온 집안 식구가 싸웠는데 얼마나 소란한지 누가 누구와 싸우는 건지 알 수가 없었다. 그러다 하루는 나 때문에 싸움이 일어났다. 내가 회사 입사를 앞두고 있을 때였다. 거실에서 자는 게 많이 불편할 테니 일자리를 잡고 월급을 받으면 밖에 집을 얻어 내보내자고 형이 말하자 누나도 동조한 것이다. 그러자 어머니가 화가 나 형과 누나에게 소리쳤다.

"너희는 일도 있고 월급도 받으면서 왜 집을 얻어 나가지 않는 건데?"

친아버지가 친어머니 편을 들며, 몇 년이나 직장 생활을 해서 은행에 저축도 있으니 집을 얻어 나가라고 했다. 그런 다음 자식 대 부모가 싸우기 시작했다. 형과 누나가 친구 누구누구를 들먹이며 걔네 부모는 세력이 든든해서 자식들한테 진즉에 좋은 집을 마련해줬다고 말했다. 그러자 친아버지가 얼굴이 새파랗게 질려 형과 누나에게 배은망덕하다고 욕을 퍼부었고, 이어서 친어머니가, 양심도 없다며 너희 직장도 전부 아버지가 줄을 대서 얻어준 거라고 욕했다. 한 구석에서 그들의 불꽃 튀는 싸움을 보던 나는 불현 듯 슬퍼졌다. 이어서 형과 형수가 싸우고 누나와 자형이 싸웠다. 두 여자가 남편에게 능력이 없다며 욕하고, 자기 직장의 누구 남편은 진짜 유능해서 집도 있고 차도 있고 돈도 있다고 했다. 두 남자도 지지 않고 이혼해줄 테니 집과 차와 돈 있는 남자를 찾아가라고 맞섰다. 누나가 곧장 방으로 뛰어 들어가 이혼 서류를 들고 나오자 형수도 똑같이 들고 나왔다. 형과 자형이 그 자리에서 합의서에 사인했더니 이번에는 울며불며 뛰어내리겠다고 난리를 쳤다. 형수가 먼저 베란다로 나가 뛰어내리려 하자 곧이어 누나도 베란다로 뛰어갔다. 그 모습에 형과 자형이 한발 물러섰다. 얼른 베란다로 나가 두 여자를 끌고 와서는 차근차근 설득하면서 잘못을 시인했다. 그리고 내 앞에서 두 남자가 하나는 무릎을 꿇고, 하나는 자기 뺨을 치기 시작했다. 친아버지와 친어머니는 그런 소란에 익숙한 듯 방으로 들어가 문을 잠그고 잠을 청했다.

집 안에서 한바탕 폭풍우가 지나간 뒤, 나는 깊은 밤 고요한 베란다에서 북방 도시의 화려한 야경을 바라보며 아버지를 떠올렸다. 어려서부터 한 번도 욕을 하거나 때린 적 없이 내가 잘못하면 가볍게 몇 마디 책망한 다음, 당신이 뭔가를 잘못한 것 같다고 탄식하던 아버지를.

다음 날 아침, 집은 마치 아무 일도 없었다는 듯 평화로웠다. 모두 아침을 먹고 출근한 다음 나와 어머니만 식탁에 남았다. 어머니는 지난 밤 나로 인해 일어난 소란에 대해 무안해했지만, 그보다는 자신의 상황에 더 답답해했다. 계속 탄식하며 형과 누나 가족이 집에 생활비 한 푼 보태지 않으면서 공짜로 먹고 지낸다고, 친아버지가 퇴근 뒤에 모임이 너무 많아서 매일 밤 고주망태로 돌아온다고 불평했다. 어머니는 한참을 주저리주저리 이런저런 얘기를 늘어놓더니 정말 콩가루 집안이 따로 없다고 푸념했다. 또 이 집을 돌보는 일에 이제 지쳐버렸다고 했다. 나는 어머니의 말이 끝났을 때 조용히 말했다.

"집으로 돌아가야겠어요."

그 말에 어머니가 잠시 어리둥절해하다가 곧 내가 말하는 집이 여기가 아니라 남방 도시라는 것을 깨달았다. 그러고는 소리 없이 눈물을 흘렸다. 어머니는 다시 생각해보라고 권하는 대신 손으로 눈물을 닦으며 말했다.

"나를 보러 와주겠니?"

내가 고개를 끄덕였다.

어머니가 슬픔에 젖어 말했다.

"그동안 고생만 시켰구나."

나는 아무 말도 하지 않았다.

그렇게 새로운 집에서 27일을 보낸 뒤 기차를 타고 옛집으로 돌아왔다. 기차에서 내린 나는 역에서 나가지 않고 여행 가방을 끌며 아버지를 찾아다녔다. 지하 통로를 거쳐 플랫폼 세 곳을 훑은 뒤에 4호 플랫폼에서 아버지의 모습을 발견했다. 아버지는 플랫폼을 잘못 찾은 승객에게 한창 길 안내를 하고 있었다. 나는 여행객이 "고맙습니다" 하고 몸을 돌려 뛰어갈 때까지 기다렸다가 아버지를 불렀다.

"아버지."

걸어가던 아버지의 몸이 갑자기 굳어졌다. 내가 다시 부르자 아버지는 몸을 돌려 의아한 표정으로 나를 바라보더니, 깜짝 놀라며 내 손에 든 여행 가방을 보았다. 아버지는 돌아올 때의 내 옷차림이 떠날 때의 옷차림과 똑같다는 걸 알았다. 그리고 나는 여행 가방을 들고 있었다. 나는 떠났던 그대로 돌아왔다.

"아버지, 저 왔어요."

아버지는 내가 말하는 '왔어요'의 의미를 이해하고 조용히 고개를 끄덕였다. 아버지의 눈가가 조금 붉어지는가 싶을 때, 아버지는 황급히 몸을 돌리더니 일을 계속했다. 나는 플랫폼의 시계를 보고 아직 근무 시간이며, 20분이 지나야 퇴근 시간이라는 것을 알았다. 그래서 가방을 끌고 지하 통로의 계단 옆으로 가서 성실하게 일하는 아버지를 바라보았다. 아버지는 승객 몇에게 차량이 어디 있는지 알려주고, 나이 든 승객의 짐을 열차에 실어주었다. 열차가 플랫폼을 떠난 뒤 아버지가 고개를 들어 퇴근 시간을 확인한 다음 내쪽으로 다가왔다. 그러고는 가방을 들고 계단을 내려갔다. 내가 가방을 들려고 했지만 아버지의 왼팔이 강력하게 저지했다. 마치 내가 아직 아이라서 그렇게 큰 여행 가방은 들 수 없다는 듯이.

우리 집으로 돌아왔다. 그때 우리는 철길 옆의 작은 집을 떠나 철도원 숙소 건물에 살고 있었다. 방 두 개가 전부였지만 싸우는 소리가 없는 집이었다.

아버지는 나의 갑작스러운 귀향에도 무척 담담해 보였다. 내가 돌아올 줄 몰랐기 때문에 집에 먹을 게 없다며 씻고 있으라 하고는 근처 식당에서 요리 네 가지를 사 왔다. 아버지가 식당에 가는 일은 아주 드물었고, 한꺼번에 요리 네 가지를 사는 일은 더더욱 전례가 없었다. 식사할 때 아버지는 거의 말을 하지 않았지만 쉬지 않고 내 밥그릇에 음식을 놓아주었다. 나도 긴 설명 없이 간단하게 나는 이 집에 더 잘 맞는 것 같다고, 요즘 대학생은 일자리 찾는 게 쉬운 편이니 여기에서 취직해도 친아버지가 소개해주는 일이랑 별 차이가 없을 거라고 말했다. 아버지는 들으면서 고개를 끄덕이다가 내가 내일 당장 일을 구하러 나가겠다고 하자 입을 열었다.

"급할 게 뭐 있어, 며칠 좀 쉬어."

나중에 하오 아저씨가, 그날 저녁 내가 잠든 다음 아버지가 찾아왔었다고, 들어오자마자 눈물을 흘리면서 자신과 아줌마에게 "양페이가 돌아왔어, 내 아들이 돌아왔어"라고 말했다고 알려주었다.

아버지는 생명의 마지막 즈음까지 평생 제일 잘한 일이 양페이라는 아들을 거둔 거라고 생각했다. 당시 아버지는 은퇴하고, 나는 회사에서 부장으로 승진한 데다 저축도 꽤 많이 해서 방 두 개에 거실이 있는 새 집을 살 계획을 세웠다. 주말을 이용해 시공 중인 주택지 10여 곳을 둘러보고 그중 하나를 점찍은 다음, 아버지에게 복지 차원에서 배분되었던 방 두 칸짜리 철도 숙소를 팔기로 했다. 그 돈에 몇 년 부은 내 저축을 합치면 새 집을 살 수 있었다. 아버지는 내 실패한 결혼 때문에 늘 탄식했지만, 다른 한편으로 나의 성공한 직장생활에 무척 뿌듯해했다.

당시 나는 저녁 모임이 많았다. 그런데 밤늦게 돌아가면 아버지는 음식을 해놓고 나를 기다리고 있었다. 내가 안 오면 식사도 하지 않고 주무시지도 않았다. 그래서 나는 최대한 저녁 약속을 만들지 않고 돌아가 아버지와 식사를 하고 텔레비전을 보았다. 그해 휴가 때는 둘이서 황산에 다녀왔다. 그건 아버지의 첫 번째 여행이자 마지막 여행이었다. 예순의 아버지는 무척 강건해서, 헉헉거리며 산을 오르는 나와 달리 날쌘 제비 같았다. 심지어 가파른 곳에서는 나를 끌어주기까지 했다.

하오 아저씨와 리 아줌마도 은퇴했다. 아저씨네 딸인 하오샤는 베이징에서 대학을 졸업한 뒤 미국 대학원으로 유학을 갔다. 그런 다음 미국에서 일하면서 미국인과 결혼해 예쁜 혼혈아 둘을 낳았다. 아저씨 부부는 은퇴한 뒤 미국으로 이민 갈 준비를 했다. 그들은 이민 비자를 기다리는 동안 늘 아버지를 만나러 왔고, 그때가 아버지의 가장 행복한 순간이었다. 집으로 돌아와 문을 열 때 안에서 웃음소리가 들리면 아저씨 부부가 왔다는 뜻이었다. 내가 나타나면 아줌마는 반갑게 "아들" 하고 나를 불렀다.

아줌마는 늘 나를 아들이라고 불렀고 나도 항상 아줌마를 길러준 어머니라고 생각했다. 내가 아직 아버지 포대기에서 손가락을 빨 때 아줌마는 거의 매일 철길 옆의 우리 집으로 찾아와 내게 젖을 먹이며, 어디 분유가 엄마 젖만 하겠느냐고 아버지에게 말했다.

내 기억 속의 아줌마는 항상 말랐는데, 아버지는 통통했던 사람이 나를 먹이느라 말랐다고 했다. 그 가난하던 시절 영양 상태가 부실했던 아줌마가 두 아이에게 젖을 먹였으니 아버지의 말을 인정하지 않을 수 없었다.

아저씨 집은 우리 집만큼 익숙했다. 어린 시절 많은 시간을 그 집에서 보냈고, 아버지가 야근할 때마다 거기서 먹고 잤다. 아줌마는 나를 하오샤와 똑같이 친자식처럼 대했다. 언젠가 고기를 먹다가 한 점이 남았을 때 아줌마가 하오샤가 아닌 내게 주자 하오샤가 울음을 터뜨렸다.

"엄마, 내가 엄마 친딸이거든."

"다음에는 너한테 줄게."

나와 하오샤는 절친한 소꿉친구였다. 우리는 나중에 크면 결혼하자고, 그러면 계속 같이 있을 수 있다고 몰래 약속하기도 했다. 그때 하오샤는 이렇게 말했다.

"네가 아빠 하고, 내가 엄마 하고."

그 당시 우리가 아는 결혼이란 아빠와 엄마의 조합이기 때문이었다. 그러다가 더 정확하게는 남편과 아내의 결합이란 걸 이해한 뒤, 우리는 누구도 그 비밀스러운 약속을 거론하지 않았고 똑같은 속도로 그 약속을 잊어버렸다.

나는 명절 때 전화만 할 뿐 다시는 친부모님 집에 가지 않았다.

보통 어머니가 전화를 받았는데 자세하게 내 근황을 물은 다음 아버지를 잘 모시라고 당부하며 마지막으로 진심 어린 한마디를 덧붙였다.

"정말 좋은 사람이야."

아버지는 은퇴한 지 2년째 되던 해 병에 걸렸다. 음식을 못 넘기고 급속도로 수척해지면서 하루 종일 기력이 없었다. 그러면서도 당신이 병마에 허덕이고 있다는 사실을 감췄다. 아버지는 천천히 회복될 거라고 생각했다. 이전까지 병이 났을 때면 병원에도 가지 않고, 약도 먹지 않고 건강한 몸만으로 이겨내곤 했기 때문에, 이번에도 충분히 견뎌낼 수 있을 거라고 믿었다. 그때 나는 너무 바빠서 아버지가 갈수록 피곤해하는 것을 알아차리지 못했다. 어느 날 아버지가 장작개비처럼 말라버린 것을 발견한 뒤에야 이미 6개월이나 앓았다는 것을 알았다. 억지로 아버지를 병원에 모셔가 진찰한 뒤 결과가 나왔을 때, 진단서를 든 내 손이 부들부들 떨렸다. 아버지는 림프암이었다.

나는 병마가 아버지의 생명을 조금씩 갉아먹는 것을 지켜보면서 아무것도 할 수 없었다. 방사선 치료와 수술, 화학 치료에 시달리느라, 한때 건강했던 아버지는 걸을 때마다 바람만 불어도 쓰러질 것처럼 휘청거렸다. 철도원으로 퇴직했기 때문에 아버지는 의료비 혜택을 일부 받았지만 치료비가 엄청난 데다 대부분 자가 부담이라서 나는 조용히 아버지 집을 팔았다. 그리고 아버지를 간병하기 위해 회사를 그만두고 병원 부근에 작은 가게를 냈다. 아버지는 안쪽 방에서 주무시게 하고 나는 바깥 점포에서 일용품을 팔아 일상생활을 유지해나갔다.

아무 상의 없이 회사를 그만 두고 집을 팔았다며 아버지는 무척 속상해했다. 하지만 아버지가 알았을 때는 이미 다 끝나버린 뒤였다. 아버지는 연신 탄식에 한숨을 내쉬며 걱정스럽게 물었다.

"집도 없고 직장도 없는데 앞으로 너는 어쩌려고?"

나는 아버지 병이 완치되면 다시 회사에 복귀할 거라고, 그때 다시 저축하고 새 집을 사서 편안한 여생을 보내게 해드리겠다고 위로했다. 아버지는 고개를 저으며 이제 집 살 돈이 어디 있느냐고 속상해했다. 내가 돈이 모자라면 주택 담보대출을 받으면 된다고 했더니 아버지는 계속 고개를 흔들면서 집을 사지 말라고, 빚은 지지 말라고 말했다. 나는 더 이상 아무 말도 하지 않았다. 집값이 폭등하기 전에 대출을 받아 집을 살 계획이었지만 은행에서 그렇게 많은 돈을 빌리는 것에 대한 아버지의 거부감이 너무 컸기 때문에 계획을 포기할 수밖에 없었다.

철길 옆의 흔들리는 작은 집에서 살던 때로 돌아간 것 같았다. 저녁에 가게 문을 닫은 뒤 우리 부자는 한 침대에 끼여 잤다. 나는 매일 밤 아버지의 한숨과 신음 소리를 들었다. 한숨은 내 앞길 때문이었고, 신음은 아버지의 병고 때문이었다. 아버지의 통증이 조금 줄어들 때면 우리는 함께 추억에 잠겼다. 그럴 때 아버지의 목소리는 무척 행복하게 들렸다. 아버지는 내가 어렸을 때의 일을 아주 많이 이야기했다. 어렸을 적 나는 잠잘 때 꼭 얼굴을 마주 봐야 했다며, 가끔 자세를 바꾸느라 등을 돌리면 내가 계속 "아빠, 나 봐. 아빠 내 쪽 봐……" 하고 웅얼댔다고 했다.

나는 어렸을 때 밤에 깨면 항상 아버지의 코 고는 소리가 들렸는데 몇 번인가 들리지 않아서 무서운 마음에 울었다고, 숨이 멎었나 싶어서 힘껏 흔들어 깨웠더니 아버지가 일어나 앉기에 울음을 멈추고 웃으면서 안 죽었구나 생각했다고 이야기했다.

어느 날 밤 아버지가 한숨도 쉬지 않고 신음 소리도 내지 않으며 어떻게 철로에서 내 울음소리를 들었는지, 어떻게 나를 안고 리 아줌마에게 뛰어가 젖을 먹였는지 등등 많은 이야기를 조용히 늘어놓았다. 내가 네 살 때 결혼을 하려고 나를 버렸던 일도 그날 밤에 알려주었다. 그 이야기를 할 때 아버지는 눈물을 글썽거리며 자신을 책망했다.

"내가 어떻게 그런 독한 맘을 먹을 수 있었는지……."

나는 나도 아버지를 버리고 북방 도시의 집으로 갔으니 비긴 거라고 말했다. 그러자 아버지가 어둠 속에서 내 손을 쓰다듬으며 자기 친부모에게 가는 건 버린 거라고 할 수 없다고 말했다.

말을 마친 뒤 아버지가 살짝 웃음을 지었다. 그 푸른 바위로 돌아가 나를 찾았을 때 추위를 견디려고 내가 온몸에 나뭇잎을 덮었더라며, 세상에서 나보다 똑똑한 아이는 없을 거라고 말했다. 그날 밤 갑자기 내 기억이 또렷해지면서 돌과 수풀, 풀덤불, 날 두렵게 했던 개 짖는 소리가 생각났다. 나는 추워서가 아니라 무서워서였다고, 개 한 마리가 계속 왕왕 짖었다고 말했다.

"어쩐지, 네가 머리에도 나뭇잎을 덮었더라."

내가 헤헤 웃자 아버지도 헤헤 웃었다. 그런 다음 조용히 말했다.

"나는 죽는 게 두렵지 않아. 조금도 두렵지 않단다. 내가 두려운 건 다시는 너를 못 보는 거야."

다음 날 나의 아버지는 작별 인사도 없이 떠나갔다. 아무런 낌새도 없이, 쪽지 한 장도 남기지 않고 얼마 남지 않은 생명을 끌고 나를 떠나버렸다. 그 이후로 나는 내 소홀함을 끊임없이 자책했다. 아버지는 집을 나가기 며칠 전, 장롱에서 새 철도원 제복을 꺼내 베개 옆에 놓아달라고 했다. 나는 그게 어떤 조짐이라는 것을 알아채지 못하고 새 제복을 보고 싶어 한다고만 생각했다. 그건 아버지가 퇴직하기 전에 마지막으로 받은 제복이었다. 나는 아버지의 오랜 습관, 중요한 일이 있을 때면 새 철도원 제복을 입는다는 것을 대수롭지 않게 넘기고 말았다.

아버지가 아무 말 없이 사라진 그날, 우리 도시에 화재가 났다.

우리 가게에서 1킬로미터도 떨어지지 않은 대형 쇼핑몰에 불이 난 것이다. 화재 소식을 들었을 때는 이미 오후로, 아버지가 늦도록 돌아오지 않아 한창 걱정하고 있을 때였다. 문득 무서운 생각 하나가 머릿속을 맴돌았다. 아버지가 그 쇼핑몰에 갔을지도 모르겠다는 생각. 한번 그런 생각이 떠오르자 사라지지 않았다. 불안함이 걷잡을 수 없이 커졌다. 한 달만 있으면 내 생일이니까, 아버지가 아직 천천히 움직일 수 있을 때 생일 선물을 사러 갔을 거라고 지레짐작하기에 이르렀다.

나는 가게 문을 닫은 뒤 부리나케 쇼핑몰로 뛰어갔다. 은회색 쇼핑몰이 숯처럼 거무튀튀해졌고, 검은 연기가 뭉게뭉게 피어오르는 게 불길은 거의 잡힌 것 같았다. 10여 대의 소방차 호스에서 높게 뿜어져 나온 물기둥이 다 타버린 쇼핑몰 위로 아직도 떨어지고 있었다. 길가에는 구급차 몇 대와 경찰차 몇 대가 대기 중이었다. 소방 사다리가 놓인 뒤 소방대원이 들어가 사람을 구해냈다. 들려 나온 사람이 구급차에 실리자 구급차가 사이렌을 울리며 쏜살같이 달려갔다.

쇼핑몰 주변 길에 사람들이 잔뜩 모여 불이 어떻게 났는지 이러쿵저러쿵 떠들고 있었다. 그 속에서 들을 수 있는 건 전부 뜨문뜨문하고 아리송한 정보로 누구는 아침 열 시 전후에 불이 났다고 하고, 또 누구는 점심 때 났다고 했다. 나는 그 사이를 오가며 화재의 원인과 예상 사망자 수에 대한 이야기를 듣다가 해가 진 다음에야 가게로 돌아왔다.

저녁 때 텔레비전 뉴스에서 쇼핑몰 화재에 대한 내용이 보도되었다. 공식 발표에 따르면 전기 합선으로 아침 아홉 시 반에 화재가 일어났다고 했다. 텔레비전 속 앵커가 개장한 지 얼마 되지 않은 시간이라 손님이 많지 않았으며 대부분 긴급 대피하고 몇 명만 남았었노라고 말했다. 그리고 사망자 수는 조사 중이라고 했다.

그날 저녁 아버지가 돌아오지 않아 나는 밤새 안절부절못하며 불안에 시달렸다. 텔레비전 아침 뉴스에서 쇼핑몰 화재에 대한 최신 소식이 보도되었다. 사망자 일곱 명에 부상자가 스물한 명이며 부상자 중 두 명은 중태라고 했다. 점심때가 되자 사망자 신원이 확인되었는데 아버지 이름은 없었다.

하지만 인터넷 소식은 달랐다. 사망자가 50명이 넘는다는 얘기도 있고, 백 명이 넘는다는 얘기도 있었다. 많은 사람들이 정부에서 사망자 수를 속이고 있다며 비난했다. 어떤 사람이 국무원 안전생산위원회의 사고 사망자 수에 대한 정의를 찾아내, 한 번에 사망자가 세 명에서 아홉 명이면 '비교적 큰 사고', 열 명 이상이면 '중대형 사고', 서른 명 이상이면 '특별 중대 사고'로 규정한다고 했다. 이에 한 네티즌이 정부가 책임을 피하려고 사망자 수를 일곱 명에 맞춘 거라며, 현재 중태인 사람이 죽는다고 해도 아홉 명이라

'비교적 큰 사고'에 속하니 시장이나 당 서기들 앞날에 영향을 미치지 않도록 한 조치라고 비난했다.

인터넷에 온갖 풍문이 퍼지면서 어떤 사람은 은폐된 사망자의 가족들이 위협을 받았다고 하고, 어떤 사람은 그 가족들이 입을 다무는 대가로 고액을 받았다고 하며, 또 누군가는 감춰진 사망자 명단을 공개했다. 하지만 거기에도 아버지 이름은 없었다.

아버지가 이틀이 되도록 돌아오지 않아 나는 아버지를 찾아 나섰다. 가장 먼저 기차역부터 가보았다. 역무원들이 봤을지도 모른다는 생각에 갔지만 아무 소득이 없었다. 사실 아버지가 너무 말랐기 때문에 예전에 알던 사람이라도 알아보기 힘들었을 것이다. 그런 다음 하오 아저씨한테 갔다. 아저씨 부부는 광저우에서 막 돌아온 참이었다. 광저우의 미국 영사관에서 이민 비자 인터뷰를 순조롭게 통과하고 돌아와, 바다 건너 먼 이국땅에서 딸과 살기 위해 오랫동안 살았던 집을 내놓았다. 아버지 소식에 아저씨 부부는 무척 안타까워했다. 아저씨는 계속 한숨을 내쉬었고, 아줌마는 눈물을 흘리며 말했다.

"아들아, 너를 힘들게 하기 싫었던 거야."

아저씨 부부는 아버지가 태어나고 자란 고향 마을로 돌아갔을지 모른다며 그곳에 가보라고 했다.

나는 가게를 다른 사람에게 양도한 뒤 장거리 버스를 타고 아버지 고향으로 향했다. 어렸을 때 가본 적이 있는데, 할아버지와 할머니는 내가 당신들 아들의 삶을 망쳤다며 나를 탐탁지 않게 여겼다. 또 아버지는 다섯 명의 형, 누나와 사이가 별로 좋지 않았다. 철도공사에서 일했던 할아버지는 조기 퇴직할 경우 자식에게 철도공사의 일자리를 물려줄 수 있다는 당시 정책에 따라 여섯 명 가운데 가장 어린 아버지에게 자리를 물려주었다. 그래서 다른 다섯 명이 무척 화를 냈다. 아마도 그런 이유들 때문이었는지 아버지는 두 번 다시 나를 고향에 데리고 가지 않았다.

할아버지와 할머니는 10여 년 전에 돌아가셨지만 아버지의 다섯 형제자매는 여전히 그곳에 살고 있었다. 자식들은 오래전에 외지로 나가 각기 다른 도시에 뿌리를 내리고 살았다.

나는 번화한 현성(현 정부 소재지)에 이르러 장거리 버스에서 내린 뒤 택시를 타고 아버지의 고향 마을로 향했다. 택시가 넓고 평평한 아스팔트를 달리는 동안, 어렸을 적 아버지와 왔을 때는 울퉁불퉁한 진흙길이라 버스가 덜컹덜컹 흔들렸던 게 기억났다. 마음속으로 그 엄청난 변화에 감탄하고 있을 때 택시가 멈춰 섰다. 아스팔트가 갑자기 끝나고 예전의 그 울퉁불퉁한 흙길이 나타났기 때문이다. 택시 기사가 높은 사람이 이렇게 외진 곳까지는 오지 않을 터라 아스팔트를 여기서 끝냈다고 알려주었다. 내가 어리둥절해하자 시골길은 전부 높은 사람들이 시찰하러 내려올 때 닦는 거라고 설명해주었다. 그리고 앞쪽의 좁은 진흙길을 가리키며 저렇게 새마저 알을 낳지 않을 듯한 곳에 높은 사람이 올 리 없다고, 5킬로미터를 걸어가면 그 마을이 나올 거라고 알려주었다.

다시 찾아간 아버지의 고향 마을은 어렸을 때 가봤던 그 마을이 아니었다. 옛날에는 숲이 있고 저수지도 몇 개 있어서, 사촌 형들과 숲에서 새총으로 참새를 잡거나 바짓가랑이를 걷어 올리고 저수지에서 새우를 잡기도 했다. 내 기억으로 들판에서는 유채꽃이 햇빛을 받아 찬란하게 빛나고, 남녀노소와 닭, 오리, 소, 양의 소리가 끊임없이 이어졌다. 또 어미 돼지 몇 마리가 밭두렁을 뛰어다녔다. 하지만 이제 마을은 썰렁하고 들판에는 잡초가 무성한 데다 나무들이 휑하니 베어지고 저수지도 없었다. 마을의 청장년층은 전부 외지로 나가 일하느라 노인들만 집 앞에 앉아 있고, 간혹 아이들이 뒤뚱뒤뚱 걸어 다녔다. 아버지의 형제자매가 어떻게 생겼는지 기억나지 않아서, 문 앞에서 담배를 피우는 한 구부정한 노인에게 양진뱌오의 형과 누나가 어디 사느냐고 물었다. 노인이 입으로 몇 번 양진뱌오 하고 중얼거리다가 생각이 난 듯 대각선 집 앞에서 누에콩을 벗기는 노인에게 소리쳤다.

"누가 찾아왔어."

그 노인이 일어나 걸어오는 나를 보면서 악수할 준비를 하는 듯

옷에 두 손을 문질렀다. 노인에게 다가가서 내가 양페이라고 말하자 그는 아무런 반응도 보이지 않았다. 나는 다시 양진뱌오의 아들이라고 말했다. 그러자 아, 하더니 이가 없는 입을 벌려 형제자매를 불렀다.

"양진뱌오 아들이 왔어!"

그런 다음 내게 말했다.

"이렇게 컸구나. 전혀 못 알아봤다."

다른 네 노인이 잇따라 다가왔다. 다섯 명 모두 화학 섬유 옷을 입고 있었다. 그렇게 나란히 서자 모두 키만 다를 뿐 비슷비슷한 모습이 한 손바닥의 다섯 손가락 같았다.

그들은 나를 무척 반가워하며 차를 내오고 담배를 건넸다. 나는 찻잔만 받고 담배는 고개를 저으며 피우지 않는다고 사양했다. 노인들이 바쁘게 밥을 하고 술을 사 왔다. 시계를 보니 아직 오후 세 시도 안 되었기에 지금은 식사하기에 좀 이르다고 했지만, 노인들은 전혀 이르지 않다고 대답했다.

이제 세월이 많이 흘렀으니 그분들은 더 이상 아버지를 질투하지 않았다. 아버지가 불치병에 걸려 집을 나간 뒤 행방이 묘연하다고 하자 다섯 노인의 눈가가 붉어졌다. 손가락과 손바닥이 너무 거칠어서인지 다섯 명 모두 손등으로 눈물을 닦았다. 내가 계속 아버지를 찾다가 혹시 고향에 왔을지도 모른다는 생각에 찾아온 거라고 했더니, 노인들이 고개를 저으며 아버지는 온 적이 없다고 말했다.

나는 적막 속에서 일어나 바위를 떠났다. 그리고 적막 속을 걸었다. 진눈깨비가 계속 흩날렸지만 여전히 내 주위를 둘러쌀 뿐 몸에 떨어지지 않았다. 걸어가면 진눈깨비가 양쪽으로 갈라지며 길을 터주었다가 뒤돌아보면 어느새 합쳐지고 있었다.

기억의 길에서 나는 리웨전 아줌마에게로 향했다.

아버지의 고향 마을에서 도시로 돌아왔더니 리웨전 아줌마가 돌아가셨다. 저녁 때 길을 건너다가 과속으로 달려오는 BMW 자동차에 치여 날아올랐다가 도로에 떨어졌고, 이어서 달려오던 트럭과 미니밴에 납작하게 깔렸다. 딱 3일간 떠나 있었을 뿐인데 마음속의 어머니가 돌아가시고 없었다.

하오샤는 비행기로 돌아오는 중이었고 아저씨는 갑작스러운 충격에 무너지고 말았다. 아저씨 집에 갔더니 스님 몇이 진혼제를 하느라 집 안이 연기로 자욱했다. 노란 천이 깔린 탁자에 과일과 떡, 아줌마의 이름이 적힌 위패가 놓여 있었다. 스님들은 탁자 앞에서 눈을 감은 채 모기떼가 윙윙거리는 듯한 소리로 염불을 했다. 하오 아저씨가 멍한 눈빛으로 한쪽에 앉아 있기에 나는 아저씨 옆의 의자에 앉았다.

스님은 아줌마가 미국 이민을 준비하고 있었다는 걸 알았던 듯싶다. 염불을 끝낸 뒤 아저씨에게 염불하는 동안 아줌마의 영혼이 아저씨 무릎에 앉았다가 어깨에 올랐다가 오른발을 한 번 구르더니 승천했다고 말했다. 그러면서 넋을 기리는 의식은 3천 위안인데, 거기에 5백 위안을 더 내면 아줌마를 미국으로 보낼 수 있다고 했다. 아저씨가 멍하니 고개를 끄덕이자 스님들이 다시 살며시 눈을 감고 염불을 했다. 이번 경문은 간단했고, 그 애매모호한 낭송 소리에서 '미국'이라는 단어가 들렸다. 스님들이 읽은 건 중국어가 아니라 'USA'였다. 잠시 후 스님이 아줌마는 이미 USA로 떠났다며 금방 도착할 거라고, 보잉기보다도 빠르다고 말했다.

처음에 아저씨는 나를 못 알아봤다. 내가 옆에 한참 앉아 있은 뒤에야 누구인지 알아보고 엉엉 울면서 내 손을 잡아당겼다.

"양페이, 가서 네 엄마를 보렴. 엄마를 봐……."

아줌마는 죽기 3일 전, 그러니까 내가 아버지를 찾아 시골로 내려간 그날 아침에 우리 도시의 추악한 일면을 보았다. 농산물 시장에서 장을 본 다음 집으로 돌아가느라 다리를 건널 때 강물에 갓난아이의 시체가 떠다니는 것을 발견한 것이다. 처음에 아줌마는 죽은 물고기인 줄 알고 속으로 저런 물고기는 본 적이 없는데, 물고기에 어째 팔다리가 있는 것 같네, 하고 이상하게 여겼다. 그래서 나이가 들어 눈이 침침해진 탓인가 여기며 지나가는 젊은이 둘에게 강에 떠다니는 게 무엇인지 봐달라고 했다. 그러자 두 젊은이는 물고기가 아니라 갓난아이 같다고 말했다. 아줌마는 얼른 다리 어귀로 달려가 강물에 떠 있는 게 정말로 갓난아이인지 보았다. 갓난아이들의 시체가 나뭇잎, 잡초와 함께 떠다녔고 몇몇은 다리 밑 그림자에서 햇빛이 반짝이는 수면으로 떠오르기도 했다. 두 눈으로 수면 위의 아기 시체를 쫓고 있을 때 뭔가가 발에 걸려서 살펴보니 시체 세 구가 강가까지 밀려와 있었다.

올곧은 성격의 아줌마는 집으로 돌아가지 않고 장바구니를 든 채 신문사에 갔다. 하지만 경비원에게 저지당해 들어갈 수가 없었다. 경비원은 장바구니를 든 아줌마의 모습을 보고는 민원을 제기하러 왔다고 여겨서 민원은 시 정부의 민원 상담실로 가라고 했다. 그래서 아줌마는 신문사 입구에서 출근하는 기자 둘을 붙들고 강에 죽은 아기가 떠올랐다고 말했다. 두 기자는 얼른 현장으로 달려갔다. 그때 다리와 강가는 이미 사람들로 북적이고 있었고 누군가 대나무 장대로 아기 몇을 건져냈다.

오전 내내 두 기자와 10여 명의 시민이 스물일곱 구의 영아 시체를 찾아냈다. 그중 여덟 구의 발에는 우리 도시 어느 병원의 표식이 끼워져 있었다. 나머지 열아홉 구에는 그것마저 없었다. 두 기자는 휴대폰으로 사진을 찍은 다음 병원으로 갔다. 마침 그 병원은 사회적 비판을 누그러뜨리기 위해 진료난과 높은 진료비 문제를 해결할 새로운 정책을 막 내놓은 참이라 병원 원장은 그 인터뷰를 하러 온 줄 알고 친절하게 두 기자를 맞았다. 그러나 기자의 휴대폰에서 영아들의 시신을 보고는 얼른 웃음을 거두었다. 그러고는 시에서 열리는 회의에 참석해야 한다며 부원장에게 기자를 상대하도록 했다. 부원장은 사진을 본 뒤 당장 위생국 회의에 참석해야 한다며 병원 사무실 주임을 데려왔다. 사무실 주임은 귀찮다는 표정으로 사진을 본 다음 표식을 확인했다. 그러고는 표식이 있는 여덟 구의 영아는 병원에서 치료를 받았지만 사망했으며, 부모가 병원비를 내지 않고 달아났다고 말했다. 사무실 주임은 무척 불만스럽게, 많은 환자 가족이 의료비를 내지 않고 도망치는 바람에 병원에서 매년 백만 위안도 넘는 손실이 발생한다고 말했다. 또한 표식이 없는 열아홉 구의 시체는 산아제한 정책에 따라 강제 유산된 6개월 정도의 태아라고 말했다. 그러면서 오만한 표정으로 산아제한은 국가 정책이라고 강조했다. 그는 스물일곱 구의 영아 시체는 의료 쓰레기이므로 병원에 잘못이 있는 게 아니라고, 쓰레기는 버려야 하는 거라고 말했다.

우리 도시의 신문사는 윗선의 지시를 받아 두 기자가 작성한 기사를 싣지 않았다. 그러자 두 기자는 화가 나서 사진과 기사 전문을 인터넷에 올렸고, 그로 인해 사회 여론이 들끓었다. 네티즌들의 비난의 목소리가 한꺼번에 쏟아지는 포탄의 파편처럼 우리 도시로 날아들었다. 그때서야 병원 측은 잘못을 시인하고, 의료 쓰레기를 제대로 처리하지 않아 죄송하다며 이미 관련 책임자를 처벌했다고 말했다. 병원 측에서 영아 시체를 계속 의료 쓰레기라고 부르자 네티즌들은 더욱 분노했다. 사방팔방에서 더 많은 비난의 포탄이 쏟아지자 결국 시 정부의 새 대변인이 나섰다. 그는 스물일곱 구의 의료 쓰레기를 잘 처리하겠으며, 인간적으로 대우해 화장한 뒤 매장하겠노라고 발표했다.

아줌마를 보러 병원 영안실에 갔더니, 커다란 영안실이 '류신청에게 삼가 조의를 표합니다'라고 적힌 하얀색 리본이 달린 화환으로 가득했다. 류신청이 누군지 몰라도 이렇게 많은 사람이 화환을 보내온 걸 보면 분명 부자거나 권력자일 거라고 생각했다. 아줌마는 보이지 않고 사방의 화환 때문에 커다란 영안실이 휑뎅그렁하게 느껴져, 속으로 잘못 찾아왔나 싶었다.

그때 옆쪽으로 작은 방이 또 하나 있는 것을 발견했다. 입구에 다가가자 커다랗고 하얀 천이 바닥을 덮고 있는 게 보였다. 하얀 천 위의 울퉁불퉁한 곡선을 보니 그 밑에 시체가 있다는 걸 짐작할 수 있었다. 앉아서 천을 젖히자 아줌마가 보였다. 하얀 옷을 입은 아줌마가 갓난아이 시체와 함께 바닥에 누워 있었다. 가운데 아줌마가 눕고, 아기들이 아줌마의 주위를 몇 겹으로 빙 두르고 있으니 아줌마가 아기들의 엄마 같았다.

눈물이 주르륵 흘러내렸다. 내 성장기의 어머니가 그곳에 내가 익히 잘 아는 표정으로 조용히 누워 있었다. 나는 이미 정지해버린 그 표정을 가슴 시리게 바라보며 눈물을 닦고는 속으로 엄마, 하고 불렀다.

그날 밤 우리 도시에서 땅이 내려앉았다. 한밤중에 병원에서 야근하던 의사와 간호사, 환자들이 우르릉 하는 소리를 들었고 인근 주민들도 들었다. 모두 지진인 줄 알고 부리나케 뛰쳐나왔다가 영안실이 사라지고 그 자리에 커다란 구멍이 생긴 것을 발견했다. 그 갑작스러운 구덩이 때문에 사람들은 두려움에 휩싸였다. 병원 사람들과 주변 주민들은 도저히 안에 있을 수가 없어서 거리로 나왔다. 중병환자만 모든 것을 천명에 맡긴 채 계속 병상에 누워 있었다.

거리에 나온 사람들이 놀란 가슴을 부여잡고 하늘에 감사했다. 하늘이 무심하지 않아 영안실만 무너지고 옆 건물은 무너지지 않았다고, 구덩이가 동서남북 어느 쪽으로든 몇 십 미터만 더 가서 생겼어도 건물이 무너져 사상자가 셀 수 없었을 거라고 했다. 사람들이 "하느님 감사합니다" 하며 중얼거렸고, 한 노인은 눈물이 그렁그렁해서 말했다.

"무너져야 하는 게 무너지고 무너지지 말아야 하는 건 무너지지 않았으니, 하느님은 좋은 분이야."

두려움이 하루 밤낮을 지배하다가 천천히 사그라졌다. 시 정부에서 구덩이의 직경이 30미터, 깊이가 15미터이며 지하수를 과도하게 뽑아내는 바람에 지질 구조에 빈 공간이 생기면서 함몰된 것이라고 발표했다. 지질 환경 검사원 다섯 명이 줄을 타고 구덩이 아래로 내려갔다가 한 시간여 뒤에 줄에 매달려 올라왔다. 그들은 벽면과 지붕 일곱 군데에 균열이 있을 뿐 영안실 건물이 원상태를 유지하고 있다고 말했다.

시민들이 끊임없이 찾아와 원래 영안실이던 곳 옆에서 구덩이를 구경했다. 구덩이가 정말 둥글다고, 미리 컴퍼스로 그려놓았던 것 같다고, 예전의 우물도 이렇게 둥글지는 않았다고 감탄했다.

이틀 뒤에야 누군가 아줌마와 스물일곱 구의 영아 시신이 영안실에 있었다는 것을 떠올렸지만, 구덩이 아래로 내려가 영안실을 살펴보았던 지질 환경 검사원은 안에 시체가 한 구도 없었다고 했다. 아줌마와 스물일곱 구의 영아가 불가사의하게 실종된 것이다.

기자가 영안실 청소를 담당했던 병원 직원을 인터뷰했더니, 그날 저녁 퇴근할 때에도 시체들은 그 작은 방에 누워 있었다고 말했다. 화장한 게 아니냐고 묻자 절대 아니라며, 빈의관은 저녁에 열지 않기 때문에 시신을 화장했을 리 없다고 답했다. 기자가 이번에는 병원 사무실을 찾아갔다. 그런데 사무실 직원도 아줌마와 스물일곱 구의 영아 시신이 왜 사라졌는지 몰랐다. 그들은 귀신이 곡할 일이라며 설마 시신이 구덩이에서 올라와 걸어갔겠느냐고 말했다.

비행기에서 내린 하오샤가 비통함과 시차로 인한 괴로움 속에서, 역시 아직도 정신이 몽롱한 아버지를 부축해 병원에 갔다. 그러고는 어머니 시신의 행방을 물었지만 병원은 모른다고 대답할 뿐이었다.

아줌마와 스물일곱 구의 영아 시신이 불가사의하게 실종되었다는 소식이 도시에 퍼졌다. 곧이어 이 소식은 몇몇 사이트의 홈페이지를 장식했고, 일파만파로 커지면서 인터넷에 온갖 소문이 떠돌았다. 어떤 사람은 뭔가 말할 수 없는 이유가 있을 거라고 의심했다. 우리 도시의 언론 매체는 보도하지 말라는 지시를 받아 함구했지만 외지 매체들은 이 불가사의한 실종 사건을 대서특필했다. 많은 외지 기자들이 비행기와 기차, 자동차를 타고 우리 도시로 찾아와 대규모 심층 취재를 할 태세를 갖췄다.

그러자 시 정부에서 긴급 기자회견을 열었다. 민정국 직원이 나와 리웨전과 스물일곱 구의 영아 시신은 영안실이 무너지기 전날 오후에 빈의관으로 보내져 화장되었다고 발표했다. 기자가 화장하기 전에 가족에게 알렸는지 묻자 직원은 스물일곱 구 시신의 가족은 연락이 닿지 않았다고 대답했다. 기자가 다시 리웨전 가족에게는 연락했는지 물었다. 그러자 직원이 잠시 멍하게 있다가 기자회

견을 끝내겠다고 말한 뒤 "감사합니다" 하고 인사했다.

그날 저녁 민정국 직원과 병원 대표가 유골함 하나를 들고 아저씨 집에 찾아와 날이 너무 더워서 리웨전의 시신을 보관하기 어려웠노라고. 그래서 자신들이 나서서 화장했노라고 말했다. 서른 시간 넘게 잠을 못 잤는데도 정신만큼은 또렷했던 하오샤는 분노에 차 소리쳤다.

"지금은 봄이거든요."

영안실 청소를 담당했던 병원 직원이 말을 바꿔, 리웨전과 스물일곱 구의 영아는 분명 영안실이 무너지기 전날 오후에 빈의관으로 옮겨져 화장되었으며, 자신도 운구차에 싣는 걸 도왔다고 외지 기자에게 말했다. 그러자 자칭 은행원이라는 사람이 그날 이 직원이 자기 통장에 5천 위안을 넣었다며 그가 말을 바꾸고 돈을 받은 게 아닌가 의심이 된다는 글을 인터넷에 올렸다.

시 정부는 인터넷에 떠도는 소문을 잠재우기 위해 외지에서 온 기자들을 빈의관으로 불렀다. 그런 다음 일렬로 늘어선 스물일곱 개의 작은 유골함을 보여주며, 스물일곱 구의 영아 시신을 이미 화장했고 잘 안장할 것이라고 말했다. 하지만 일은 거기서 그치지 않았다. 다음 날 누군가 리웨전과 영아의 유골 스물일곱 구는 그날 화장한 다른 사람의 유골에서 덜어낸 것이라고 폭로했기 때문이다. 그 소식이 빠르게 확산되자 그날 화장한 시신의 유족들이 너나 할 것 없이 유골함을 열고는, 그들 중 누구도 정상적인 유골의 양이 얼마나 되는지 알지 못하면서도 보통 유골보다 양이 훨씬 적다고 말했다. 그리고 다른 사람에게 유골의 무게를 물었지만, 질문을 받은 사람은 하나같이 고개를 가로저으며 가족의 유골함은 한 번도 열어본 적이 없기 때문에 어느 정도가 정상인지 모른다고 답했다. 한 외지 기자가 빈의관으로 가서 누구든 용감하게 사실을 확인해달라고 요청했다. 하지만 빈의관의 모든 직원이 한사코 부인했고 빈의관 책임자는 전부 인터넷상의 유언비어일 뿐이라고 하소연했다. 그러자 인터넷상의 누군가가 이번 달에 빈의관 직원들은 두 배 이상의 보너스를 받겠다고 비웃었다.

나는 첩첩이 이어진 푸른 숲에서 걸어 나오듯 점차 복잡해지는 기억에서 빠져나왔다. 피폐해진 생각은 누워 쉬도록 하고, 몸만 계속 앞으로 나아갔다. 한도 끝도 없는 혼돈과 소리도 숨결도 없는 공허함 속을 걸었다. 하늘에는 날아다니는 새가 없고, 물속에는 헤엄치는 물고기가 없으며, 대지에는 생장하는 만물이 없었다.

넷
째

날

나는 여전히 아침과 밤 사이에서 방황하고 있었다. 유골함도 없고 묘지도 없으니 안식의 땅으로 갈 수 없었다. 눈송이도 없고 빗물도 없이, 그저 흐르는 공기가 바람처럼 떠났다가 돌아오는 것만 보였다.

나처럼 헤매는 듯한 젊은 여자가 옆으로 지나가기에 고개를 돌려 바라보는데 그녀도 고개를 돌려 나를 보았다. 그러고는 내 쪽으로 되돌아와 진지하게 내 얼굴을 살펴보더니 연기처럼 하늘하늘한 목소리로 물었다.

"어디선가 본 것 같은데요?"

그건 내가 묻고 싶은 말이었다. 어디선가 본 듯한 얼굴을 가만히 응시하는 동안, 바람의 살랑임도 없는데 그녀의 머리카락이 나풀거렸다. 나는 바깥으로 드러난 그녀의 귀에 혈흔이 남아 있는 것을 발견했다.

그녀가 이어서 말했다.

"어디선가 본 적이 있어요."

그녀의 의문문이 긍정문으로 바뀌었고, 내 기억 속 그녀의 얼굴이 낯섦에서 익숙함으로 옮겨갔다. 나는 열심히 되짚어봤지만 기억은 등산을 하는 것처럼 갈수록 힘들어졌다.

그때 그녀가 상기시켜주었다.

"셋집."

내 기억이 가볍게 산 정상에 오르고 기억의 시야가 불현듯 넓어졌다.

1년여 전 그 셋집으로 막 이사 갔을 때, 옆방에 머리카락을 알록달록하게 물들인 젊은 연인이 살았다. 매일 아침 일찍 나가서 저녁 늦게 돌아오는 그들에 대해 나는 이름도 모르고 무슨 일을 하는지도 몰랐다. 그들의 머리카락은 검은색이었던 적 없이 거의 매주 초록색, 노란색, 빨간색, 갈색, 혼합색 등으로 바뀌었다. 하지만 색조만큼은 항상 둘이 똑같이 맞추고 커플색이라고 불렀다. 한 달이 지난 뒤 그들이 미용실에서 일한다는 것을 알았다. 미용사가 아니라 머리를 감겨주는 세발 직원이라고 집주인이 말해주었다. 그들은 내가 이사 들어간 지 세 달째 되었을 때 이사를 나갔다.

옆방에서 그들이 어떤 행동과 말을 하는지 똑똑히 들을 수 있었다. 나와 그들 사이의 벽은 눈만 가릴 뿐 귀를 가리지는 못했다. 둘이 사랑을 나눌 때 침대가 쉬지 않고 삐거덕거리는 소리와 헐떡임, 신음과 교성까지 옆방에서는 매일 밤 세차게 출렁이는 소리가 울렸다.

그들은 돈에 쪼들려 자주 말다툼을 했다. 한번은 여자가 울면서 더 이상 너 같은 가난뱅이랑은 살기 싫어, 재벌 2세한테 시집가서 힘든 일 안 하고 매일 집에서 마작이나 할 거야, 라고 말했다. 그러자 남자가 나도 너랑 가난하게 살기 싫어, 부잣집 마누라를 끼고 으리으리한 집에서 자동차를 몰며 살 거야, 라고 했다. 두 사람은 쉬지 않고 부유한 모습을 그려내며 상대를 깎아내리고, 내일 당장 헤어져 멋진 미래를 살 거라고 굳게 맹세했다. 하지만 다음 날이 되면 아무 일도 없었다는 듯 손을 잡고 사이좋게 나가, 벌이는 시원치 않으면서 고되기만 한 미용실 일을 계속했다.

언젠가 한번은 아주 격렬하게 다투다가 남자가 여자를 때린 적이 있다. 그 직전까지 여자는 같은 마을 출신으로 함께 일하러 나온 동생 이야기를 하고 있었다. 동생은 밤업소에서 일하는 접대부로, 손님이 마음에 들어 하면 나가서 한 번에 1천 위안을 받고, 함께 밤을 보내면 2천 위안을 받았다. 그러면 업소와 6대 4, 그러니까 그녀가 6, 업소가 4로 나누어 매달 3, 4만 위안을 벌었다. 그렇게 3년 넘게 일해 단골이 생긴 뒤로는 전화를 받고 나가기 때문에 업소와 돈을 나누지 않아서 이제는 매달 6, 7만 위안을 번다고 했다. 여자는 동생이 업소에 자기를 소개해주기로 했다며, 사장이랑 얘기가 끝나서 내일 따라 가기로 했다고 말했다.

"가도 돼?" 여자가 물었다.

남자는 아무 말도 하지 않았다. 여자는 업소에 나가고 싶다고, 그러면 돈을 많이 벌 수 있으니 남자가 일하지 않아도 자기가 부양할 수 있다고 말했다. 그러면서 몇 년 뒤에 충분히 벌면 그만두고 결혼하자고, 남자의 고향으로 돌아가 집을 사고 가게를 내자고 했다.

"가도 돼?"

그녀가 다시 묻자 남자가 말했다.

"성병이나 에이즈에 걸릴 수도 있어."

"아니야, 손님한테 콘돔을 쓰게 하면 돼."

"그런 손님들이라면 불량할 게 뻔한데 콘돔을 쓰겠어?"

"콘돔 안 끼면 못 들어오게 하지. 이 세계에서는 너 하나만 콘돔 없이 들어올 수 있어."

"안 돼. 굶어 죽더라도 너를 밤업소 접대부로 만들 수는 없어."

"너는 굶어 죽고 싶을지 몰라도 나는 굶어 죽기 싫어."

"내가 안 된다면 안 되는 거야."

"왜? 우리가 결혼한 것도 아닌데. 결혼했다고 해도 이혼할 수도 있고."

"다시는 그딴 소리 하지 마."

"난 해야겠어. 그 동생도 남자 친구 있단 말이야. 걔 남자 친구는 괜찮다는데 너는 왜 싫어?"

"걔 남자 친구는 사람이 아니야. 짐승이지."

"걔 남자 친구 절대로 짐승 아니거든. 걔가 언젠가 손님한테 물어뜯겼더니 남자 친구가 쫓아가서 나쁜 놈이라고 욕하고 흠씬 패줬어."

"자기 여자 친구한테 매춘을 시키는 게 짐승이 아니면 뭐야? 남한테 나쁜 놈이라고 욕하지만 그놈이 나쁜 놈이지."

"더 이상 이렇게 가난한 거 싫어. 지긋지긋해. 아이폰 3가 나왔을 때 동생은 바로 사더라. 아이폰 3S가 나오니까 바로 바꾸고. 작년에 또 아이폰 4로 바꾸더니 지금은 아이폰 4S야. 내가 쓰는 이 후진 휴대폰은 2백 위안이라고 해도 가져가는 사람이 없을걸."

"나중에 내가 아이폰 4S 사 줄게."

"밥 먹을 돈도 없는데, 네가 사 줄 때면 아이폰 40S가 나왔겠다."

"꼭 아이폰 4S 사 줄게."

"빈말이야, 진짜야?"

"진짜."

"몰라, 내일 업소에 갈 거야."

이어서 따귀 소리가 짝, 짝, 짝 하고 선명하게 들렸다.

여자가 울면서 소리쳤다.

"때려, 그냥 때려 죽여."

남자도 울기 시작했다.

"미안해, 미안해."

여자가 슬프게 울면서 말했다.

"어떻게 나를 때려! 이렇게 가난해도 너랑 같이 있는 건 네가 잘
해주기 때문인데. 나를 때리다니, 정말 못됐어."

남자가 처량하게 말했다.

"미안해, 잘못했어."

다시 짝, 짝 하는 따귀 소리가 들렸다. 남자가 자기 얼굴을 때리
는 것 같았다. 그런 다음 머리를 벽에 박는 소리가 쿵, 쿵, 쿵, 쿵,
쿵 하고 들렸다.

여자가 울면서 애원했다.

"이러지 마, 하지 마. 이렇게 빌게, 내가 빌게. 업소에 안 나갈게.
굶어 죽어도 안 갈게."

나의 기억은 거기까지였다. 눈앞에 있는 쓸쓸한 표정의 여자를

보면서 내가 고개를 끄덕였다.

"그쪽을 본 적이 있어요. 셋집에서."

살며시 웃는 그녀의 눈에서 슬픔이 묻어났다. 그녀가 물었다.

"여기 온 지 며칠 됐어요?"

"사흘." 내가 고개를 흔들었다. "어쩌면 나흘."

그녀가 고개를 숙이며 말했다.

"전 스무 날도 더 됐어요."

"묘지가 없어요?"

내가 그녀에게 물었다.

"없어요."

"아저씨는요?"

그녀가 내게 물었다.

"나도 없어요."

그녀가 고개를 들어 내 얼굴을 자세히 살피며 물었다.

"눈이랑 코가 잘못됐었나요?"

"턱도 잘못됐어요."

"턱은 잘못된지 모르겠어요."

그런 다음 그녀가 내 왼팔에 있는 상장을 보고 또 말했다.

"직접 상장을 달았네요."

나는 깜짝 놀라며 어떻게 내가 직접 단 것을 알았을까 생각했다.

"그곳에도 상장을 직접 단 사람이 있거든요."

그녀의 말에 내가 물었다.

"그곳?"

"같이 가요. 거기 사람들은 전부 묘지가 없어요."

그래서 그녀를 따라 미지의 장소로 향했다. 나는 그녀의 이름을 알았다. 그녀가 가르쳐준 게 아니라 내 기억이 그 떠나간 세계를 따라잡은 것이다.

류메이라는 젊은 여자가 남자 친구한테 진품이 아닌 짝퉁 아이폰 4S를 생일 선물로 받고는 극도로 상심한 나머지 투신자살했다. 20여 일 전 지면을 뜨겁게 달군 뉴스였다.

우리 도시의 몇몇 신문에 심층 보도라며 3일 연속 류메이의 자살에 관한 기사가 실렸다. 기자들은 류메이의 지난 삶을 속속들이 파헤쳤다. 그녀는 미용실에서 일하면서 남자 친구를 알게 되었고, 두 사람은 3년 동안 미용실 세발 직원 및 음식점 종업원이라는 고정된 일과 그 밖의 몇 가지 비정기적인 일을 했다. 다섯 차례 월세가 싼 곳으로 셋집을 옮기다가 마지막에는 지하실에 거주했는데, 문화대혁명 시기에 만들어졌다가 폐기된 방공호인 그곳은 도시 내 최대 규모의 지하 거주지였다. 기사에 따르면 도시 방공호에는 최소 2만여 명이 살고 있으며, 쥐처럼 지하에서 나와 하루 동안 일한 뒤 다시 지하로 돌아가기 때문에 그들을 '쥐족'이라고 부른다고 했다. 신문에는 류메이와 남자 친구의 지하 거주지 사진이 실렸는데, 이웃과 천 하나로 공간을 구분하고 있었다. 또한 쥐족이 방공호에서 식사와 배변을 모두 해결하기 때문에 방공호 안은 더러울 뿐만 아니라 공기도 묵직한 게 이미 공기가 아닌 것 같다고 썼다.

기자는 류메이가 운영하는 QQ공간(일기를 쓰거나 사진을 올릴 수 있고 음악과 메신저도 가능한 중국식 SNS)이라는 블로그를 찾아냈다. 류메이의 닉네임은 슈메이('쥐순이'라는 의미)였다. 슈메이는 자살하기 5일 전, 남자 친구에게 받은 생일 선물에 대한 이야기를 블로그에 전부 적어두었다. 류메이는 남자 친구가 아이폰 4S를 5천 위안도 넘게 줬다면서 선물해 기분 좋게 하루를 보내고, 포장마차에서 둘이 함께 저녁을 먹었다. 다음 날 남자 친구는 아버지의 병 때문에 급히 고향으로 갔다. 그녀는 친한 동생을 만났다가 마침 그 동생이 진짜 아이폰 4S를 갖고 있어서 자신의 짝퉁 물건과 비교해보게 되었고, 자기 휴대폰의 한 입 베어 먹은 사과가 동생 것보다 조금 크고 휴대폰의 무게도 확실히 가볍다는 것을, 화면의 선명도만 그런대로 괜찮다는 것을 발견했다. 그때서야 남자 친구가 자신을 속였다는 것과 그 짝퉁은 값이 1천 위안도 안 된다는 사실을 알았다는 내용이었다. 그러자 그 분야에 정통한 네티즌이 해상도가 좋다면 샤프 제품일 거라고 그녀의 블로그에 덧글을 달았다. 그 네티즌은 선명도라는 표현을 해상도로 바로잡아 주고, 만일 샤프의 액정 화면이라면 짝퉁이라는 말도 모조품으로 고쳐야 하며, 가격도 1천 위안 이상이라고 정정해주었다.

한편 남자 친구의 휴대폰은 요금 체납으로 정지된 상태라, 그녀는 그와 연락할 수가 없었다. 류메이는 하는 수 없이 피시방으로 가서 5일 연속 QQ공간에서 남자 친구를 호출하며 어서 돌아오라고 요구했다. 그러다 닷새째 되던 날, 남자 친구가 여전히 인터넷에 나타나지 않자 그녀는 겁쟁이라고 욕한 다음 살고 싶지 않다면서 자살 시간과 장소를 올렸다. 시간은 다음 날 정오이고 장소는 우선 다리로 하겠다고, 강물에 투신자살하겠다고 했다. 그러자 한 네티즌이 한겨울이라 강물이 살을 에일 정도로 차가우니 강물에 뛰어들지 말고 따뜻한 곳에서 죽으라고, 자살하더라도 스스로를 챙겨야 한다고 권했다. 그녀가 어떻게 하면 따뜻하게 자살할 수 있느냐고 묻자, 그 네티즌은 수면제 두 병을 사서 한 입에 삼키면 이불 속에서 꿈꾸면서 죽을 수 있다고 했다. 그러자 다른 네티즌이 말도 안 되는 헛소리라며, 병원에서는 수면제를 한 번에 열 알씩만 주기 때문에 두 병을 모으려면 자살을 최소 반년은 미뤄야 한다고 했다. 그녀는 자살을 미루고 싶지 않으니 오리털 파카를 입고 건물에서 투신자살하겠다고 결정한 다음, 장소를 지하 거주지 입구 맞은편의 주택 건물 옥상으로 정했다. 그렇게 장소를 공지하자 그 단지에 사는 네티즌 둘이 자신들의 집 앞에서 죽지 말라고, 부정 탈까 걱정된다고 만류했다. 그중 한 사람은 시 정부 빌딩의 옥상에서 뛰어내릴 방법을 찾아보라고, 그러면 아주 그럴싸해 보일 거라고 제안했다. 이에 다른 네티즌이 그건 불가능하다고, 시 정부 입구에 있는 무장경찰이 민원을 넣으러 온 줄 알고 막을 거라고 했다. 그래서 그녀는 마지막으로 펑페이 빌딩을 선택했다. 그 58층짜리 빌딩은 우리 도시의 랜드마크였다. 이번에는 아무도 반대하지 않았을 뿐만 아니라 어떤 네티즌은 죽기 전에 전망을 감상할 수 있으니 좋은 선택이라고 칭찬까지 했다. 그녀가 QQ공간에 남긴 마지막 한마디는 남자 친구를 향한 글이었다. 널 증오해.

슈메이가 자살한 시간은 오후였다. 나는 그때 마침 대학 졸업 증명서와 학사 학위 증명서를 주머니에 넣은 채 펑페이 빌딩 앞에 있었다. 인터넷에서 펑페이 빌딩에 있는 과외 중개 업체를 검색해 일자리를 구하러 가던 참이었다.

펑페이 빌딩 앞은 사람들로 북적였고, 경찰차와 소방차도 와 있었다. 그런데 사람들이 하나같이 입을 반쯤 벌리고 빌딩을 올려다보는 거였다. 올겨울 들어 처음으로 함박눈이 내린 다음 하늘이 파랗게 개어, 소복이 쌓인 눈이 햇빛에 반짝반짝 빛났다. 그곳에 서서 고개를 들자 30층이 넘는 곳의 외벽에 서 있는 자그마한 사람이 눈에 들어왔다. 하지만 햇빛에 눈이 부셔 바로 고개를 숙이고 눈을 비벼야 했다. 다른 사람들도 나처럼 고개를 들고 잠시 보다가 다시 고개를 숙여 눈을 비빈 다음, 또 고개를 들어 바라보았다. 여자가 두 시간 넘게 저곳에 서 있다고 웅성대는 소리가 들렸다.

누군가 물었다.

"왜 저기 서 있대요?"

"자살하려고요."

"왜 자살하는데요?"

"살기 싫대요."

"왜 살기 싫대요?"

"젠장, 그런 건 뭐 하러 물어요? 요즘 살기 싫은 사람이 얼마나 많은데."

잡상인들도 왔다. 그들은 사람들 사이를 비집고 다니면서 가죽 지갑, 가죽 가방, 목걸이, 목도리 같은 것을 팔았는데 모두 짝퉁 명품이었다. 어떤 상인이 쾌락유를 사라고 하자 누군가 쾌락유가 무슨 물건이냐고 물었다. 그러자 상인은 한번 문지르면 성기가 강철처럼 단단하게 발기되는 오일이라며 비아그라보다 신기하다고 답했다. 특이한 물품을 취급한다는 상인이 조용조용히 도청기 필요하세요, 하고 물었다. 누군가 도청기를 무엇에 쓰느냐고 묻자, 그는 아내가 다른 남자와 외도를 하는지 안 하는지 감시할 수 있다고 대답했다. 선글라스 장수가 하나에 10위안이라고 소리치면서 높

이도 보고 멀리도 보고 태양 앞에서도 당당해, 하며 아주 감칠맛
나는 말을 늘어놓았다. 몇몇 사람이 선글라스를 사서 끼고는 펑페
이 빌딩에 있는 작은 그림자를 계속 바라보았다. 나는 그들이 경찰
을 봤다고, 여자 옆의 창문에서 경찰이 머리를 내밀었다고 말하는
소리를 들었다. 경찰이 지금 자살하려는 여자에게 심리 작전을 펼
치고 있다고도 했다. 얼마 뒤 10위안짜리 선글라스를 낀 사람들이
소리쳤다. 경찰이 손을 뻗었다, 여자도 손을 뻗었다, 심리 작전이
성공했다. 하지만 곧이어 아, 하는 외마디 비명 소리가 나고 적막
이 이어졌다. 나는 여자의 몸이 바닥에 부딪히는 음울한 소리를 들
었다.

류메이가 그 세상에 마지막으로 남긴 광경은 입과 귀에서 선혈
이 뿜어져 나오고, 엄청난 충격으로 청바지가 갈가리 찢어진 모습
이었다.

"그냥 슈메이라고 부르세요. 그때 거기 계셨어요?"

그녀의 말에 내가 고개를 끄덕였다.

"어떤 사람이 제가 죽을 때 끔찍했다고 말해줬어요. 얼굴이 온
통 피범벅이었다고. 정말 그랬어요?"

"누가 말해줬니?"

"나중에 온 사람이요."

나는 아무 말도 하지 않았다.

"그렇게 끔찍했나요?"

내가 고개를 저으며 대답했다.

"내 눈에는 잠자는 것처럼 다소곳했어."

"피를 보셨어요?"

나는 잠시 망설였다. 그 선혈에 대해 말하기가 싫어서 이렇게 대답했다.

"청바지가 갈가리 찢어졌더라."

그녀가 가볍게 아, 하더니 말했다.

"그건 그가 말해주지 않았어요."

"그가 누군데?"

"나중에 왔다는 그 사람이요."

내가 고개를 끄덕였다.

"내 청바지가 갈가리 찢어졌구나." 그녀가 중얼거리며 물었다. "어느 정도로 찢어졌는데요?"

"가리가리, 가닥가닥."

"가리가리, 가닥가닥이 어떤 모양인데요?"

내가 잠시 생각한 뒤 말했다.

"밀대의 걸레 같았어."

그녀가 자신이 입고 있는 길이가 길고, 통이 큰 남자 바지를 내려다보았다.

"누가 바지를 갈아입혀줬어요."

"그 바지는 네 것 같지 않구나."

"네, 저한테는 이런 바지가 없어요."

"분명 마음씨 좋은 사람이 입혀줬을 거야."

내 말에 그녀가 고개를 끄덕이며 물었다.

"아저씨는 왜 오셨어요?"

나는 탄가네 음식점에서의 마지막 광경을 떠올리며 말했다.

"음식점에서 국수를 먹은 다음에 다른 사람이 탁자에 둔 신문을
읽고 있는데 주방에서 불이 나더니 폭발했어. 그 이후의 일은 모르
겠다."

그녀가 그러냐고 하면서 말했다.

"나중에 오는 사람이 알려줄 거예요."

"사실은 죽고 싶지 않았어요. 그냥 화가 났을 뿐이에요." 그녀가
말했다.

"알아. 경찰이 손을 내밀었을 때 너도 내밀었잖아."

"보셨어요?"

내가 본 게 아니라 10위안짜리 선글라스를 쓴 사람이 본 거였지
만, 그래도 고개를 끄덕여 내가 보았다고 했다.

"거기 오래 서 있었던 데다 바람이 너무 차가워서 얼어버렸나 봐요. 경찰 손을 잡으려고 했는데 발이 미끄러져서, 얼음을 밟는 것처럼……. 나중에 온 사람이 신문에서 내 이야기를 계속 떠든다고 하던데요."

"3일, 3일 동안 그랬어." 내가 말했다.

"3일도 많은 거죠. 신문에서 뭐라고 그랬어요?" 그녀가 물었다.

"네 남자 친구가 진짜 아이폰이 아니라 짝퉁 아이폰을 사 줘서 자살했다고."

"그런 게 아니에요." 그녀가 조용히 말했다. "걔가 나를 속여서 그랬어요. 진짜 아이폰이라고 했는데 사실은 가짜였던 거죠. 차라리 아무것도 안 줬다면 나도 화내지 않았을 거예요. 하지만 속이는 건 안 되죠. 신문에서 헛소리한 거예요. 또 뭐라고 했어요?"

"남자 친구가 짝퉁 아이폰을 준 다음에 고향에 갔다고. 아버지가 편찮으신 것 같다고."

"그건 정말이에요." 그녀가 고개를 끄덕인 다음 말했다. "나는 그 짝퉁 때문에 자살한 게 아니에요."

"네 QQ공간 블로그도 신문에 났어."

그녀가 한숨을 쉬며 말했다.

"그건 걔한테 보여주려고 일부러 쓴 거예요. 얼른 돌아오라고요. 돌아와서 사과하면 용서해줄 생각이었어요."

"하지만 너는 펑페이 빌딩에 올라갔지."

"그 겁쟁이가 계속 나타나질 않으니까 펑페이 빌딩에 올라갈 수밖에 없었어요. 그때만큼은 꼭 나타날 거라고 생각했거든요."

그녀가 잠시 뜸을 들이다가 물었다.

"제가 죽은 다음에 걔가 슬퍼했는지 신문에 났나요?"

내가 고개를 저으며 말했다.

"네 남자 친구에 대한 소식은 신문에 없었어."

"걔가 왔다고, 밑에서 울고 있다고 경찰이 그랬는데." 그녀가 의심스럽다는 듯 쳐다보았다. "그래서 경찰 손을 잡으려고 했던 거예요."

나는 망설이다가 사실대로 알려주었다.

"안 왔어. 나중에 3일 동안 났던 기사에도 그가 거기 왔다는 말은 없었고."

"경찰도 나를 속였군요."

"경찰이 속인 건 너를 구하기 위해서였어."

"알아요."

그녀가 가볍게 고개를 끄덕이고는 물었다.

"나중에 걔에 대해 신문에 보도된 게 있나요?"

"없어."

그녀가 슬퍼하며 말했다.

"계속 겁쟁이로 있었군요."

"계속 몰랐거나." 내가 말했다. "계속 인터넷 접속을 못 해서 네 블로그를 못 봤을 수도 있지. 고향에 있느라 여기 신문을 못 봤을 수도 있고."

"아마 몰랐을 거예요." 그녀가 다시 말했다. "분명히 몰랐던 거 예요."

"이제는 그도 알았을 거야."

나는 그녀를 따라 먼 길을 걸었다.

"피곤해요. 의자에 앉고 싶어요." 그녀가 말했다.

텅 빈 사방은 끝없이 펼쳐진 허공이라 우리가 볼 수 있는 것은 하늘과 땅뿐이었다. 우리는 나무도 보지 못하고 강물의 흐름도 보지 못하며, 풀을 스치는 바람 소리도 듣지 못하고 발걸음 소리도 듣지 못했다.

"여기는 의자가 없잖아."

"나무 의자에 앉고 싶어요." 그녀가 이어서 말했다. "시멘트 의 자 말고, 철제 의자 말고."

"너는 네가 상상하는 의자에 앉을 수 있어." 내가 말했다.

"상상했어요. 이미 앉았고요. 나무로 된 긴 의자예요. 아저씨도 앉아요."

"좋아."

우리는 걸으면서 상상 속의 긴 나무 의자에 앉았다. 마치 긴 의자의 양쪽 끝에 앉은 것 같았고, 그녀가 나를 보는 것 같았다.

"피곤해요. 아저씨 어깨에 기대고 싶어요. …… 됐어요. 아저씨는 그 애가 아니니까, 아저씨 어깨에 기댈 수는 없어요."

"의자 등받이에 기대." 내가 말했다.

걸어가던 그녀의 몸이 뒤로 살짝 기울어졌다.

"의자 등받이에 기댔어요." 그녀가 말했다.

"좀 편해졌니?"

"좀 편해졌어요."

우리는 아무 말 없이 앞으로 걸었지만 긴 나무 의자에 앉아 쉬는 것만 같았다.

아마도 아주 긴 시간이 흐른 뒤에 그녀가 상상 속에서 몸을 일으키더니 말했다.

"이제 가요."

나는 고개를 끄덕이고는 상상 속의 나무 의자를 떠났다.

앞으로 나아가는 발걸음이 조금 빨라진 듯했다.

그녀가 서글픈 목소리로 말했다.

"계속 그를 찾아다니고 있는데 아무리 해도 찾을 수가 없어요. 지금은 내 일을 알았을 텐데, 계속 겁쟁이처럼 숨어 있을 리 없는데, 분명 나를 찾고 있을 텐데 말이에요."

"너희는 갈라진 거야."

"어떻게 갈라졌다는 거죠?"

"그는 저쪽에, 너는 이쪽에."

그녀가 고개를 숙이고는 나직이 말했다.

"그런 거군요."

"남자 친구도 무척 슬퍼하고 있을 거야."

"슬퍼할 거예요. 그렇게 나를 사랑했는데. 지금 분명히 내 묘지를 마련하고 있을 거예요. 내가 편히 쉴 수 있게 해줄 거예요."

그녀가 말하면서 한숨을 내쉬고는 다시 이어서 말했다.

"걔는 돈이 없어요. 친구들도 똑같이 가난하고. 어디에서 제 묘지 살 돈을 마련할까요?"

"방법을 찾겠지." 내가 말했다.

"그럴 거예요. 나를 위해서라면 뭐든 할 테니까 방법을 찾을 거예요."

그녀의 얼굴에 기쁜 표정이 떠올랐다. 이미 떠나간 세계에서 있었던 달콤한 기억을 찾아낸 것 같았다. 그녀가 조용히 말했다.

"그 애는 제가 세상에서 제일 예쁘다고 했어요."

그런 다음 내게 물었다.

"저 예뻐요?"

"아주 예뻐." 내가 진심으로 대답했다.

그녀가 환하게 웃었지만 얼굴에는 이내 괴로운 표정이 드리워졌다.

"정말 두려워요. 봄이 오고 여름도 올 텐데. 그러면 내 몸이 썩어서 뼈만 남은 채 다니겠죠."

"남자 친구가 금방 묘지를 살 거야. 봄이 오기 전에 안식의 땅으로 갈 수 있을 거고." 내가 위로했다.

"네." 그녀가 고개를 끄덕였다. "걔가 그렇게 해줄 거예요."

우리는 정적 속을 걸었다. 정적의 이름은 죽음이었다. 우리는 더 이상 아무 말도 하지 않았다. 우리의 기억이 더 이상 나아가지 않았기 때문이다. 그것은 다른 세상의 기억이고, 뒤엉킨 과거이며, 허무이자 진실이었다. 나는 옆에 있는 쓸쓸한 표정의 여자가 소리 없이 걷는 것을 느끼면서 떠나간 세계가 자아내는 서글픔에 탄식했다.

벌판의 끝자락까지 걸어온 것 같았다. 그녀가 걸음을 멈추고 말했다.

"다 왔어요."

나는 깜짝 놀라 그 세계, 물이 흐르고 푸른 풀이 가득하며 무성한 나뭇가지에 과실이 가득하고 전부 심장 모양인 나뭇잎이 심장 박동의 리듬으로 흔들리는 세계를 보았다. 그리고 무수한 사람들을 보았다. 뼈만 남은 수많은 사람과 육체를 가진 소수의 사람이 그곳을 오가고 있었다.

내가 그녀에게 물었다.

"여기가 어디야?"

"여기는 죽었어도 매장되지 못한 이들의 장소예요."

바닥에 자리를 깔고 앉아 바둑을 두는 두 해골 때문에 길이 막혔다. 마치 문이 우리를 가로막는 것 같았다. 그들 옆에 섰을 때, 두 해골은 서로 상대가 수를 물렀다며 비난하고 있었다. 그들의 말다툼 소리가 솟아오르는 불꽃처럼 점점 높아졌다.

왼쪽의 해골이 바둑알을 내던지는 시늉을 하며 말했다.

"이제 너랑 바둑 안 둬."

오른쪽 해골도 똑같은 동작을 취하며 말했다.

"나도 너랑 안 둬."

슈메이가 말했다.

"그만 싸우세요. 두 분 모두 물렀잖아요."

두 해골이 말다툼을 멈추고 고개를 들어 슈메이를 보더니 텅 빈 입을 열었다. 나는 그게 그들의 웃는 모습일 거라고 생각했다. 그런 다음 그들은 슈메이 옆에 한 사람이 더 있다는 것을 알아채고 텅 빈 눈으로 나를 훑어보았다.

왼쪽이 슈메이에게 물었다.

"이 사람이 네 남자 친구야?"

그러자 오른쪽이 슈메이에게 말했다.

"네 남자 친구 너무 늙었다."

"제 남자 친구 아니에요. 늙지도 않았고요. 새로 왔어요."

슈메이가 말했다.

"아직 피부와 살이 있는 걸 보고 새로 온 줄 알아봤어."

오른쪽 해골이 말한 뒤 왼쪽 해골이 내게 물었다.

"쉰 살이 넘었지?"

"마흔한 살입니다." 내가 말했다.

"그럴 리가." 오른쪽이 말했다. "최소한 쉰이겠는데."

"분명히 마흔한 살입니다."

왼쪽 해골이 오른쪽 해골에게 물었다.

"저 사람이 우리 이야기를 알까?"

"마흔한 살이면 우리 이야기를 알 거야." 오른쪽이 말했다.

왼쪽이 내게 물었다.

"우리 이야기를 아나?"

"무슨 이야기요?"

"저쪽 이야기 말일세."

"저쪽에는 이야기가 아주 많은데요."

"저쪽 이야기에서 우리 게 제일 유명할걸."

"무슨 이야기인데요?"

나는 그들이 자기들 이야기를 하려니 하고 기다렸지만, 그들은 아무 말 없이 바둑에 다시 몰두했다. 나와 슈메이는 문지방을 넘는 것처럼 그들 사이를 가로질렀다.

나는 슈메이를 따라갔다. 걸으면서 사방을 둘러보니, 나뭇잎이 손짓하고 바위가 미소 지으며 강물이 안부를 묻는 것만 같았다.

해골 사람들이 강가에서 걸어오고 언덕에서 내려오고 숲에서 걸어 나왔다. 그들은 우리 앞을 지날 때 가볍게 고개를 끄덕였다. 스쳐 지나가는데도 그들이 우호적이라는 것을 느낄 수 있었다. 그들 중 일부는 친절하게 물어보기도 했다. 어떤 사람은 슈메이에게 남자 친구를 만났느냐고 묻고, 어떤 사람은 내게 방금 왔느냐고 물었다. 그들의 목소리는 처음에는 다른 곳으로 흘러가는 듯하다가 강물의 촉촉함과 푸른 풀의 산뜻함, 나뭇잎의 흔들거림을 지니고 내 귀로 들어왔다.

바둑 두는 두 사람의 말다툼 소리가 멀지 않은 하늘에서 펑펑 울리는 폭죽처럼 또다시 들려왔다. 그들의 입씨름은 공허해서 그저 말싸움 같았다.

슈메이가 저 두 사람은 바둑을 둘 때 항상 뻔뻔하게 수를 무르고 입씨름을 한다고 했다. 수천 번도 넘게 서로를 떠나겠다고, 화장되겠다고, 자기 무덤으로 가겠다고 말하지만 그렇게 말할 때조차 자리에서 일어난 적은 한 번도 없다고 했다.

"두 사람한테 무덤이 있다고?"

"두 사람 모두 무덤이 있어요." 슈메이가 말했다.

"그런데 왜 안 가?"

슈메이가 아는 대로 이야기해주었다. 그들은 이곳에 온 지 10여 년이 되었고, 저쪽 세계에서 경찰이었던 장씨가 화장도 안 하고 무덤에도 안 가는 것은 저쪽 세계 부모가 열사 칭호를 받아주기를 기다리고 있기 때문이다. 그와 함께 있는 리씨 성의 남자 역시 화장도 안 하고 무덤에도 안 갔다. 리씨는 장씨가 열사로 인정받은 뒤 형제처럼 사이좋게 빈의관 화로에 들어가 화장된 다음 안식의 땅으로 갈 생각이었다.

"저 둘 중 한 쪽이 다른 사람을 죽였다고 해요."

슈메이가 말했다.

"두 사람 이야기를 알고 있어."

10여 년 전, 친아버지와 친어머니가 북방 도시에서 찾아와 나를 만나고 '기차가 낳은 아이' 이야기가 원만하게 마무리된 다음, 또 다른 이야기가 시작되었다. 우리 도시의 경찰이 불시에 매춘 단속을 벌여 잡아들인 여자들 속에 남자가 하나 끼어 있었던 것이다.

리씨 성의 그 남자는 돈을 벌기 위해 여자로 분장하고 매춘 행각을 벌였다.

경찰대학을 졸업한 장강이라는 젊은 경찰이 불시 단속에 참여했는데, 리씨 남자가 붙잡힌 그날 밤 장강이 그를 취조했다. 리씨는 자신의 여장 매춘을 조금도 반성하지 않았을뿐더러 오히려 기묘한 매춘 방식에 득의양양해했고, 자신은 손님들을 능숙하게 다루었으며 경찰에 잡히지 않았다면 손님들은 자신이 남자라는 것을 몰랐을 거라고 말했다. 그러면서 자신의 정력을 전부 손님한테 쏟느라 경찰을 경계하지 못해 하수구에서 배가 뒤집힌 꼴을 당했다고 말했다.

당시 장강은 혈기 왕성한 젊은이였고, 이 건은 그가 경찰대학 졸업 후 처음으로 취조를 맡은 사건이었다. 그런데 취조를 받는 위장 매춘부가 고분고분하기는커녕 경찰대 교관 같은 태도를 취하는 게 아닌가. 그렇지 않아도 속이 부글부글 끓는 참에 경찰을 하수구에까지 비유하자 장강은 더 이상 참지 못하고 발로 리씨의 하반신을 냅다 차버렸다. 리씨는 자기 아랫도리를 붙잡고 으악 소리를 지르며 바닥에서 10여 분간 구르다가 엉엉 울기 시작했다.

"내 불알, 내 불알이 깨졌네……."

이에 장강이 경멸하듯 말했다.

"불알은 둬봐야 쓸 데도 없으면서."

리씨 남자는 15일 동안 구류되었다가 구치소에서 출소한 뒤 장장 3년에 걸친 시위를 시작했다. 그는 비가 오건 눈이 오건 '내 불알을 돌려달라'고 적힌 팻말을 든 채 공안국 대문 앞에 서 있었다. 심지어 자신의 불알이 장식품이 아니라 진짜 괜찮았다는 것을 증명하기 위해 매춘해서 번 돈으로 어떻게 여자를 샀는지까지 행인들에게 서슴지 않고 말했다.

어떤 사람이 팻말에 쓴 '불알'이라는 단어가 저속하다고 하자 그는 겸허하게 받아들여 '내 고환을 돌려달라'고 고친 다음 행인들에게 말했다.

"점잖은 표현을 썼습니다."

연일 계속되는 리씨의 항의로 공안국 국장과 부국장은 골머리를 썼다. 매일 팻말을 들고 입구에 서 있는 리씨를 보는 것도 성가셨지만, 행여 높은 사람들이 시찰 나왔다가 "문밖의 사람이 말하는 고환이 뭔가?" 하고 물을까 봐 더 걱정이었다.

국장과 부국장은 상의 끝에 장강을 공안국에서 파출소로 내려보냈다. 그러자 리씨의 '고환'도 그 파출소로 따라갔다. 1년 뒤 파출소 소장과 부소장이 앓는 소리를 하며 매주 두 차례 이상 공안국으로 찾아와 국장과 부국장에게 선물을 주면서 하소연했다. 파출소가 정상적으로 돌아가지 못한다는 거였다. 국장과 부국장은 부하의 고충을 받아들여 장강을 구치소로 전근시켰다. 그러자 리씨의 '고환'도 구치소로 옮겨갔다. 구치소 소장과 부소장은 2년 동안 골머리를 앓은 뒤 국장과 부국장을 찾아와 구치소 밖에 하루 종일 '고환'이 어슬렁거려 법률의 존엄함이 모두 사라졌다고 말했다. 또한 구치소에서 이미 2년을 참았으니 이제 '고환'을 다른 곳으로 옮겨달라고 청했다. 국장과 부국장은 구치소가 힘든 게 분명하니 '고환'의 장소를 바꾸어야겠다고 생각했다. 하지만 장강을 받아주겠다는 파출소 소장이 하나도 없었다. 모두 장강이 오면 '고환'도 따라온다는 것을 알기 때문이었다.

장강은 구치소에서 자신을 내보내려 한다는 것과 자기를 받아줄 파출소가 없다는 것을 알았다. 그도 더는 구치소에 있고 싶지 않았기 때문에 공안국 국장을 찾아가 공안국으로 전근을 원한다고 밝혔다. 장강의 말을 들었을 때 국장의 머릿속에 가장 먼저 떠오른 광경은 역시 '고환'이 공안국 문 앞에서 어슬렁대는 모습이었다. 국장은 잠시 망설이다가 장강에게 일을 바꾸는 게 어떻겠느냐고 물었다. 장강이 무슨 일로 바꾸느냐고 묻자 국장은 사직을 권유하며 가게 같은 것을 열라고 했다. 국장은 장강이 경찰복을 벗으면 '고환'이 더 이상 따라다니지 않을 거라고 했다. 장강은 쓴웃음을 지은 뒤, 자신에게는 '고환'을 죽이거나 공안국으로 돌아가게 해달라는 팻말을 들고 '고환'과 나란히 공안국 문 앞에 서는 두 가지 길밖에 없다고 말했다. 국장은 장강의 처지를 동정하며 자신은 곧

은퇴한다고, 은퇴하고 나면 '고환'이 공안국 앞에서 어슬렁거리건 말건 상관없다고 말했다. 국장이 일어나 장강 옆으로 가서는 그의 어깨를 두드리며 말했다.

"돌아오게."

장강이 공안국으로 돌아온 뒤, 웬일인지 '고환'이 쫓아오지 않았다. 공안국에서 일한 지 한 달이 지나도록 다른 부서 사람들은 장강이 공안국에 볼일이 있어 들렀다고만 생각했지 전근 왔다고는 생각하지 못했다. 그래서 요즘 자주 공안국에 오는데 구치소에 무슨 일이 있느냐고 물었다. 장강이 전근을 왔다고 하면 사람들은 무척 놀라며 왜 문 앞에 '고환'이 없느냐고 물었다. 국장과 부국장도 무척 놀랐다. 언젠가 회의 때는 한 부국장이 궁금함을 참지 못하고 "문 앞에 고환이 안 보이던데 무슨 일인가?" 하고 물었다.

'고환'이 실종되었지만 장강은 여전히 불안하기 그지없었다. 매일 출퇴근할 때마다 자기도 모르게 입구를 두리번거리며 리씨가 없는 것을 확인한 뒤에야 마음을 놓을 수 있었다. 처음에는 리씨가 병이 났으려니 하며, 다 나으면 또 공안국 입구에서 어슬렁거리겠지 하고 생각했다. 하지만 3개월이 지나고 6개월이 지나도 '고환'은 나타나지 않았다. 장강은 마침내 한시름 놓으며 이제 정상적으로 일하고 생활할 수 있겠다고 생각했다.

1년여 뒤 공안국 사람들이 '고환'을 완전히 잊어버렸을 때 리씨가 나타났다. 이번에는 '고환을 돌려달라'는 팻말 없이 검정색 가방을 메고 거침없이 공안국으로 들어왔다. 공안국 경비가 안에서 나오는 승합차 옆으로 슬며시 지나가는 그를 발견하고 무슨 일이냐고 물었다. 그는 고개도 돌리지 않은 채 "일이 있소" 하고 말했다.

경비원이 "이리 와서 등록하세요" 하고 소리쳤다.

하지만 경비원의 말이 끝나기도 전에 리씨는 공안국 건물로 들어가 복도에 있던 경찰에게 장강의 사무실이 어디냐고 물었다. 그 경찰은 5층 503호라고 알려준 뒤 낯익은 남자라고 여기면서도 4년 전 공안국 입구에서 유명세를 떨치던 바로 그 '고환'이라고는 생각하지 못했다. 리씨는 엘리베이터를 타면 누가 알아볼까 봐 계단으로 5층까지 올라갔다. 그가 503호에 들어갔을 때 안에는 네 명의 경찰이 앉아 있었다. 그는 한눈에 장강을 알아보고 검은 가방을 열며 다가가 "장강" 하고 불렀다.

책상에서 뭔가를 쓰고 있던 장강은 고개를 들자마자 바로 리씨 남자를 알아보았다. 당혹스럽게 쳐다보는 순간, 리씨가 갑자기 검은 가방에서 긴 칼을 꺼내더니 장강의 목을 찔렀다. 선혈이 솟구쳤다. 장강이 손으로 목을 잡으며 무력하게 의자에 앉은 뒤 신음을 몇 차례 내뱉을 때 긴 칼이 그의 가슴을 파고들었다. 나머지 세 명의 경찰은 그때서야 정신을 차리고 자리에서 일어나 달려왔다. 그러자 리씨가 장강의 가슴에서 칼을 빼내 세 경찰에게 휘둘렀다. 경찰들은 맨손으로 상대할 수밖에 없어 피를 뚝뚝 흘리다가 복도로 도망가 소리쳤다.

"살인이야, 살인……."

공안국 5층이 난장판이 되었다. 리씨는 온몸이 피범벅인 채로 아무한테나 칼을 휘두르며 헉헉 숨을 몰아쉬었다. 뒤이어 달려온 다른 층의 경찰들까지 스무 명이 넘는 경찰이 전기봉을 휘두르고 나서야 이미 힘이 다 빠져 벽에 기대어 있던 리씨를 제압할 수 있었다.

장강은 병원으로 가는 구급차 안에서 숨졌고 리씨는 6개월 뒤 사형을 당했다.

그 살인 사건으로 도시 전체가 들썩거렸다. 사람들은 경찰이 평소에는 그렇게 폭력적이고 권위적이더니 사실은 하나같이 쓸모없다고, 불알도 없는 남자가 손쉽게 경찰을 베어 죽이고 아홉 명을 찌른 데다 그중 둘에겐 중상을 입혔다고 수군거렸다. 만약 불알 있는 남자 한 무리가 쳐들어갔다면 공안국에 시체가 즐비했겠다고 했다. 그 소리를 들은 공안국 경찰들은 리씨 남자가 살인하러 온 줄 몰랐으니까 그렇지, 알았다면 진즉에 제압했을 거라고 씩씩댔다. 한 경찰은 친구들에게 평소에 가방을 메고 공안국에 오는 사람은 전부 선물을 들고 오는 거라며, 그 남자가 가방에서 선물이 아니라 살인할 칼을 꺼낼 줄은 아무도 몰랐다고 했다.

그 뒤 10여 년 동안 장강의 부모는 아들에게 열사의 칭호를 얻어 주려고 노력했다. 처음에 공안국에서는 장강이 공무 중에 순직한 게 아니라며 거절했다. 그러자 장강의 부모는 차근차근 단계를 밟아 탄원을 하기 시작했다. 먼저 성(省)의 공안청에 갔고, 나중에는 베이징의 공안부까지 갔다. 시의 공안국은 장강 부모의 탄원으로 골머리를 앓았다. 어느 해에는 베이징 양회(兩會, 전국인민대표대회와 중국인민정치협상회의를 함께 일컫는 말. 중국 최대의 정치 행사) 기간에 톈안먼 광장에 현수막을 걸고 아들을 열사로 추인해달라고 요구하기까지 했다. 이 일로 베이징의 관련 부처는 크게 화를 내며, 성과 시의 관련 부처를 심하게 질책했다. 시 공안국은 어쩔 수 없이 장강을 열사로 추인해달라는 요청서를 상부에 올렸다. 이어서 성 공안청에서 베이징으로 요청서를 올렸지만 베이징은 계속 답을 주지 않았다. 장강의 부모는 이후에도 쉬지 않고 탄원을 제기했다. 특히 베이징에서 양회와 당원대표대회가 열리는 기간에는 항상 기차에 타려고 했다. 하지만 매번 중간에 저지당한 뒤, 서로 다른 여관에 감금되었다가 베이징의 회의가 끝난 다음에 풀려났다. 그러다가 아들의 열사 칭호를 위해 탄원을 계속하는 장강 부모의 이야기가 인터넷에 게재되었다. 그 뒤로는 시에서 더 이상 장강의 부모를 저지하거나 감금하지 않았다. 대신 베이징에서 양회나 당원대표대회가 열리는 민감한 시기가 되면, 사람을 파견해 장강의 부모와 여

행을 다니도록 했다. 장강 부모는 고위 지도자들이나 즐길 수 있는
공금 여행을 매년 누릴 수 있었다. 성과 없이 길기만 하던 탄원 끝
에 장강의 부모는 절망의 심경에서 벗어나 즐기는 기분이 되었고,
민감한 시기가 다가오면 어느 유명 관광지에 못 가봤다고 시 정부
에 말하기에 이르렀다. 그곳으로 여행을 가고 싶다는 뜻이었다. 시
에서는 10여 년 동안 장강의 부모에게 쓴 돈이 1백만 위안 가까이
된다고 불만을 토로했다.

다
섯
째
날

나는 이곳 해골 사람들 속에서 아버지를 찾아다녔다. 이곳에 아버지의 흔적이 있다는 기묘한 느낌이 들었다. 기러기가 날아가면서 남기고 간 울음소리처럼 희미하긴 했지만 나는 느낄 수 있었다. 머리카락이 미풍을 느끼는 것처럼. 설령 아버지가 앞에 있어도 내가 알아볼 수 없으리라는 것은 자명했지만 아버지가 한눈에 나를 알아볼 테니까 상관없었다. 나는 해골 사람들이 한꺼번에 몰려오든 몇몇이 오든 그 속에서 "양페이" 하는 소리가 들리기를 바라면서 그들 앞에 보란 듯이 서 있곤 했다.

리칭의 목소리가 낯설었던 것처럼 아버지의 목소리가 낯설 수도 있겠지만, 나는 어조만으로도 아버지의 소리를 알아낼 수 있을 것 같았다. 떠나간 세계에서 나를 부르는 아버지의 목소리에는 언제나 친근함이 배어 있었으니 이 세계에서도 그럴 것이 분명했다.

사방에서 무덤 없는 사람들이 오갔다. 안식의 땅에 갈 수 없는 사람들의 그림자는 움직이는 나무 같았다. 때로는 한 그루씩 한 그루씩 떨어져 있는 나무 같았고, 때로는 뭉텅뭉텅 모인 숲 같았다. 그들 사이로 걸어가면 벌목이 끝난 숲을 걸어 다니는 것 같았다. 나는 아버지의 목소리가 들리기를 바랐다. 앞이나 뒤, 왼쪽이나 오른쪽 어디선가 내 이름이 불리기를 바랐다.

종종 팔에 상장을 단 사람들을 만났다. 상장을 단 소매가 휑한 것을 보고 그들이 온 지 한참 되었다는 걸 알 수 있었다. 소매 안쪽의 살이 사라져 뼈만 남은 것이다. 그들과 나는 서로를 바라보며 웃었다. 그들의 웃음은 얼굴 표정이 아니라 뻥 뚫린 눈에 있었다. 얼굴에서 표정이 사라지고 돌과 같은 해골만 남았지만 나는 그들의 회심 어린 미소를 느낄 수 있었다. 우리는 똑같은 사람들이었기 때문이다. 다른 세상에 우리를 위해 상장을 달아줄 사람이 없어서 스스로를 애도하고 있는 사람들.

팔에 상장을 단 어떤 사람이 내 두리번거리는 눈빛을 알아채고는 내 앞에서 걸음을 멈추었다. 나는 해골뿐인 그의 얼굴을 보았다. 이마에 작은 구멍이 있는 그가 친근한 목소리로 물었다.

"누구를 찾고 있어요? 한 사람인가요, 여러 사람인가요?"

"한 사람이요. 제 아버지인데 아마 여기 계실 거예요." 내가 대답했다.

"아버지?"

"성함이 양진뱌오예요."

"여기서 이름은 아무 소용이 없어요."

"예순이 넘으셨고……."

"여기서는 나이를 알아볼 수 없답니다."

나는 멀리, 그리고 가까이에서 걸어 다니는 해골들을 바라보며 정말로 나이를 알 수 없겠다는 생각을 했다. 육안으로 키가 크고 작은 것과 뼈가 굵고 가는 것을 분별하고, 목소리를 들어야만 남자와 여자, 노인과 아이를 구분할 수 있을 뿐이었다.

나는 아버지가 떠나시기 전 극도로 허약했던 것을 떠올리며 말했다.

"키가 170쯤 되고 무척 말랐는데……."

"여기 사람들은 전부 무척 말랐지요."

나는 마르다 못해 뼈만 남은 사람들을 보면서 어떻게 아버지를 묘사해야 할지 난감해졌다.

"어떤 옷을 입고 오셨는지 기억해요?" 그가 물었다.

"철도원 제복이요. 새 철도원 제복이에요." 내가 알려주었다.

"얼마나 됐죠?"

"1년 남짓이요."

"다른 제복을 입은 사람은 봤지만 철도원 제복을 입은 사람은 못 봤어요."

"누군가는 철도원 제복을 입은 사람을 보지 않았을까요?"

"나는 여기 아주 오래 있어서 내가 못 봤으면 다른 사람도 못 봤을 거예요."

"어쩌면 옷을 갈아입었을 수도 있어요."

"많은 사람이 옷을 갈아입고 여기로 오지요."

"여기 계실 거라는 느낌이 들어요."

"아버지를 찾을 수 없다면 무덤에 가셨을 거예요."

"아버지한테는 무덤이 없어요."

"무덤이 없으면 여기 계실 거예요."

아버지를 찾으러 돌아다니다가 나도 모르게 바둑을 두는 해골 옆에 이르렀다. 두 사람은 풀밭에 책상다리로 앉아 두 개의 조각상처럼 몰두하고 있었다. 몸은 조금도 움직이지 않고 손으로만 끊임없이 바둑알을 옮겼다. 하지만 바둑판도 보이지 않고 바둑돌도 보이지 않았다. 그저 뼈만 남은 손이 바둑을 두듯 움직이는 것이 보일 뿐이었다. 그래서 사실은 바둑을 두는 건지, 장기를 두는 건지 알 수가 없었다.

손뼈 하나가 바둑알을 내려놓았다가 금방 다시 가져가자 손뼈 두 개가 얼른 그 뼈를 눌렀다. 그러면서 손뼈 두 개의 주인이 소리쳤다.

"무르면 안 되지."

손뼈 하나의 주인도 소리쳤다.

"너도 방금 물렀잖아."

"내가 방금 무른 건 그 전에 네가 물렀기 때문이야."

"그 전에 내가 무른 건 네가 그 전전에 물렀기 때문이야."

"그 전전에 내가 무른 건 네가 어제 물렀기 때문이라고."

"어제는 네가 먼저 물렀기 때문에 내가 무른 거라니까."

"그저께 먼저 무른 사람은 너라고."

"그끄저께 누가 먼저 물렀는데?"

두 사람의 입씨름은 쉬지 않고 이어졌다. 서로 먼저 물렀다고 비난하다가 끝장을 보겠다는 듯 수를 무른 시간이 날에서 달로 넘어가고 달에서 해로 넘어갔다.

손뼈 두 개의 주인이 외쳤다.

"이번 수만큼은 무를 수 없어. 내가 이기기 직전이었다고."

그러자 손뼈 하나의 주인이 외쳤다.

"나는 물러야겠어."

"너랑 이제 바둑 안 둬."

"나도 너랑 안 둘 거야."

"영원히 너랑 안 둘 거라고."

"나는 진즉부터 너랑 두기 싫었어."

"좋아, 난 갈 테야. 내일 화장하고 내 무덤으로 갈 거라고."

"나는 진즉부터 화장하고 싶었어. 벌써부터 무덤에 가고 싶었다고."

내가 두 사람의 말다툼을 끊었다.

"두 분 이야기를 알고 있어요."

"여기 사람은 전부 우리 이야기를 알아." 한 사람이 말했다.

"새로 온 사람은 모를 수도 있어." 다른 사람이 내 편을 들었다.

"새로 온 사람이나 모르지. 우리 이야기는 개나 소나 다 아는데."

"고상하게 말하자면 누구나 다 안다는 거지."

"두 분의 우정에 대해서도 알아요." 내가 말했다.

"우정?"

두 사람이 키득키득 웃었다. 그런 다음 한 사람이 다른 사람에게 물었다.

"우정이 뭐에 쓰는 물건이래?"

"몰라." 다른 사람이 대답했다.

두 사람은 키득거리며 고개를 들어 텅 빈 눈동자로 나를 보았다.

한 사람이 물었다.

"새로 왔나?"

내가 대답하기도 전에 다른 사람이 말했다.

"그 예쁘장한 계집애가 데려왔잖아."

두 해골이 고개를 숙이고는 히죽거리며 계속 바둑을 두었다. 방금 전에 싸운 일이 없던 것처럼, 누구도 수를 무른 적이 없는 것처럼.

잠시 바둑을 두다가 한 사람이 고개를 들고 내게 물었다.

"우리가 무엇을 두는지 아나?"

내가 그들의 손동작을 보며 말했다.

"장기요."

"틀렸어. 바둑이야."

이어서 다른 사람이 내게 물었다.

"이제 우리가 뭘 두는지 알겠지?"

"그럼요. 바둑이지요." 내가 대답했다.

"틀렸어. 장기를 두고 있어."

그런 다음 두 사람이 동시에 물었다.

"우리가 지금 무엇을 둔다고?"

"바둑 아니면 장기요." 내가 대답했다.

"또 틀렸어. 우리는 오목을 둔다고."

두 사람이 하하하 크게 웃으며 똑같은 동작을 취했다. 한 손으로 자기 배를 잡고 다른 손을 상대방 어깨에 걸치는 거였다. 두 해골이 웃느라 쉬지 않고 들썩거리는 모습이 꼭 서로 엉킨 두 그루 고목이 바람에 흔들리는 것 같았다.

다 웃고 난 뒤 두 해골은 다시 바둑을 두었다. 하지만 얼마 지나지 않아 또 수를 물렀다며 싸우기 시작했다. 두 사람이 바둑을 두는 건 싸우기 위해서 같았다. 두 사람은 상대가 언제 수를 물렀다며 끊임없이 비난했다. 나는 그 자리에 선 채 그들이 신나게 바둑을 둔 역사와 수를 무른 뒤 신나게 입씨름한 역사를 들었다. 그들은 한도 끝도 없이 상대가 수를 무른 못된 행적을 들먹였다. 7년 전까지 되짚었을 때 나는 더 이상 참을 수가 없었다. 아직도 7, 8년은 거슬러 올라가 이야기할 게 분명했기에 중간에 끼어들었다.

"누가 장강이고 누가 리씨예요?" 나는 당시 신문에서 사용한 리씨라는 호칭이 부적당한 것 같아서 잠시 망설이다가 말을 고쳤다. "누가 리 선생님이세요?"

"리 선생님?"

두 사람이 서로를 바라보며 또 키득키득 웃기 시작했다. 그런 다음에 말했다.

"자네가 맞혀봐."

나는 자세히 그들을 살펴보았다. 두 해골이 거의 똑같았다.

"모르겠어요. 꼭 쌍둥이 같아요."

"쌍둥이?"

두 사람이 또 키득키득 웃었다. 그런 다음 다시 사이좋게 바둑을 두었다. 방금 전 폭풍우 같던 입씨름이 중간에 내가 끼어든 뒤에는 깨끗하게 사라졌다.

곧이어 그들은 아까 했던 질문을 또다시 던졌다.

"우리가 지금 무엇을 두는지 아나?"

"장기, 바둑, 오목이요." 내가 단숨에 전부 말했다.

"틀렸어. 다이아몬드 게임을 하고 있어."

그들은 또 하하하 크게 웃었다. 그러고는 또다시 한 손으로 자기 배를 잡고 다른 한 손을 상대의 어깨쯤에 올려놓고는 장단에 맞추듯 몸을 흔들었다.

나도 웃었다. 10여 년 전 두 사람이 6개월 차이로 이곳에 왔을 때, 두 사람의 원한은 생사의 경계를 넘지 않았다. 원한은 저지당한 채 그 떠나간 세계에 남았다.

아버지를 찾는 나의 행보는 시계 바늘이 계속 벗어나지 못한 채 한 바퀴 또 한 바퀴를 도는 것처럼 순환의 연속이었다. 나 역시 계속 아버지를 찾을 수가 없었다.

수십 명으로 이루어진 해골 무리와 몇 번을 마주쳤다. 한꺼번에 모여 있다가도 흩어지곤 하는 다른 해골들과 달리 그들은 늘 함께 다녔다. 파도가 아무리 잡아당겨도 언제나 원을 이루며 출렁이는 물속의 달 같았다.

그들과 네 번째 마주쳤을 때 나는 걸음을 멈추었다. 그들도 멈추고, 우리는 서로를 살펴보았다. 그들은 서로 손을 잡고 몸을 서로에게 의지하고 있었다. 그들의 조합은 크고 작은 나뭇가지가 달린 한 그루의 무성한 나무 같았다. 나는 그들 속에 남자와 여자, 노인과 아이가 뒤섞여 있는 것을 알아채고 미소를 지으며 인사했다.

"모두 안녕하세요?"

"안녕하세요?"

일제히 응답하는 목소리에서 남자와 여자의 목소리, 나이 든 목소리와 앳된 목소리를 들었다. 그리고 그들의 텅 빈 눈동자에서 흘러나오는 웃음기를 보았다.

"모두 몇 명이세요?"

내 물음에 그들이 또 이구동성으로 답했다.

"서른여덟 명이요."

"왜 항상 함께 있어요?" 내가 또 물었다.

"우리는 함께 왔거든요." 남자 목소리가 답했다.

"우리는 한 가족이에요." 여자 목소리가 덧붙였다.

그 속에서 남자아이의 목소리가 물었다.

"왜 혼자세요?"

"혼자가 아니란다." 내가 고개를 숙여 왼팔에 단 상장을 보며 말했다. "아버지를 찾고 있어. 철도원 제복을 입고 계시지."

내 앞에 있는 해골 무리의 누군가가 말했다.

"철도원 제복을 입은 사람은 본 적이 없는데요."

"옷을 갈아입고 오셨을 수도 있어요."

그때 한 여자아이의 낭랑한 목소리가 들렸다.

"아빠, 새로 온 사람이에요?"

모든 남자 목소리가 "그렇단다" 하고 답했다.

여자아이가 계속 물었다.

"엄마, 저 사람은 새로 왔어요?"

그러자 모든 여자 목소리가 "그렇단다" 하고 대답했다.

내가 여자아이에게 물었다.

"모두 네 아빠와 엄마니?"

"네." 여자아이가 대답했다. "예전에는 아빠와 엄마가 한 명씩만 있었는데 지금은 아빠도 엄마도 아주 많아요."

방금 전의 남자아이가 물었다.

"어떻게 오셨어요?"

"화재가 났던 것 같아." 내가 대답했다.

남자아이가 주변의 해골들에게 물었다.

"저 아저씨는 왜 불에 타지 않았죠?"

나는 조용히 응시하는 그들의 눈길을 감지하고 설명했다.

"불이 난 것을 보았을 때 폭발 소리가 났어요. 건물이 무너졌던 것 같아요."

"그럼 깔려 죽은 거예요?" 여자아이가 물었다.

"아마."

"얼굴이 비뚤어졌어요." 남자아이가 말했다.

"그래."

문득 여자아이가 물었다.

"우리가 예뻐요?"

나는 난감해져서 눈앞에 서 있는 서른여덟의 해골을 쳐다보기만 했다. 여자아이의 낭랑한 물음에 어떻게 대답해야 할지 알 수가 없었다.

"여기 사람들이 전부 우리더러 갈수록 예뻐진대요." 여자아이가 말했다.

"그렇대요." 남자아이가 말했다. "여기에 온 사람들은 전부 갈수록 못생겨지는데 우리만큼은 점점 예뻐진대요."

나는 잠시 주저하다가 "잘 모르겠다"라고 대답할 수밖에 없었다.

한 나이 든 목소리가 그들 속에서 울렸다.

"우리는 화재로 불에 탔어요. 여기 왔을 때는 서른여덟 개의 숯덩이 같았지요. 그러다가 타버린 조각들이 떨어져 나가면서 지금 같은 모습이 되었답니다. 그래서 여기 사람들이 그렇게 말하는 것이지요."

노인이 자신들의 과거를 이야기하는 동안 나머지 서른일곱 명은 조용히 듣기만 했다. 나는 그들의 이야기를 알고 있었다. 아버지가 아무 말 없이 사라진 그날, 우리 가게에서 1킬로미터도 안 떨어진 대형 쇼핑몰에 갑작스럽게 불이 나 은회색이던 쇼핑몰이 거무튀튀한 숯덩이색으로 변했다. 시 정부에서는 일곱 명이 죽고, 중상자 두 명을 포함해 스물한 명이 부상당했다고 발표했다. 인터넷에서는 사망자가 50명을 넘는다는 말도 있고 백 명을 넘는다는 말도 있었다. 내 눈앞에 있는 서른여덟 명의 해골은 명단에서 제외된 사망자들이었다. 그런데 그들의 가족은 어떻게 된 걸까, 나는 의문이 들었다.

"여러분 가족은 왜 진상을 숨긴 거죠?"

"위협을 받고 입을 다무는 대가로 돈을 받았어요." 노인이 말했다. "우리는 어차피 죽었으니까 살아 있는 가족들이 편안히 살 수 있다면 그걸로 족하지요."

"아이들은요? 아이들 부모는……."

"지금은 우리가 이 아이들 부모예요." 노인이 내 말을 잘랐다.

그런 다음 그들은 손을 잡고 몸을 기댄 채 내 옆으로 스르르 지나갔다. 한 덩어리로, 거센 바람도 흩어놓을 수 없을 것처럼 꼭 붙어 지나갔다.

육체가 완전한 두 사람이 멀리 울창한 뽕나무 숲에서 이쪽으로 걸어오는 게 보였다. 옷차림이 무척 단출한 남녀 한 쌍이었다. 입은 게 아니라 몸을 가린 것처럼 보일 만큼 몸에 걸친 게 얼마 되지 않았다. 가까이 왔을 때 여자는 검은색 팬티와 브래지어만 입고, 남자는 남색 팬티만 걸친 게 똑똑히 보였다. 여자가 거의 얼이 빠진 표정으로 몸을 웅크린 채, 허벅지를 가리듯 두 손을 허벅지에 올려놓은 채 걸어왔다. 남자는 여자를 보호하려고 허리를 구부려 감싸 안으면서 걸었다.

내 앞까지 걸어온 그들이 나를 자세히 살펴보았다. 기억 속의 익숙한 얼굴을 찾는 듯한 시선이었다. 하지만 두 사람의 얼굴에 실망한 표정이 천천히 떠올랐다. 모르는 사람이라는 걸 확인한 것이다.

"새로 오셨어요?" 남자가 물었다.

내가 고개를 끄덕이고 나서 물었다.

"새로 오셨나 봐요. 부부세요?"

두 사람이 동시에 고개를 끄덕인 다음 여자가 가련한 목소리로 물었다.

"저쪽에서 우리 딸을 보신 적이 있나요?"

내가 고개를 저으며 말했다.

"저쪽에 사람이 얼마나 많은데요, 저는 누가 두 분 딸인지 모르지요."

여자가 상심해서 고개를 숙이자 남자가 여자의 어깨를 쓰다듬으며 위로했다.

"새로 온 사람이 또 있을 거야."

여자가 방금 전에 내가 했던 말을 되풀이했다.

"하지만 저쪽에는 사람이 너무 많잖아."

남자가 계속 말했다.

"언젠가는 새로 온 사람 중에 저쪽에서 샤오민을 본 사람이 있을 거야."

샤오민? 나는 그 이름을 들은 적이 있는 것 같아 물었다.

"어떻게 여기에 오셨나요?"

그들의 얼굴에 두려운 기색이 파르르 떠올랐다. 떠나간 세계의 기억이 이쪽의 그림자로 투사된 것이었다. 그들의 눈이 내 눈을 피했다. 어쩌면 눈물이 내 눈빛을 피하는 것인지도 몰랐다.

그런 다음 남자가 그 두려웠던 사건을 이야기하기 시작했다. 그들은 성허로에 살았는데 시에서 그곳의 건물 세 동을 철거하겠다고 했다. 하지만 주민들은 이사를 거부하며 철거하러 온 사람들과 석 달 넘게 대치했다. 그러다가 그 끔찍했던 오전에 강제 철거가

시행되었다. 그들 부부는 야근을 하고 새벽에 돌아와 딸을 깨워 아침을 먹였다. 그리고 아이가 가방을 메고 학교에 간 다음 잠자리에 들었다. 바깥에서 계속되는 확성기의 경고 방송을 잠결에 듣기는 했지만 너무 피곤해서 눈을 뜨지 못했다. 확성기의 경고 방송이나 불도저의 위협은 이전에도 있었지만, 주민들과 대치하다가 확성기와 불도저 모두 그대로 물러나곤 했다. 그래서 또 위협을 하나 보네, 생각하며 계속 잠에 빠져 있었다. 건물이 우르릉거리며 격렬하게 흔들릴 때에야 그들은 잠에서 깨어났다. 1층에 살았기 때문에 남자가 침대에서 일어나 여자를 끌고 곧장 문 쪽으로 뛰었다. 그런데 남자가 현관문을 열었을 때 여자가 갑자기 옷을 집으러 소파로 향했다. 남자가 뛰어 들어가 여자를 끌어당기는 순간, 건물이 와르르 무너져 내렸다.

남자의 목소리가 여기서 뚝 그치고 여자의 울음소리가 그 뒤를 이었다.

"미안해요, 미안해……"

"미안하다고 하지 마."

"옷을 가지러 가면 안 됐는데……"

"그래도 늦었어. 당신이 옷을 가지러 가지 않았어도 늦었다고."

"내가 옷을 가지러 가지 않았다면 당신은 뛰어서 돌아오지 않았겠지. 그러면 당신은 빠져나갈 수 있었을 거야."

"내가 나가면 당신은 어떻게 하고?"

"당신이 빠져나갔다면 샤오민에게 그래도 아빠는 있을 텐데."

나는 그들이 말하는 딸이 누구인지 알았다. 빨간 오리털 점퍼 차림으로 콘크리트 폐허 위에 앉아, 그 차가운 바람 속에서 숙제를 하며 부모를 기다리던 여자아이였던 것이다.

"두 분 딸을 보았습니다. 정샤오민이죠."

두 사람이 동시에 소리쳤다.

"맞아요. 정샤오민이에요."

"초등학교 4학년이고요."

"그렇습니다." 두 사람이 다급하게 물었다. "어떻게 아세요?"

내가 남자에게 말했다.

"일전에 통화했지요. 저는 가정교사를 하기로 했던 사람입니다."

"그럼 양 선생님?"

"네, 양페이입니다."

남자가 여자에게 말했다.

"이분이 양 선생님이셔. 우리 수입이 많지 않다고 했더니 곧바로 시간당 30위안만 받겠다고 하셨던."

"감사합니다." 여자가 말했다.

이곳에서 감사하다는 말을 듣다니, 나는 쓴웃음을 지었다.

"선생님은 어쩌다 오신 거예요?" 남자가 물었다.

"음식점에 앉아 있는데 주방에서 불이 난 다음에 폭발이 있었습니다. 두 분과 같은 날에 왔지요. 몇 시간 늦게요. 음식점에서 휴대폰으로 전화를 했는데 안 받으시더라고요."

"휴대폰 소리를 듣지 못했습니다."

"그때 폐허 밑에 계셨으니까요."

"그렇죠." 남자가 여자에게 말했다. "휴대폰도 찌부러졌을 거야."

여자가 다급하게 물었다.

"샤오민은 어땠어요?"

"그날 약속했던 오후 네 시에 댁으로 갔는데 도착했을 때는 그 세 동이 사라져서……"

나는 잠시 망설이다가 두 사람이 성허로 강제 철거 때 사망한 사실이 엄폐되었다는 얘기는 하지 않았다. 그들 부부가 업무 중에 함께 순직했다는 이야기가 이미 만들어졌으니, 딸은 다른 사람의 유골이 든 유골함을 받고 아름다운 거짓말 속에서 성장할 거라고 생각했다.

"샤오민은 어땠어요?" 여자가 다시 물었다.

"아주 좋았습니다. 그렇게 철든 아이는 처음 보았습니다. 그러니 안심하세요. 혼자서도 잘할 거예요."

"이제 겨우 열한 살인걸요." 여자가 서글프게 말했다. "매일 학교에 갈 때면 저만큼 나간 다음에 멈춰서 아빠와 엄마를 불러요. 우리가 대답하면 "다녀오겠습니다" 인사하고는 우리 대답을 듣고 서야 학교에 갔답니다."

"선생님께 뭐라고 하던가요?" 남자가 물었다.

나는 매서운 바람 속에서 내가 춥냐고 묻자 아이가 매우 춥다고 답했던 것과, 가까운 KFC에 가서 숙제를 하면 따뜻할 거라고 했더니 고개를 저으며 아빠 엄마가 돌아왔을 때 자기를 못 찾을 수도 있다고 했던 모습이 떠올랐다. 아이는 부모가 바로 밑 폐허 속에 있으리라고는 생각도 하지 못했다.

나는 또 망설였지만 이번에는 사실대로 이야기해주고 마지막으로 덧붙였다.

"샤오민은 두 분 위에 앉아 있었어요."

눈물이 두 사람의 얼굴에서 소리 없이 흐르는 게 보였다. 그건 결코 마르지 않을 눈물이라는 걸 나는 잘 알고 있었다. 내 눈도 축축해지는 바람에 얼른 몸을 돌려 발걸음을 옮겼다. 뒤에서 울음소리가 조수처럼 밀려왔다. 두 사람의 울음소리가 군중의 울음소리 같았다. 조수가 빨간색 오리털 점퍼의 여자아이를 해변으로 밀어 올리고 물러난 뒤, 아이 혼자 저쪽 인간 세상에 내버려진 걸 보는 느낌이었다.

나는 이곳의 성대한 향연을 보았다. 향기로운 풀밭에 과실이 주렁주렁 열린 나무, 풍성한 채소, 그리고 졸졸 흐르는 강물이 있었다. 죽은 자들이 술자리에 한 테이블씩 모여 앉은 것처럼 풀밭에 끼리끼리 둘러앉았다. 그들의 동작은 모두 제각각이었다. 어떤 사람은 허겁지겁 먹고, 어떤 사람은 천천히 음미하며, 어떤 사람은 한담을 나누고, 어떤 사람은 담배를 피우면서 술을 즐기고, 또 어떤 사람은 배불리 먹은 뒤 배를 두드리고 있었다. 육체가 있는 사람과 해골 사람 몇몇이 그 사이를 오가는 것도 보였다. 쟁반을 들거나 술을 따르는 동작으로 그들이 종업원이라는 것을 알 수 있었다.

내가 다가가자 해골 사람이 맞아주었다.

"탄가네 오신 걸 환영합니다."

소녀 같은 목소리가 '탄가네'라고 말해 깜짝 놀랐다. 그런 다음 낯선 목소리가 내 이름을 부르는 게 들렸다.

"양페이."

소리 나는 쪽을 바라보니 탄자신이 쟁반을 든 것처럼 오른손을 들고 절뚝거리며 다가오는 게 보였다. 표정이 무척 유쾌해 보였다. 떠나간 세계에서는 보지 못한 표정이었다. 거기에서는 어색한 웃음만 지을 뿐이었다. 그가 내 옆으로 다가와 반갑게 말했다.

"양페이, 언제 여기 왔나?"

"어제요." 내가 말했다.

"우리는 나흘이 됐네."

말하는 동안에도 탄자신은 쟁반을 든 것처럼 계속 오른손을 들고 있었다. 그가 고개를 돌려 아내와 딸, 사위를 불렀다. 그들의 이름을 큰 소리로 외칠 때 탄자신의 기쁨이 그들에게도 전달되었다.

"양페이가 왔어."

나는 탄자신의 아내와 딸, 사위가 걸어오는 것을 보았다. 그들의 손도 쟁반을 받치거나 술병을 든 동작을 취하고 있었다. 탄자신이 걸어오는 그들에게 말했다.

"탄가네가 개업했더니 양페이가 바로 오네."

그들이 내 옆으로 다가와 웃으면서 나를 살펴보았다. 탄자신의 아내가 말했다.

"조금 마른 것 같네요."

"우리도 말랐어." 탄자신이 즐겁게 말했다. "여기 온 사람들은 점점 말라가지. 여기 사람들은 하나같이 몸이 좋다니까."

탄자신의 딸이 물었다.

"왜 여기로 오셨어요?"

"무덤이 없거든요. 여러분은요?"

탄자신의 얼굴에 슬픔이 살짝 스쳤다.

"우리 친척은 전부 광둥에 있다네. 아마 아직도 우리 일을 모를 거야."

"우리는 가족이 함께 있어요."

탄자신의 아내가 이렇게 말하자 탄자신의 얼굴에 행복한 표정이
되돌아왔다.

"맞아. 우리는 가족이 함께 있다네."

내가 탄자신에게 물었다.

"다리가 부러졌나요?"

그러자 탄자신이 명랑하게 웃으며 대답했다.

"다리가 부러졌는데 더 빨리 걷는다니까."

그때 저쪽에서 부르는 소리가 들렸다.

"우리 음식은요, 우리 술이요……."

탄자신이 몸을 돌려 그쪽을 향해 소리쳤다.

"갑니다."

그러고는 쟁반을 받친 듯 오른손을 들고 쩔뚝거리며 빠르게 걸
어갔다. 그의 아내와 딸, 사위도 쟁반이나 술병을 든 듯 손을 올린
채 그쪽으로 총총히 걸어갔다.

탄자신이 가다가 고개를 돌려 내게 물었다.

"뭘 먹겠나?"

"늘 먹던 국수요."

"알았네."

나는 자리를 하나 찾아 풀밭에 앉았다. 꼭 의자에 앉는 듯한 기분이 들었다. 내 맞은편에는 해골 한 사람이 앉아 있었다. 그런데 그는 술 마시는 동작만 취할 뿐, 젓가락으로 식사하는 동작은 하지 않았다. 그의 텅 빈 눈이 내 팔에 달려 있는 상장을 향했다.

그는 옷차림이 조금 이상했다. 아주 커다란 검은 옷을 입었는데 소매가 없어서 뼈만 남은 팔과 어깨가 고스란히 드러났고, 거무스레한 색은 오랫동안 바람과 햇빛에 노출된 듯했다. 그리고 소매가 뜯겨나갔는지 양측 어깨의 올이 풀려 있었다.

서로 바라보다가 그가 먼저 물었다.

"언제 왔소?"

"닷새째입니다. 여기는 어제 왔고요."

그가 술잔을 들어 한입에 쭉 마시고 잔을 내려놓은 다음 술을 따르는 동작을 취했다.

"쓸쓸하니 혼자로군요." 그가 탄식했다.

내가 고개를 숙여 내 팔의 상장을 보았다.

"그래도 알아서 상장을 달았구먼." 그가 말했다. "외톨이면서 덜렁대는 사람들은 상장을 깜빡하고 와서는 다른 사람의 상장을 부러워하지요. 그러고는 나한테 상장으로 쓰게 소매를 뜯어달라고 매달리니."

내가 바깥으로 드러난 그의 팔뼈와 어깨뼈를 보며 살며시 웃

었다. 그가 술잔을 들어 한입에 마시고는 잔을 내려놓는 동작을 했
다. 그런 다음 손짓하며 말했다.

"원래는 소매가 손가락을 넘을 만큼 아주 길었다오. 봐요. 하지
만 지금은 두 어깨가 전부 드러났지요."

"그럼 어르신은 상장이 필요 없으세요?" 내가 물었다.

"나는 저쪽에 가족이 있어요. 아마 나를 잊은 것 같지만."

그가 술병을 들어 술잔에 술을 따르는 행동을 했다. 동작으로 보
건대 마지막 잔인 것 같았다. 그는 다시 한 번 단숨에 쭉 들이켜는
자세를 취했다.

"좋은 술이군." 그가 말했다.

"무슨 술을 드세요?" 내가 물었다.

"황주라오."

"어떤 황주인데요?"

"모르겠군요."

내가 웃으며 물었다.

"여기 오신 지 얼마나 되셨어요?"

"잊었소."

"잊었다면 아주 오래됐겠네요."

"너무 오래됐지."

"그럼 여기에서 보고 들은 게 많을 테니 한 가지 여쭤도 될까

요?" 나는 머릿속에서 갑자기 떠오른 생각을 이야기했다. "왜 죽은 뒤에 오히려 영원히 사는 것처럼 느껴질까요?"

그는 공허한 눈동자로 나를 보며 아무 말도 하지 않았다.

"왜 죽은 뒤에 안식의 땅으로 가야 합니까?"

내 물음에 그가 웃는 듯하더니 말했다.

"모르겠소."

"왜 스스로를 재로 만들어야 하는지 이해가 안 됩니다."

"그건 규칙이라오."

"묘지가 있는 사람은 안식을 얻지만 묘지가 없는 사람은 영생을 얻습니다. 어떤 게 더 좋습니까?" 내가 물었다.

"모르겠소."

그가 대답한 다음 고개를 돌려 외쳤다.

"여기요, 계산합시다."

해골 여종업원이 다가와 말했다.

"50위안입니다."

그가 50위안을 탁자에 놓는 동작을 취하더니 내게 고개를 끄덕인 다음, 일어나 떠나면서 말했다.

"젊은이, 너무 많이 생각하지 마시게나."

나는 그가 걸친 커다란 검은 옷과 가느다란 팔뼈를 보면서 나도 모르게 딱정벌레를 떠올렸다. 그의 뒷모습이 점점 멀어지더니 다른 해골들 속으로 사라졌다.

탄자신의 사위가 두 손에 국수를 든 자세로 다가와 내게 건네주는 동작을 취했다. 나도 두 손으로 받아드는 동작을 했다.

국수를 풀밭에 놓는 동작을 취할 때는 마치 탁자에 놓는 듯한 느낌이 들었다. 그런 다음 내 왼손이 그릇을 드는 동작을, 오른손이 젓가락을 드는 동작을 취하고 국수를 한 입 먹는 동작까지 마치자 내 입이 맛을 음미하는 동작을 시작했다. 이미 떠나간 세계에서와 맛이 똑같다고 느꼈다.

즐겁게 웃고 떠드는 소리가 사방에 가득했다. 사람들은 유쾌하게 먹고 마시면서 떠나온 세계의 중금속 쌀이나 멜라민 분유, 쓰레기 만두, 가짜 달걀, 피혁 우유, 화학 첨가제 훠궈(중국식 샤브샤브), 대변 처우더우푸(냄새가 특이한 발효 두부), 수단홍, 저질 식용유 등을 신나게 비난했다.

낭랑한 웃음소리가 퍼지는 가운데 그들은 이곳의 음식을 칭찬하기 시작했다. 신선하고 맛있고 건강하다는 표현이 잇달아 들려왔다.

"중국에서는 딱 두 군데 음식만 안전해." 누군가 말했다.

"어디인데?"

"여기가 한 곳이고."

"다른 한 곳은?"

"다른 한 곳은 저쪽의 중난하이(베이징 시내에 있는 호수. 그 주변에 중국 공산당 중앙과 국무원 및 고위 관리의 집단 거주지가 있음)."

"말 잘했네." 누군가 말했다. "우리가 여기에서 즐기는 게 중앙 지도층 음식과 동급이구먼."

나는 미소를 짓다가 국수를 먹던 내 동작이 멈추었다는 걸 깨달았다. 어느새 다 먹었구나 생각하고 있는데, 옆에서 누군가 "계산이오" 하고 외쳤다.

해골 종업원이 다가가 말했다.

"87위안입니다."

그러자 그가 종업원에게 말했다.

"여기 백 위안이요."

"거스름돈 13위안입니다." 종업원이 말했다.

"고마워요."

모든 계산 과정은 대화로만 이루어질 뿐 동작은 아예 없었다. 그때 탄자신이 절뚝거리며 내 쪽으로 다가왔다. 손에 쟁반을 든 모습이었다. 나는 과일을 주는 것임을 알아채고 받는 동작을 취했다. 그가 내 맞은편에 앉으며 말했다.

"방금 따온 신선한 과일이네."

내가 과일 먹는 동작을 시작하자 향긋한 맛이 느껴졌다.

"탄가네가 이렇게 금방 또 문을 열었네요."

"여기에는 공안이나 소방, 위생, 공상 행정, 세무 같은 부서가 없으니까. 저쪽에서는 음식점 하나를 내는 데 소방국에서 화재 위험이 있다고 1, 2년 끌고, 위생국에서 위생이 불합격이라며 1, 2년을 끌지. 뇌물을 주고 선물을 건네야지만 영업을 허가해준다니까."

이어서 그가 조금 불안한 듯 물었다.

"우리를 증오하지 않나?"

"제가 왜 증오해요?"

"우리가 자네를 건물에 가뒀잖아."

그러자 그 세계의 마지막 광경이 떠올랐다. 그때 탄자신은 연기 속에서 나를 쳐다보며 소리를 질렀다.

"그때 저한테 뭐라고 소리치는 것 같았는데요."

"빨리 뛰어 나가라고." 그가 한숨을 내쉬며 말했다. "아무도 가두지 않았는데 자네는 가두고 말았지."

내가 고개를 저으며 말했다.

"사장님이 가둔 게 아니라 저 스스로 나가지 않은 거예요."

나는 그때 본 신문과 거기 실렸던 리칭의 자살 기사에 대해서는 말하지 않았다. 말하자면 너무 길기 때문이었다. 그리고 언젠가 웃으며 이야기해줄 때가 있을 거라고 생각했다.

탄자신은 여전히 양심의 가책에서 벗어나지 못한 채, 주방에서 불이 난 뒤 왜 입구를 막고 손님들한테 돈을 내라고 했는지 설명했

218

다. 음식점의 적자가 3년 넘게 이어졌다는 것이다.

"정신이 나갔었어. 나를 해치고 가족을 해치고 자네를 해쳤네."

"여기 온 것도 괜찮아요. 아버지도 여기 계시고."

"자네 아버지가 여기 계신다고?" 탄자신이 소리쳤다. "왜 함께 오지 않았나?"

"아직 찾지 못했거든요. 하지만 여기 계시다는 게 느껴져요."

"찾은 다음에 꼭 모시고 오게." 탄자신이 말했다.

"모시고 올게요."

탄자신은 더 이상 미간을 찌푸리지 않고 환하게 웃는 얼굴로 내 앞에 잠시 앉아 있었다. 그러다가 일어나 가면서 아버지를 찾으면 꼭 모시고 오라고 또 말했다.

이어서 내가 계산을 하겠다고 하자 해골 여자가 다가왔다. 탄자신이 바로 직전에 채용한 종업원일 터였다.

"국수는 11위안이고 과일은 서비스입니다." 그녀가 말했다.

"여기 20위안이요."

"거스름돈 9위안입니다."

우리 사이에서도 동작 없이 대화만 이루어졌다. 내가 일어나 나갈 때 해골 여자의 목소리가 뒤에서 살갑게 들려왔다.

"감사합니다! 또 오세요!"

초록빛이 싱그러운 대숲 앞에서 소매에 상장을 단 해골이 내 쪽으로 걸어왔다. 이마의 작고 동그란 구멍을 보고 전에 만났던 사람이라는 걸 알아보았다. 예전에 내가 아버지의 행방을 물었던 사람이다. 그에게 미소를 보내자 그도 미소를 지었다. 그의 미소는 표정의 변화라기보다는 텅 빈 눈동자와 텅 빈 입에서 나오는 남실바람 같았다.

"저쪽에 모닥불이 있어요." 그가 말했다. "바로 저기요."

하늘 끝을 가리키는 듯한 그의 손가락을 따라 먼 곳을 바라보았다. 풀밭이 드넓게 펼쳐져 있고, 풀밭이 끝나는 곳에서 비단 끈 같은 게 반짝거렸다. 강이라는 느낌이 들었다. 그곳에는 라이터를 켠 듯 자그맣게 올라온 작은 초록빛 불도 있었다. 해골 사람들이 산비탈에서 내려오고 숲에서 나와 속속 그곳으로 걸어가는 게 보였다.

"가서 좀 앉읍시다." 그가 말했다.

"저곳은 어디인가요?" 내가 물었다.

"강변이요. 모닥불이 있어요."

"저기에 항상 가나요?"

"항상은 아니고 일정한 간격으로 한 번씩 가요."

"여기 있는 사람들이 모두 갑니까?"

"아니요." 그가 내 팔의 상장을 보고 자기 팔의 상장을 가리키며 말했다. "우리 같은 사람들이요."

나는 그곳이 스스로 애도하는 사람들이 모이는 장소라는 걸 알게 되었다. 그래서 고개를 끄덕이고는 비단 끈 같은 강물과 작은 모닥불 쪽으로 그를 따라 걸어갔다. 우리의 발걸음이 풀덤불에서 뻗어나가자 파란 풀들이 파사삭 소리를 냈다.

그의 소매에 달린 상장을 보며 내가 물었다.

"어떻게 여기에 오셨어요?"

"벌써 9년이 다 되어가요." 그가 말했다.

그런 다음 그의 목소리가 회상에 잠겼다.

"결혼한 지 2년 남짓 되었을 때예요. 아내에게 정신병이 있었는데 결혼하기 전에는 세 번밖에 안 만났기 때문에 몰랐습니다. 웃는 게 조금 이상해서 찜찜했지만 부모님은 괜찮다고 생각하셨어요. 아내 집 형편이 무척 좋아서 혼수도 많이 준비했다고, 심지어 2만 위안이 든 통장까지 있다고 했지요. 저희 농촌은 매우 가난하고, 결혼 상대를 정할 때 부모님의 뜻을 따릅니다. 2만 위안이면 2층짜리 집을 지을 수 있어서 부모님은 그 혼사를 받아들였지요. 그리고 결혼한 뒤에 아내한테 정신병이 있다는 걸 알았습니다."

"아내는 그런대로 괜찮았어요. 소란 떠는 일 없이 그냥 하루 종일 끊임없이 헤헤거리며 아무 일도 하지 않았지요. 부모님이 후회하며 미안해하셨지만 이혼은 못 하게 하셨어요. 혼수로 가져온 돈을 건물 짓는 데 사용했으니, 이제 와서 없던 일로 할 수는 없다는 거였지요. 나도 이혼할 생각이 없었고요. 그대로 지내자고 생각했어요. 게다가 정신병이라지만 조용한 편이었고 밤에 잠들면 정상인과 똑같았거든요."

"그해 여름, 아내가 집을 나갔습니다. 자기도 모르게 어딘가로 갔나 봐요. 저도 나가 찾고 부모님과 형 부부도 나가서 찾았습니다. 여기저기를 다 찾아 돌아다니며 행방을 물었지만 아무 소식도 들을 수가 없었지요. 3일을 찾아도 도저히 찾을 수가 없어서 처가에 알렸더니, 처가 사람들은 제가 죽였을 거라고 의심하며 현의 공안국에 신고했어요."

"아내가 집을 나간 지 닷새째 되던 날, 우리 마을에서 2킬로미터 떨어진 한 저수지에서 여자 시체가 떠올랐습니다. 무더운 여름이라 형태를 알아볼 수 없을 만큼 시체가 심하게 부패했지요. 경찰이 처가 식구들에게 확인하라고 했는데 모두 알 수가 없었어요. 그저 시체의 키가 아내와 비슷하다고만 생각했습니다. 경찰이 시체가 익사한 날과 아내가 나간 날이 일치한다고 말하기에 저는 아내라고 생각했어요. 처가 식구들도 아내라고 생각했고요. 아마 잘못해서 저수지에 들어갔나 했지요. 정신병을 앓았으니 저수지에 들어가면서 빠져 죽을 줄 몰랐을 거라고요. 어쨌든 2년 남짓 부부로 지냈기 때문에 마음이 아팠습니다."

"이틀 뒤에 경찰이 찾아와 아내가 나가던 날 무엇을 했느냐고 묻더군요. 그날 저는 시내에 나갔다가 저녁에 돌아와 아내가 사라진 걸 발견했습니다. 경찰이 시내에 나간 걸 증명해줄 사람이 있느냐고 물었고 저는 생각하다가 없다고 말했더니, 기록을 받아서 가더군요. 처가 식구들은 제가 아내를 죽였다고 확신했고 경찰도 그렇게 여겼기 때문에 저를 체포했고요."

"제 부모님과 형님 내외는 제가 죽였다고 믿지 않았지만 나중에 제가 죽였다고 인정하자 받아들였습니다. 그들은 매우 슬퍼하며 저를 원망했어요. 저 때문에 고개를 들고 다닐 수가 없다고요. 우리 농촌은 그렇거든요. 집에 살인범이 있으면 온 가족이 전부 낯을 들지 못하지요. 법정에서 사형선고를 내릴 때 저희 가족은 아무도 오지 않았습니다. 처가에서는 모두 왔고요. 하지만 그들을 원망하지 않습니다. 가족들은 제가 잡혀간 뒤 면회하고 싶어 했지만 경찰이 허락하지 않았지요. 그들은 모두 순박하고 고지식한 사람들이라 제가 억울하다는 것을 몰랐어요."

"아내를 죽였다고 인정한 건 어쩔 수 없어서였습니다. 경찰이 저를 매달아놓고 때리면서 인정하라고 윽박질렀거든요. 얼마나 맞았는지 소변과 대변이 흘러나오고, 두 손이 묶인 채 이틀을 매달렸더니 피가 통하지 않아 손가락 네 개가 까매졌어요. 경찰이 괴사할 거라고 하더군요. 그러다가 나중에는 거꾸로 매달아놓고 때렸습니다. 두 다리를 위로, 머리를 아래로 매달아놓고 때리는데 제일

아픈 곳은 몸이 아니라 눈이었어요. 짜디짠 땀이 눈으로 흘러 들어
가면 바늘로 눈동자를 찌르는 것처럼 아팠지요. 차라리 죽는 게 더
나을 것 같아서 인정한 겁니다."

그가 잠시 말을 끊었다가 내게 물었다.

"눈썹이 왜 눈 위에 나는지 압니까?"

"왜요?"

"땀을 막느라고요."

혼자만의 미소 같은 그의 조용한 웃음소리가 들렸다.

그가 자신의 뒤통수를 가리키고 다시 이마의 둥근 구멍을 가리
키며 말했다.

"총알이 뒤쪽에서 들어와 이리로 나갔습니다."

그러더니 고개를 숙여 소매의 상장을 바라보며 계속 말했다.

"이곳에 온 뒤 직접 상장을 단 사람을 보고 저 자신에게도 달아
주고 싶었어요. 저쪽에는 달아줄 사람이 없을 것 같아서요. 부모님
과 형 부부는 살인범인 저를 위해 감히 달 수 없을 테니까요. 그러
다가 아주 길고 큰 검정 옷을 입은 사람을 보았습니다. 소매가 무
척 길기에 조금 뜯어줄 수 없느냐고 물었지요. 그 사람은 제가 무
엇을 하려는지 알고 소매 일부를 뜯어주었답니다. 상장을 달고 나
니까 마음이 안정되더군요."

"나중에 온 사람 중에 제 일을 아는 사람이 있었어요. 제가 총살

되고 6개월 후 정신병이 있는 아내가 갑자기 집으로 돌아왔다더군요. 더럽고 해진 옷차림에 다른 사람이 알아볼 수 없을 만큼 더러운 얼굴을 하고는 저희 집 앞에서 쉬지 않고 헤헤거리더래요. 반나절을 서 있으니 마을의 누군가가 그녀를 알아보았다고요."

"그곳 사람들이 마침내 제가 억울하다는 것을 알았지요. 부모님과 형 내외는 제가 불쌍하다고 이틀을 울었습니다. 정부에서 배상금으로 50여만 위안을 지급했고 가족들은 제게 아주 좋은 묘지를 마련해주었지요."

"무덤이 있다고요? 그런데 왜 아직 여기 계세요?"

"그때 상장을 떼서 나무 밑에 던진 다음 가려고 했는데, 열 걸음쯤 떼었을 때 아쉬운 거예요. 그래서 다시 집어서 달았지요. 상장을 달고는 무덤에 가지 않았어요."

"안식을 취하러 가고 싶지 않으세요?" 내가 물었다.

"가고 싶어요." 그가 대답했다. "그런데 그때 어쨌든 묘지가 생겼으니까 급할 것 없다고, 언제든 가고 싶을 때 갈 수 있다고 생각한 거죠."

"몇 년이 되었는데요?"

"8년이요."

"무덤은 아직도 있어요?"

"아직 있지요. 그대로 있답니다."

"그럼 언제 갈 계획이세요?"

"나중에요."

우리는 스스로 애도하는 자들이 모이는 장소에 도착했다. 눈앞에 넓은 강물이 나타나고 반짝이는 광경도 넓게 펼쳐졌다. 초록색 모닥불이 강가에서 활활 타오르고 있었다, 쉬지 않고 파닥거리는 초록색 불꽃이 춤추듯 날아다니는 반딧불이 같았다.

상장을 단 해골이 모닥불 옆에 꽤 많이 모여 있었다. 내가 그를 따라 들어가 앉을 곳을 찾자, 앉아 있던 해골들이 움직여 여기저기서 공간을 내주었다. 나는 그 자리에 선 채 어디로 가야 할지 몰라 망설였다. 그가 가까운 자리에 앉는 것을 보고 나도 걸어가 앉았다. 고개를 들자 속속 도착하는 사람들이 보였다. 어떤 사람은 풀 비탈을 따라서 오고, 어떤 사람은 강을 따라서 왔다. 그들은 졸졸 흐르는 실개천처럼 모여들었다.

옆에 앉은 해골이 친근하게 인사하는 게 들렸다.

"안녕하세요?"

"안녕하세요?"라는 인사가 여린 파동을 만들더니 내 쪽에서 시작해 모닥불을 에둘러 한 바퀴 돌고는 내 뒤쪽으로 돌아와 떨어졌다.

내가 조용히 그에게 물었다.

"지금 다들 저한테 인사하는 건가요?"

"그렇답니다. 새로 왔으니까요." 그가 대답했다.

나는 내가 숲으로 돌아온 한 그루의 나무, 강물로 돌아온 한 방울의 물, 토양으로 돌아온 한 톨의 먼지같이 느껴졌다.

소리가 잇따라 고요 속에 떨어지는 것처럼 상장을 단 사람들이 속속 자리에 앉았다. 우리는 모닥불 옆에 빙 둘러앉아 드넓은 침묵 속에서 은밀하게 수많은 말들을 내뱉었다. 보잘것없는 사람들이 수없이 모여 자신의 이야기를 털어놓는 것 같았다. 모두 떠나간 세계에서 기억하기 싫은 가슴 아픈 일을 겪었고, 모두 하나같이 그곳에서 외롭고 쓸쓸했다. 우리는 스스로를 애도하려 한자리에 모였지만 초록색 모닥불 주위에 둘러앉았을 때는 더 이상 혼자가 아니었다.

아무 말도 없고 아무 행동도 없이, 그저 조용히 서로를 바라보며 웃었다. 우리가 침묵 속에 앉아 있는 것은 다른 무엇을 위해서가 아니라 그냥 우리가 혼자가 아니라 무리라는 것을 느끼기 위해서였다.

나는 침묵하며 함께 둘러앉은 그 속에서 불의 소리, 흔들리는 소리를 듣고 물의 소리, 두드리는 소리를 들었다. 또 풀의 소리, 하늘거리는 소리를 듣고 나무의 소리, 고함치는 소리를 들었으며 바람의 소리, 바스락거리는 소리를 듣고 구름의 소리, 표류하는 소리를 들었다.

그러한 소리는 내게 그들 역시 팔자가 사납다고, 그들 역시 돌아보기 싫다고 털어놓는 것 같았다. 그런 다음 꾀꼬리 같은 노랫소리가 날듯이 들려왔다. 노랫소리는 한 소절 날아왔다가 잠시 멈추고 또 한 소절 날아왔다…….

"왔구나" 하는 소리가 속삭이듯 들려왔다.

나는 그 낯선 목소리 쪽으로 걸어갔다. 그 소리는 지붕에서 창턱으로 똑똑 떨어지는 빗물 소리처럼 맑고 가냘팠다. 온갖 풍상을 겪은 여자 목소리라는 것을 알 수 있었다. 목소리에 황혼의 어스레함이 묻어 있었지만 문을 한 번, 두 번, 세 번 두드리는 것처럼 음절이 아직도 확실했다.

"왔구나."

목소리가 나를 향한 것인지 조금 의문이 들었지만 거기에는 아득한 친근함이 담겨 있었다. 기억 깊은 곳의 친근함 때문에 그 목소리가 한 번, 또 한 번 내게 말하는 것처럼 느껴졌다. 이어서 꾀꼬리 같은 노랫소리가 또 파도처럼 밀려왔다. "왔구나" 하는 목소리가 꾀꼬리 같은 노랫소리를 타고 내게로 왔다.

나는 꾀꼬리 같은 노랫소리와 "왔구나" 하는 목소리가 들리는 쪽으로 걸어갔다.

숲으로 들어가자 꾀꼬리 같은 노랫소리가 앞쪽 나무에서 날아내려오는 게 느껴졌다. 그리로 다가갔더니 나뭇잎이 점점 넓어졌다. 잠시 후 나는 커다랗고 흔들거리는 나뭇잎에서 해골만 남은 갓난아이가 누워 있는 것을 발견했다. 아기들이 나뭇잎 요람 속에서 흔들거리며 영혼을 사로잡는 노래를 부르고 있었다. 나는 손가락을 뻗어 수를 세기 시작했다. 스물일곱까지 숫자를 센 다음 손을 내려놓았다. 그 숫자 때문에 가슴이 철렁했다. 내 기억이 순식간에 그 떠나간 세계를 따라잡았다. 강물에 떠다니고 강가에 버려진, 의료 쓰레기라 불리던 스물일곱 명의 죽은 아기들이 떠올랐다.

"왔구나."

크고 하얀 옷을 입은 해골 한 사람이 나무 사이의 향기로운 풀 덤불에 앉아 있었다. 그녀가 천천히 일어나 한숨을 내쉰 다음 내게 말했다.

"아들아, 어째서 이렇게 빨리 온 거니?"

나는 그녀가 누구인지 알아채고 조용히 불렀다.

"엄마."

리웨전 아줌마가 내 곁으로 다가와 텅 빈 눈동자로 나를 바라보며 하늘하늘한 목소리로 말했다.

"쉰 살도 넘어 보이는구나. 이제 겨우 마흔하나인데."

"제 나이를 아직도 기억하시네요."

"하오샤랑 같잖니."

지금 하오샤와 하오창성 아저씨는 저쪽 세계의 미국에 있고, 나와 아줌마는 이쪽 세계의 여기에 있다. 하오샤와 아저씨가 떠날 때 나는 공항으로 배웅을 나갔다. 두 사람은 먼저 상하이로 가서 비행기를 갈아타고 미국에 갈 참이었다. 그때 나는 마음속 어머니의 마지막 길을 배웅하고 싶으니 유골함을 들게 해달라고 아저씨에게 부탁했다.

"공항 가는 걸 지켜봤단다. 네가 유골함을 들고 있더구나." 아줌마가 말하면서 고개를 저었다. "그건 내 유골이 아니라 다른 사람 거였어."

다른 사람의 유골이 아줌마의 명의로 미국에 안장되었다는 뜻이었다.

"아줌마가 편히 쉴 곳을 이미 마련했고, 나중에 아저씨도 거기 가실 거라고 하오샤가 말했어요."

나는 더 이상 말을 이을 수가 없었다. 몇 년 뒤에 아저씨가 그곳에 묻히면 아줌마와 쉬는 게 아니라, 한 명 혹은 몇 명의 불완전한 낯선 사람과 함께한다는 사실이 떠올라서였다.

아줌마의 텅 빈 눈에서 눈물이 흘러나왔다. 아줌마도 같은 생각을 한 것이다. 눈물이 아줌마의 돌 같은 뺨을 타고 흘러내려 푸른 풀 위로 떨어졌다. 하지만 곧이어 아줌마의 텅 빈 눈에 웃음기가 번졌다. 아줌마가 고개를 들어 꾀꼬리처럼 노래하는 주위의 아기들을 보며 말했다.

"나는 여기에 스물일곱 명의 아이들이 있어. 이제 네가 왔으니 스물여덟이로구나."

아줌마가 뼈만 남은 손으로 내 왼팔의 상장을 어루만졌다. 내가 나 스스로를 애도하고 있다는 걸 알아차린 것이다.

"불쌍한 내 아들."

나의 차가운 가슴이 마치 불꽃이 넘실거리듯 뜨거워졌다. 그때 한 갓난아이가 나뭇잎에서 굴러 떨어져 칭얼칭얼 울면서 아줌마 옆으로 기어왔다. 아줌마가 아기를 품에 안고 가볍게 흔든 다음, 다시 커다란 나뭇잎에 올려놓자 아기가 금방 웃으면서 다른 아기들의 꾀꼬리 같은 노랫소리에 합류했다.

"어쩌다 온 거니?" 아줌마가 물었다.

나는 아줌마에게 저쪽 세계에서의 마지막 광경을 들려준 다음, 리칭이 멀리에서 찾아와 작별 인사를 했던 일도 이야기했다.

아줌마가 다 듣고 나서 한숨을 쉬었다.

"리칭은 너를 떠나지 말았어야 했어."

어쩌면요, 나는 속으로 생각했다. 그때 리칭이 떠나지 않았다면 우리는 아직 저쪽 세계에서 평온하게 살고 있을 것이다. 우리 아이는 초등학생, 혹은 중학생이 되었을 테고.

나는 아줌마와 스물일곱 구 영아 시신의 불가사의한 실종을 떠올리며, 빈의관에서 아줌마와 스물일곱 구의 영아 시신을 이미 화장했다고 말했지만 인터넷에는 아줌마와 스물일곱 구 영아의 유골이 다른 사람의 유골함에서 빼낸 것이라는 말이 돌았다고 이야기했다.

"알고 있단다." 아줌마가 말했다. "나중에 온 이가 알려주었지."

내가 고개를 들어 널따란 나뭇잎에서 꾀꼬리처럼 노래하는 아기들을 바라보며 물었다.

"아줌마가 아기들을 이리로 안고 오셨어요?"

"안지 않았어. 내가 앞서 가니까 아기들이 뒤에서 기어왔어."

아줌마는 그날 한밤중에 우르릉하며 무너지는 소리를 듣지는 못했지만 그래도 깨어났다고 말했다. 그때 아줌마는 깊은 잠에 세 번 빠졌으며, 첫 번째 잠에서 광활한 혼돈을 보았다. 그 속에서 하늘과 땅은 하나였는데 한 줄기 빛이 지평선처럼 나타나더니 조수처럼 밀려와 하늘과 땅이 분리되고 아침과 밤도 분리되었다. 두 번째 잠에서는 공기가 생겨난 뒤 빠르게 날면서 이리저리 오가는 것을 보았고, 세 번째 잠에서는 물이 지상에서 뻗어 나가다가 점점 바다처럼 되는 것을 보았다.

그런 다음 아줌마는 깨어났다. 절벽에서 떨어지는 것 같았는데 추락하는 속도 때문에 몸이 똑바로 섰다. 아줌마는 문을 막고 있는 하얀 눈을 치우듯 천천히 그 하얀 천을 젖히고 두 다리로 걷기 시작했다. 구덩이 아래의 영안실에서 나오자 스산한 달빛이 구덩이에 흩뿌려지고 있었다. 아줌마는 두 발로 들쭉날쭉한 구덩이 벽을 밟아, 그러니까 드러누운 자세로 구덩이를 걸어 나왔다.

그리고 불빛이 환한 도시를 걸었다. 행인과 차량이 얽혀 복닥거리고 풍경도 옛 모습 그대로였지만 아줌마는 그 속에 끼어들 수가 없었다.

집에 돌아가듯 자연스럽게 자신이 살던 집으로 갔지만 집에 들어갈 수는 없었다. 두 다리를 아무리 움직여도 건물에 가까이 갈 수가 없었다. 아줌마가 세상을 떠난 지 3일째 되던 날 밤이었다. 아줌마는 6층 창문에 여자 그림자가 왔다 갔다 하는 걸 보고 심장이 콩닥거렸다. 그건 하오샤, 딸이 돌아온 거였다.

그 뒤 이틀 밤낮을 아줌마는 쉬지 않고 앞으로 걸었지만 걸을수록 점점 멀어졌다. 아저씨는 창문에 끝내 나타나지 않았고, 나도 나타나지 않았다. 하오샤도 딱 한 번 나타났을 뿐이다. 이어서 누군가 탁자와 의자, 장롱을 옮겨 가고 찻상과 소파를 옮기고 침대를 내오는 걸 보았다. 아줌마는 자신과 수십 년을 함께한 가구들이 팔렸다는 것을, 그 집도 팔렸다는 것을, 남편과 딸이 곧 미국으로 간다는 사실을 알았다.

마침내 아줌마는 우리를 보았다. 그날 오후, 아저씨가 유골함을 들고 하오샤의 부축을 받으며 건물에서 내려왔다. 하오샤는 오른

손에 커다란 더플백을 들고, 나는 그 뒤에서 커다란 여행 가방 두 개를 들고 나왔다. 우리 셋이 길가에 서자 택시 한 대가 멈춰 섰다. 나와 기사가 여행 가방 두 개와 하오샤 손에 있던 더플백을 트렁크에 실었다. 아줌마는 그때 내가 아저씨에게 뭐라고 하자 아저씨가 유골함을 건네주어 내가 유골함을 들더라고, 하오샤와 아저씨가 뒷좌석에 앉고 내가 앞좌석에 앉자 택시가 떠났다고 말했다.

아줌마는 그게 영원한 이별이라는 것을 알았다. 하오 아저씨와 하오샤가 머나먼 미국으로 떠나고 있었다. 아줌마는 눈물을 펑펑 쏟으며 내달렸지만 아무리 달려도 우리에게서 멀어지기만 했다. 아줌마는 그 자리에 서서 거리의 차량 속으로 택시가 사라지는 것을 바라보았다.

아줌마가 소리 내어 울었다. 그렇게 한참을 울다가 문득 뒤에서 흑흑 하며 우는 듯한 소리를 들었다. 고개를 돌려보니 스물일곱 명의 갓난아이가 바닥에 주르륵 엎드려 있었다. 아기들도 아줌마처럼 슬퍼 보였다. 아줌마가 울음을 멈추자 아기들의 흑흑거리는 울음소리도 멈췄다. 아기들이 자신의 뒤를 따라 구덩이를 기어 나온 것인지, 그리고 계속해서 여기까지 뒤따라온 것인지 알 수가 없었다. 아줌마는 앞쪽에서 점점 멀어지는 도시를 바라보다가 고개를 돌려 스물일곱 명의 아기들을 바라보고는 자신이 무엇을 잃고 무엇을 얻었는지 알았다.

아줌마가 작은 소리로 아기들에게 "가자" 하고 말했다.

하얀 옷을 입은 아줌마가 천천히 앞으로 나아가자 그 뒤로 스물일곱 명의 아기들이 줄지어 기어갔다. 햇빛이 케케묵은 노란색이었다. 그들이 떠들썩한 도시를 통과해 고요 속으로 들어가자 은회색 달빛이 맞아주었다. 그들은 고요 속으로 점점 더 깊이 들어갔다.

생사의 경계를 지난 뒤 아줌마는 향기로운 풀밭에 이르렀다. 파랗고 향긋한 풀이 뒤에서 기어오는 스물일곱 아기들의 목에 닿자, 간질간질한 느낌 때문에 아기들이 까르륵 웃었다. 향기로운 풀밭이 끝난 뒤에는 반짝반짝 빛나는 강이 나왔다. 아줌마가 강으로 들어가자 강물이 천천히 아줌마의 가슴까지 올라왔다가 다시 천천히 발밑으로 내려갔다. 아줌마가 맞은편 강가에 도착했을 때 스물일곱 명의 아기들도 수면을 기어 건너왔다. 아기들이 물 때문에 사레가 들리는 바람에 맞은편 기슭에서는 한동안 기침 소리가 울렸다. 강을 건넌 그들은 숲으로 들어갔다. 숲에 들어간 아줌마가 무심결에 노래 한 곡조를 흥얼거렸는데 뒤에 있던 스물일곱 명의 아기들이 따라 부르기 시작했다. 아줌마가 흥얼거림을 멈춘 뒤에도 스물일곱 명의 아기들은 노래를 멈추지 않았다. 그래서 꾀꼬리 같은 노랫소리가 지금까지 울려 퍼지게 된 것이다.

"네 아버지가 오셨었단다." 아줌마가 말했다. "양진뱌오, 네 아버지 말이야."

내가 깜짝 놀라서 아줌마를 바라보자 아줌마가 이어서 말했다.

"아주 먼 길을 걸어서 여기에 도착하셨단다. 무척 피곤했는지 며칠을 누워 계셨어. 계속 네 얘기를 하셨지."

"인사도 없이 나가서 어디를 가셨대요?"

"기차를 타고 예전에 너를 버렸던 곳에 갔었대."

아버지와 마지막 밤에 나누었던 대화를 나는 똑똑히 기억하고 있었다. 가게의 비좁은 침대에 누웠을 때 창밖의 가로등 불빛은 몽롱하니 가물거리고, 밤바람은 우리 창문을 어루만졌다. 아버지는 그때 처음으로 내게 눈물을 보이며, 내가 네 살 때 한 아가씨를 위해 그 낯선 도시의 바위에 나를 버렸노라고 말했다. 푸른 바위가 얼마나 거칠었는지, 바위 표면이 얼마나 평평했는지 이야기를 들려주고는 나를 그 바위에 내려놓았다고 했다. 그러면서 정말 독하고 모질었다고 스스로를 질책하고 또 질책했다. 하지만 아버지가 말없이 떠난 뒤 나는 그곳을 떠올리지 못했다. 아버지를 찾아 수많은 곳을 다녔지만 아버지가 기차를 타고 그곳에 갔으리라고는 생각하지 못했다.

그때 아버지는 새 철도원 제복을 입었다. 가장 최근에 받은 제복이라, 무척 아끼다가 그날 떠날 때에야 처음 몸에 걸쳤다. 아버지가 허약해질 대로 허약해진 몸을 이끌고 기차에 올라 어렵게 자리를 찾은 다음 막 자리에 앉았을 때 기차가 출발했다. 플랫폼이 천천히 뒤로 사라지는 것을 보면서 아버지는 자신에게 시간이 얼마 남지 않았다는 걸 불현듯 깨달았다. 그리고 그렇게 가면 다시 나를 만날 수 있을지 없을지 자신할 수 없었다.

아버지는 아줌마에게 그날 밤 잠을 이루지 못하고 내 고른 호흡 소리와 이따금씩 들리는 코 고는 소리를 듣고 있었다고 말했다. 중간에 잠시 아무 소리도 없으면 걱정하며 손을 뻗어 내 얼굴과 목을 쓰다듬었다고, 내가 놀라서 깨어나 몸을 일으키면 눈을 감고 잠든 척했노라고 말했다. 내가 어둠 속에서 아버지의 몸을 더듬고 조심스럽게 당신의 팔을 이불 속에 넣어주었다고도 했다.

나는 고개를 흔들었다.

"그런 줄 몰랐어요."

아줌마가 앞쪽 나무 밑의 풀덤불을 가리키며 말했다.

"바로 여기 누워서 계속 이야기하셨단다."

아버지는 그곳을 찾아갔지만 푸른 바위와 수풀, 돌다리와 물이 없던 간헐천을 찾지 못했다. 기억에 따르면 돌다리 맞은편에 건물이 있고 건물에서 아이들의 노랫소리가 들려와야 했는데, 아버지는 그 건물을 찾지 못했고 아이들의 노랫소리도 듣지 못했다. 아버지는 아줌마에게 모든 것이 변했다고, 기차도 변했다고 말했다. 그해 아버지와 내가 탔던 기차는 동틀 무렵에 플랫폼을 떠나 점심때 쯤 그 작은 도시에 도착했다. 그런데 나중에 아버지 혼자 탔을 때는 똑같이 동틀 무렵에 떠났지만 한 시간여 만에 도착했다.

아줌마가 아버지에게 물었다.

"어디였는지 지명을 기억해요?"

"그럼요." 아버지가 대답했다. "허판제(河畔街)예요."

아버지는 아침 햇살 속에서 그 도시의 기차역을 나섰다. 아버지 옆에는 여행 배낭을 메거나 가방을 끌면서 적진으로 돌격하듯 잰걸음으로 걷는 여행객이 대부분이었다. 느릿느릿 움직이는 아버지의 몸은 배낭도 가방도 없이 단출했지만 배낭이나 가방보다도 훨씬 무거웠다. 아버지는 천천히 역을 나갔다. 힘없이 떨어진 두 손은 흔들림이 거의 없었다.

아버지는 기차역 앞 광장에 서서 기운 없는 목소리로, 바삐 지나가는 건강한 신체들에게 그 지역 사람이냐고 물었다. 스무 명이 넘는 사람 중에서 그렇다고 답한 네 명에게 다시 허판제에 가는 길을 물었다. 그중 세 젊은이는 허판제가 어디 있는지 몰랐다. 네 번째로 물어본 노인은 허판제를 알았는데 버스를 세 번 갈아타야 한다고 했다. 아버지는 버스에 올랐다. 헐떡거리는 몸을 이끌며 아는 사람 하나 없는 도시에서 나를 버렸던 낯선 땅을 찾기 시작했다.

"왜 거기에 갔어요?"

아줌마가 물었을 때 아버지는 이렇게 대답했다.

"그 바위에 좀 앉아 있고 싶었거든요."

아버지가 그곳을 찾았을 때는 이미 오후였다. 아버지는 만원 버스에서 진이 다 빠져버렸다. 한 번 버스를 타고 내리면 길가에 앉아 한참을 쉰 다음에야, 기운을 차려 다음 버스에 올라탈 수 있었다. 그렇게 버스를 세 번 갈아탄 끝에 아버지는 허판제에서 3백여 미터 떨어진 버스 정류장에 내렸다. 그 뒤 3백 미터의 길은 아버지에게 3천 미터보다 더 길게 느껴졌다. 걷는 게 힘겨웠고 두 발이 돌덩이처럼 무거워 제대로 옮길 수가 없었다. 아버지는 인도를 천천히 걸어가는 수밖에 없었다. 그나마도 5, 6미터쯤 걸어간 뒤에는 나무를 붙들고 잠시 쉬어야 했다. 그러다 길에서 간이식당을 발견하고는 뭔가를 먹어야겠다고 생각했다. 아버지는 식당 밖 인도에 놓인 의자에 앉은 다음, 두 팔을 탁자에 걸쳐 몸을 지탱하면서 훈툰(얇은 밀가루피에 고기와 야채 소를 넣어 만든 음식) 한 그릇을 주문했다. 하지만 세 입 먹은 뒤에 속이 불편해져 늘 지니고 다니는 비닐봉지에 게워냈다. 옆에서 먹던 사람들이 모두 그릇을 들고 가게 안으로 들어가, 아버지는 힘없는 목소리로 미안하다고 사과했다. 그러면서 계속 먹고 계속 토했다. 그렇게 끝까지 먹고 끝까지 토했다. 먹은 게 토한 것보다 많다는 생각이 들자 몸에 힘이 좀 붙는 것 같았다. 그래서 휘청거리며 일어나 휘적휘적 허판제로 갔다.

"온통 고층 건물에 사람들이 많이 살더라고요."

아버지가 아줌마에게 말했다.

예전의 간헐천이 사라지고 예전의 돌다리도 사라졌다. 아버지는 아이들의 소리를 들었지만 옛날의 아이들이 노래 부르던 소리가 아니라 오늘날의 아이들이 장난치는 소리였다. 아이들은 놀이터에서 미끄럼틀을 타면서 크게 소리치고, 아이들의 할아버지와 할머니는 한담을 나누면서 지켜보았다. 그곳은 어느새 주택 단지가 되었다. 고층 건물 아래에 틈새처럼 긴 작은 길로 차와 사람이 오갔다. 아버지는 간헐천이 어디였는지, 돌다리가 어디였는지 물었지만 그곳에 사는 사람들은 전부 다른 곳에서 이사 온 사람들이라, 간헐천과 돌다리는 없으며 원래 없었다고 대답했다. 아버지가 여기가 허판제냐고 묻자 모두 그렇다고 대답했다. 예전에도 허판제였느냐고 물었더니 아마 그럴 거라고 했다.

"간헐천이 없어졌는데 아직도 허판제라고 부른다는 말이에요?" 아줌마가 물었다.

"다른 것은 다 바뀌었지만 지명은 바뀌지 않은 거지요."

아버지는 기운 없는 목소리로 계속 이곳에 작은 숲이 있느냐고, 숲의 풀덤불에 푸른 바위가 있을 텐데, 하고 물었다. 누군가 작은 숲은 없지만 풀덤불은 있다고, 단지 옆 공원의 풀덤불에 바위도 있다고 알려주었다. 아버지가 공원이 얼마나 머냐고 물었더니 그 사람은 아주 가깝다고, 2백 미터밖에 안 떨어졌다고 했다. 하지만 그 2백 미터는 아버지에게 무척 힘든 여정이었다.

아버지가 공원에 도착했을 때는 이미 황혼 무렵이라 석양의 잔조가 풀밭을 비추고, 풀밭의 들쭉날쭉 멋진 돌들이 석양의 따뜻한 색깔을 띠고 있었다. 아버지는 그 돌들 속에서 기억 속의 바위를 찾다가 푸르스름한 바위가 그때 내가 앉았던 바위와 비슷하다고 생각했다. 그래서 천천히 그 바위 옆으로 다가가 올라앉으려 했지만 몸이 말을 듣지 않고 미끄러져 내렸다. 아버지는 바위에 기댄채 풀밭에 앉는 수밖에 없었다. 그 순간 아버지는 이제 다시 일어설 힘이 없다는 걸 알았다. 아버지는 바위에 머리를 비스듬히 기댄채 근처에서 낡은 파란색 옷을 입은 노숙자가 쓰레기통을 뒤지는걸 무기력하게 바라보았다. 노숙자는 쓰레기통에서 콜라 한 병을꺼내 뚜껑을 연 다음, 남은 몇 방울을 자기 입으로 털어 넣었다. 노숙자는 입 위에서 손을 몇 번 흔들고는 콜라병을 다시 쓰레기통에넣은 다음 몸을 돌려 아버지를 보았다. 노숙자가 매처럼 날카로운눈빛으로 아버지를 노려보자 아버지가 눈을 아래로 떨구었다. 잠시 뒤 눈을 들었을 때 아버지는 노숙자가 쓰레기통 옆의 의자에 앉아 여전히 자신을 뚫어지게 쳐다보고 있는 것을 발견했다. 아버지는 그 눈빛이 자신의 새 철도원 제복에 꽂혀 있다는 것을 알았다.

"양페이를 보았어요." 아버지가 아줌마에게 말했다. "바로 그 바위에서."

그건 임종의 순간이었다. 아버지는 우물물에 빠지듯 어둠에 빠져들었고 사방은 아무 소리도 없는 정적 그 자체였다. 고층 건물의 불이 꺼지고, 하늘의 별과 달도 사라졌다. 갑자기 찬란한 빛이 나타나더니 옛날 아버지가 나를 버릴 때의 광경이 빛 속에서 재현되었다. 아버지는 네 살의 내가 파란색과 흰색이 교차된 세일러복을 입고 바위에 앉아 있는 것을 보았다. 그 옷은 아버지가 나를 버리기로 결심했을 때 사준 것이었다. 세일러복을 입은 작은 아이가 푸른 바위에 앉아 신나게 작은 두 발을 흔들고 있었다. 아버지가 슬픈 목소리로 먹을 것을 사 오겠다고 하자 나는 좋아하며 아빠, 많이 사 오세요, 하고 말했다.

하지만 찬란한 빛의 광경은 순식간에 사라졌다. 거친 손이 강제로 아버지의 철도원 제복을 벗기는 바람에 저승의 경계까지 갔던 아버지가 잠시 돌아온 것이다. 아버지는 몸이 이미 굳어졌다는 것을 느끼면서도 남은 의식으로 노숙자가 무엇을 하는지 알았다. 노숙자는 자신의 낡은 파란색 옷을 벗고 아버지의 새 철도원 제복을 입었다. 아버지가 가냘픈 목소리로 부탁입니다, 하고 말했다. 노숙자가 아버지의 소리를 듣고 몸을 굽혔다. 아버지가 2백 위안이라고 말하자 노숙자가 아버지의 셔츠 주머니를 뒤져 2백 위안을 꺼낸 다음, 방금 자기 것이 된 철도원 제복 주머니에 넣었다. 아버지가 다시 가냘픈 목소리로 부탁합니다, 하고 말했다. 노숙자는 다시 아버지의 청을 듣고 그곳에 서서 잠시 아버지를 바라보다가 쪼그리고 앉아 낡은 파란색 옷을 아버지에게 입혀주었다.

노숙자가 아버지의 마지막 말을 들었다.

"고맙습니다."

어둠이 아득하게 펼쳐졌다. 아버지는 만물의 소실 속으로 가라앉고 아버지 자신도 소실되었다. 그런 다음 아버지는 누군가 "양페이" 하고 부르는 소리가 들리는 것 같아 몸을 일으켰다. 일어서서 자신이 넓고 쓸쓸한 벌판을 걷고 있으며, 양페이를 부르는 것은 바로 자신이라는 것을 깨달았다. 아버지는 걸으면서 양페이, 양페이, 양페이, 양페이, 양페이, 양페이…… 하고, 갈수록 작아지는 소리였지만, 끊임없이 불렀다. 아버지는 아주 오랫동안 벌판을 걸었다. 하루를 걸었는지 며칠을 걸었는지 몰랐다. 내 이름을 계속 불렀기 때문에 아버지는 자신의 도시로 돌아오게 되었다. 아버지의 "양페이" 하는 외침이 이정표처럼 아버지를 우리의 작은 가게로 인도해준 것이다. 아버지는 가게 맞은편 길에서 며칠인지 수십 일인지 모를 만큼 한참을 서 있었다. 하지만 가게 문은 항상 닫혀 있었고, 나는 나타나지 않았다.

그곳에 한참 서 있었더니 주변의 익숙하던 광경이 점점 낯설어지고 길가를 오가던 행인과 차량이 모호해지기 시작했다. 아버지는 자신이 서 있는 자리가 실체를 잃고 공허해지고 있다는 걸 어렴풋하게 느꼈다. 하지만 가게만큼은 계속 선명했기에 줄곧 그 자리에 서서 가게 문이 열리고 내가 나오기를 기다렸다. 그러다 마침내 가게 문이 열렸을 때, 한 여자가 안에서 나오더니 몸을 돌려 가게 안의 남자와 대화하는 게 보였다. 가게 안의 남자가 내가 아니라는 것을 똑똑히 본 아버지는 실망감에 고개를 숙이고 그 자리를 떠났다.

"양페이는 가게를 팔고 당신을 찾아다녔어요." 아줌마가 아버지에게 알려주었다.

그 뒤 아버지는 계속 걷고, 또 계속 길을 잃었다. 길을 헤매다가 꾀꼬리 같은 노랫소리를 들었다. 노랫소리를 따라갔더니 수많은 해골 사람들이 왔다 갔다 하는 게 보였다. 그 사이를 오가다가 꾀꼬리 같은 노랫소리가 인도하는 대로 숲에 들어갔다. 숲으로 들어갈수록 나뭇잎은 점점 더 커졌다. 널따란 나뭇잎들에 아기들이 누워서 흔들리는 게 보였다. 아버지는 꾀꼬리 같은 노랫소리가 바로 거기에서 들려온다는 것을 알았다. 그리고 하얀색 옷을 입은 여자가 나무와 풀덤불에서 걸어 나올 때 아줌마를 알아보았다. 아줌마도 아버지를 알아보았다. 그때는 두 사람 모두 완전한 모습을 하고 있었기 때문이다. 아버지가 아줌마에게 나에 대해 물었다. 아줌마가 아는 마지막 모습은 내가 아버지의 고향 마을로 떠나는 것이었다. 그 이후는 아줌마도 몰랐다.

아버지는 너무 피곤해 스물일곱 아기의 꾀꼬리 같은 노랫소리를 들으며 며칠 동안 나뭇잎 아래의 풀덤불에 누워 있었다. 그런 다음 일어나 아줌마에게 내가 보고 싶다고, 정말 너무 보고 싶다고, 멀리서라도 한 번 볼 수 있다면 만족할 거라고 말했다. 그러고는 다시 긴 여정에 올라 길을 잃고 또 잃었다. 하지만 그 세계를 떠난 지 너무 오래되었기 때문에 도시에 가까이 갈 수가 없었다. 아버지는 밤낮으로 걸어 마지막으로 빈의관에 도착했다. 그곳은 두 세계의 유일한 접점이었다.

아버지는 빈의관의 대기실에 들어갔다. 내가 처음 그곳에 갔을 때처럼 화장을 기다리는 사람들이 수의며 유골함, 묘지에 대해 이야기하는 것을 듣고 한 사람씩 가마에 들어가는 것을 보았다. 아버지는 앉지 않고 계속 그곳에 서 있다가 대기실에 직원이 한 명쯤은 있어야겠다고 생각했다. 아버지는 일을 사랑하는 사람이었다. 늦게 도착한 대기자가 들어올 때 아버지는 자신도 모르게 맞이하며 번호표를 대신 뽑아주고 자리를 안내해주었다. 그런 다음 스스로를 그곳의 직원 같다고 생각하면서 중간 복도를 오갔다. 어느 날 아버지는 무심결에 노숙자가 입혀준 파란색 옷 주머니에 오른손을 넣었다가 낡은 하얀색 장갑을 발견했다. 하얀색 장갑을 낀 뒤 아버지는 이제 대기실의 정식 직원이 된 것 같다고 느꼈다. 그렇게 매일매일, 아버지는 대기자들에게 예의를 갖추며 자신의 소임을 다했다. 그렇게 하루 또 하루가 지나면서 행복한 꿈도 꾸게 되었다.

그곳에서 30년, 40년, 50년…… 기다리기만 하면, 나를 만날 수 있으리라는 것이었다.

아줌마의 목소리가 여기에서 잠시 멈추었다. 나는 아버지가 어디 계신지 알았다. 빈의관 대기실에서 파란 옷에 하얀 장갑을 끼고 있던 사람, 얼굴에서 살이 사라지고 해골만 남은 사람, 목소리가 지치고 슬펐던 사람이 바로 나의 아버지였다.

아줌마의 목소리가 다시 울렸다. 아버지가 예전에 빈의관에서 여기 아줌마가 있는 곳으로 돌아와 어떻게 빈의관 대기실에 갔는지, 어떻게 그곳에서 새로운 일을 시작했는지 이야기한 뒤 돌아갔다고 했다. 아줌마는 아버지가 그렇게 서두른 것은 아마 그곳을 떠나면 안 되기 때문일 거라고 말했다.

아줌마의 목소리는 물방울이 떨어지는 것 같았다. 한 글자 한 글자가 바닥으로 떨어지는 하나하나의 물방울 같았다.

여섯째 날

길을 헤매던 사람 하나가 주저주저하며 이곳으로 와서 슈메이에
게 저쪽 세계의 남자 친구 소식을 전해주었다.

　우리 사이로 걸어온 그 젊은이는 멍한 눈빛으로 도처의 푸른 풀
과 무성한 나무를 둘러본 다음 다시 멍한 눈빛으로 이곳을 오가는
사람들, 수많은 해골 사람과 몇몇 육체를 가진 사람들을 바라보며
혼자 중얼거렸다.

　"내가 어떻게 여기에 왔지?"

　그런 다음 그가 말했다.

　"닷새쯤 된 것 같은데요, 계속 걸었어요. 어떻게 여기로 오게 됐
는지 모르겠어요."

내 옆에서 누군가의 목소리가 알려주었다.

"어떤 사람은 죽은 지 하루 만에 오고 어떤 사람은 죽고 나서 며칠이 지난 뒤에야 이곳에 온답니다."

"제가 죽었나요?" 그가 믿을 수 없다는 듯 물었다.

조금 전의 목소리가 그에게 반문했다.

"빈의관에 안 갔어요?"

"빈의관이요?" 그가 물었다. "왜 빈의관에 가야 하죠?"

"죽은 사람은 모두 빈의관에서 화장되어야 해요."

"여러분도 모두 화장된 건가요?" 그가 의혹에 가득 찬 눈으로 우리를 둘러보았다. "여러분은 유골함에 든 유골처럼 보이지 않는데요."

"우리는 화장되지 않았어요."

"그럼 여러분도 빈의관에 가지 않았나요?"

"우리는 빈의관에 갔답니다."

"갔으면서 왜 화장되지 않았나요?"

"우리에게는 무덤이 없거든요."

"저도 무덤이 없어요." 그런 다음 그가 중얼거렸다. "내가 왜 죽었지?"

다른 목소리가 말했다.

"나중에 오는 사람이 말해줄 거예요."

그가 고개를 저었다.

"방금 한 사람을 만났어요. 금방 왔다던데 저를 모르던걸요. 그는 제가 왜 왔는지도 모르고 자신이 왜 왔는지도 몰랐어요."

나는 아버지를 만나러 빈의관 대기실에 가려다가 그 젊은이 때문에 걸음을 멈추었다. 그는 몸이 약간 납작한 데다 옷가슴에 이상한 자국이 있었다. 자세히 보니 타이어 자국 같았다.

"마지막으로 기억하는 광경이 뭐예요?" 내가 그에게 물었다.

"무슨 마지막 광경이요?" 그가 반문했다.

"생각해보세요." 내가 말했다. "마지막으로 무슨 일이 있었죠?"

그의 얼굴에 열심히 기억을 더듬는 듯한 표정이 떠올랐다. 조금 뒤 그가 말했다.

"안개가 아주 짙은 길에서 버스를 기다리던 기억이 나요. 다른 건 기억나지 않아요."

문득 나의 첫째 날, 셋집을 떠날 때 안개 속을 거닐던 게 생각났다. 버스 정류장을 지날 때 차 여러 대가 연쇄 충돌하는 소리가 들리더니 차량 한 대가 안개 속에서 튀어나왔다. 이어서 비명 소리가 물 끓는 것처럼 울려 퍼졌다.

"혹시 버스 정류장 팻말 옆에 서 있었어요?"

내가 묻자 그가 잠시 생각한 뒤 말했다.

"네, 거기에 서 있었어요."

"팻말에 203번이 있었나요?"

그가 고개를 끄덕이며 말했다.

"네, 있었어요. 바로 203번을 기다리고 있었어요."

"교통사고로 이곳에 온 거예요. 옷에 타이어 자국이 있잖아요."
내가 알려주었다.

"제가 교통사고로 죽었다는 말인가요?" 그가 고개를 숙여 가슴
앞을 살핀 다음 알았다는 듯 말했다. "뭔가가 저를 넘어뜨리고 몸
위로 지나간 것 같았어요."

그가 나를 보고 주변의 해골들을 살핀 다음 내게 말했다.

"아저씨는 다른 사람들과 다르네요."

"방금 왔거든요. 다른 사람들은 온 지 한참 되었고요."
해골 사람 하나가 말했다.

"두 사람 모두 곧 우리처럼 될 거예요."
내가 그에게 말했다.

"봄이 지나고 또 여름이 지나면 우리도 다른 사람과 똑같아질
거예요."

그의 얼굴에 불안한 기색이 떠올랐다. 그가 그 해골에게 물었다.

"아픈가요?"

"아니요." 해골이 답했다. "나뭇잎이 가을바람에 한 잎 한 잎 떨
어지는 것 같아요."

"하지만 나뭇잎은 다시 자라잖아요." 그가 말했다.

"우리 것은 다시 자라지 않아요." 해골이 말했다.

그가 생각에 잠긴 듯이 고개를 끄덕이며 "알겠어요" 하고 대꾸했다.

그때 한 여자의 목소리가 들려왔다.

"샤오칭."

"누군가 저를 부르는 것 같네요." 그가 말했다.

"샤오칭."

여자 목소리가 또 울렸다.

"이상하다. 여기에 나를 아는 사람이 있다니."

그가 의혹에 가득 찬 얼굴로 사방을 둘러보기 시작했다.

"샤오칭, 여기야."

슈메이가 걸어오고 있었다. 커다란 남자 바지를 입어서 바지통을 밟으며 걸어왔다. 샤오칭이라 불린 젊은이는 깜짝 놀라 다가오는 슈메이를 바라보았다. 슈메이의 목소리가 그녀의 몸 앞에서 먼저 걸어왔다.

"샤오칭, 나 슈메이야."

"슈메이 목소리로 들리지 않는데 생긴 건 슈메이 같네."

"내가 슈메이야."

"정말 슈메이야?"

"정말이야."

슈메이가 우리 옆으로 다가와 샤오칭에게 물었다.

"어쩌다 온 거야?"

샤오칭이 자기 가슴 앞을 가리키며 말했다.

"교통사고로."

슈메이가 샤오칭 옷의 타이어 자국을 보며 물었다.

"그건 뭐야?"

"타이어가 여기를 밟고 지나갔어." 샤오칭이 대답했다.

"아팠어?"

슈메이의 물음에 샤오칭이 잠시 생각한 뒤 대답했다.

"기억 안 나. 소리를 질렀던 것 같아."

슈메이가 고개를 끄덕이고는 물었다.

"우차오 봤어?"

"응." 샤오칭이 말했다.

"언제 봤는데?"

"여기 오기 전날에도 봤어."

슈메이는 몸을 돌려 우리에게 저쪽 세계에서 샤오칭도 지하 방공호에 살던 쥐족이며 자신과 남자 친구 우차오를 1년여 전에 알았다고 말했다. 즉 세 사람은 지하 이웃이었다.

슈메이가 샤오칭에게 물었다.

"우차오가 내 일을 알아?"

"알아. 네 묘지를 샀어."

"내 묘지를 샀다고?"

"그래, 나한테 돈을 주면서 네 묘지를 사달라고 했어."

"걔가 돈이 어디서 나서 내 묘지를 사?"

슈메이가 투신자살했을 때 우차오는 고향에서 아버지 병구완을 하고 있었다. 아버지의 병세가 안정된 다음 그는 한밤중에 도시의 지하 거주지로 돌아왔다. 그런데 웬일인지 슈메이가 보이지 않았다. 조용히 불러봐도 대답이 없었다. 방공호의 쥐족들이 한창 자는 시간이라, 그는 좁은 통로를 따라 말소리가 들리는 곳을 찾아다녔다. 슈메이가 어느 커튼 뒤에서 누군가와 이야기 중일 거라고 생각했기 때문이다. 하지만 말소리는 들리지 않고 남자의 코 고는 소리와 여자의 잠꼬대 소리, 아기의 우는 소리만 들렸다. 그래서 피시방에서 인터넷 채팅을 하고 있으려니 생각하며 방공호 출구로 걸어갔다. 그러다가 야근을 마치고 돌아오는 샤오칭을 만났다. 샤오칭이 그에게 슈메이는 이미 이 세상 사람이 아니며 3일 전에 죽었다고 알려주었다.

슈메이가 펑페이 빌딩에서 투신자살했다는 말을 들은 뒤 우차오는 꼼짝도 않고 서 있다가 얼마 뒤에 몸을 떨기 시작하더라고, 고개를 흔들며 그럴 리 없다고, 그럴 리 없다고 하며 방공호 출구로 뛰어나가더라고 샤오칭이 말했다.

우차오는 지하 거주지에서 가장 가까운 피시방으로 뛰어가 컴퓨터 앞에서 슈메이가 QQ공간에 쓴 글을 읽고 슈메이의 자살 기사를 읽었다. 그때서야 그는 슈메이가 정말로 죽었으며 영원히 자신을 떠났다는 것을 인정했다.

그는 반짝이는 컴퓨터 모니터 앞에 감각을 잃은 것처럼 앉아 있다가 모니터가 갑자기 새까매진 뒤에야 자리에서 일어나 피시방을 나왔다. 그리고 한밤의 정적 속을 걷는 낯선 사람을 보고는 조용히 다가가 떨리는 목소리로 슈메이가 죽었다고 말했다.

낯선 사람은 깜짝 놀라 그가 정신병자라고 생각하며 거리 맞은편으로 재빨리 걸어갔다. 걸어가면서도 계속 경계하며 뒤를 돌아보았다.

우차오는 도시의 차가운 바람 속을 그림자처럼 돌아다녔다. 도시의 검은 밤을 아무 목적도 없이 걸었다. 그는 자신이 얼마나 오랫동안 걸었는지, 어디를 걷고 있는지 몰라 펑페이 빌딩을 지날 때도 고개를 들어 바라보지 않았다. 날이 밝을 때까지 걸었지만 자신의 막막함에서 벗어나지 못했다. 아침이 되어 박신박신 출근하는 사람들 속에서도 슈메이가 죽었다며 쉬지 않고 중얼거리고만 있었다.

거리에서 우차오와 마주친 사람들은 모두 그를 본체만체했다. 딱 한 사람, 그와 나란히 걸어가던 사람만이 그가 계속 눈물을 흘리며 중얼거리는 것을 보고 호기심에 슈메이가 누구냐고 물었다. 그가 멍하니 생각하다가 류메이라고 답했다. 그 사람은 고개를 흔들며 모른다고 하고는 방향을 틀어 가버렸다. 우차오는 그의 떠나가는 뒷모습을 보면서 조용히 내 여자 친구, 라고 말했다.

우차오는 날이 어두워진 뒤 지하 거주지로 돌아와 슈메이와 함께 지내던 침대에 혼곤한 상태로 누웠다. 그러다가 몇 차례 잠이 들었지만 또 몇 번을 울면서 깨어났다.

다음 날 우차오는 눈물도 흐느낌도 없이, 먹지도 마시지도 않으면서 멍하니 침대에 누워 지하 이웃들의 음식 하는 소리와 말하는 소리, 아이가 방공호를 뛰어다니며 고함치는 소리를 들었다. 하지만 수많은 소리가 오르락내리락하는 것을 인식할 뿐 그들이 무엇을 하고 무슨 말을 하는지는 알지 못했다.

그는 추억의 심연에 빠져 있었다. 슈메이가 즐거워하던 표정과 걱정하던 표정이 반짝 떠올랐다가 반짝 사라지곤 했다. 시간이 한참 흐른 뒤 그는 이제 자신이 할 일은 어떻게든 빨리 슈메이에게 안식을 주는 거라는 생각이 들었다. 살아 있을 때 슈메이는 원하는 게 아주 많았지만 그는 거의 하나도 들어주지 못했다. 그래서 그녀는 한 번, 또 한 번 원망한 다음 한 번, 또 한 번 원망을 잊고 새로운 것을 바라곤 했다. 이제 무덤이 그녀의 마지막 소원일 것 같았지만 그는 여전히 그걸 들어줄 능력이 없었다.

그때 한 남자의 목소리가 잡음 속에서 툭 불거져 나와 그의 귀로 선명하게 들어왔다. 그 남자는 아는 사람이 신장을 팔아서 3만여 위안을 벌었다고 말하고 있었다.

그가 침대에 일어나 앉았다. 신장 하나를 팔면 슈메이에게 묘지를 사 줄 수 있겠다는 생각이 들었다.

그는 방공호를 나가 피시방으로 갔다. 예전에 웹페이지를 돌아다니다가 신장 파는 정보를 본 적이 있었다. 잠시 검색한 뒤 전화번호 하나를 찾고는 피시방에 있는 사람에게 볼펜을 빌려 손바닥에 적었다. 그러고는 피시방을 나가 공중전화 박스에서 손바닥 위의 번호로 전화를 걸었다. 상대방이 이것저것 물으며 정말로 신장을 팔려는 사람인지 확인한 뒤 펑페이 빌딩에서 만나자고 했다. 우차오는 펑페이 빌딩이라는 말을 들었을 때 자기도 모르게 가슴이 철렁했다. 슈메이가 뛰어내린 곳이었기 때문이다.

펑페이 빌딩에 간 우차오는 차와 사람들로 떠들썩한 그곳에서 자신의 그림자와 함께 서 있었다. 승용차가 한 대씩 옆쪽 지하 주차장을 들어갔다 나왔다 하는 동안 그는 몇 번이나 고개를 들어 빌딩 유리에서 번쩍이는 눈부신 햇살을 보았다. 그는 슈메이가 그때 어디에 서 있었는지 알 수 없었다.

검정색 오리털 파카를 입은 사람 하나가 옆으로 다가와 나지막하게 물었다.

"우차오 씨?"

우차오가 고개를 끄덕이자 그 사람이 작은 소리로 말했다.

"갑시다."

우차오는 그를 따라 버스에 올랐다. 몇 정거장을 간 뒤 내려서 다른 버스로 갈아탔다. 그렇게 여섯 번 버스를 갈아타자 근교로 보이는 곳에 도착했다. 어느 주택 단지 입구에 들어섰을 때 그 사람은 우차오에게 안쪽으로 계속 걸어가라고 한 다음 자신은 단지 입구에서 휴대폰을 꺼내 전화를 걸었다. 우차오가 한적한 주택가에 들어가자 멀지 않은 건물 앞에 담배를 문 사람이 나타났다. 가까이 가자 그 사람이 담배를 바닥에 던지고 발로 끈 다음 물었다.

"신장 팔러 왔습니까?"

우차오가 고개를 끄덕이자 그 사람이 자기를 따라 들어오라고 손짓하고는 얼룩덜룩한 시멘트 계단을 따라 지하실로 데려갔다. 그가 지하실 문을 열자 담배 냄새가 섞인 탁한 공기가 확 올라왔다. 어둑한 등불 아래로 일곱 명이 담배를 피우며 침대에 앉아 이야기하는 게 보였다. 침대 하나만 비어 있어 우차오는 그 침대로 걸어갔다.

우차오는 신분증을 내고 신장 매매 계약서를 작성한 다음, 신체

검사와 피검사를 마친 뒤 조직형이 맞는 사람을 기다렸다. 그렇게 그는 또 다른 지하 생활을 시작했다. 그는 기름때가 번들거리는 이불을 덮고 잤다. 한 번도 빤 적이 없는 이불은 얼마나 많은 사람이 잤는지 몰라도 암내와 발 냄새, 땀 냄새가 지독했다. 우차오를 지하실로 들여보낸 사람이 매일 두 차례 들어와 값싼 담배 몇 갑과 식사를 주었다. 점심은 배추와 감자였고, 저녁은 감자와 배추였다. 지하실에는 식탁도 의자도 없었기 때문에 침대에 앉아서 먹었는데, 그들 중 두 사람은 늘 바닥에 쪼그리고 앉아서 먹었다. 또 지하실에는 퀴퀴한 냄새가 심했다. 일곱 사람이 돌아가며 담배를 피울 때는 냄새가 덜했지만, 그들이 잠들고 나면 우차오는 강렬한 냄새에 깨어나 가슴이 꽉 막히는 듯한 괴로움에 시달리곤 했다.

일곱 사람은 모두 젊었다. 그들은 하는 일 없이 담배를 피우며 건축 현장에서 있었던 일, 공장에서 있었던 일, 이삿짐 회사에서 있었던 일 등을 이야기했다. 모두 여러 가지 일을 해본 것 같았다. 그들이 신장을 파는 것은 목돈을 빨리 벌고 싶어서였다. 몇 년 동안 힘겹게 벌어봐야 신장 하나를 파느니만 못하다고 했다. 그러면서 신장을 판 이후의 생활을 상상하곤 했다. 좋은 옷을 사 입고 아이폰을 살 수 있다고, 고급 호텔에서 며칠을 묵을 수 있다고, 고급 식당에서 몇 끼를 먹을 수 있다고 했다. 상상을 끝낸 뒤에는 초조함에 빠졌다. 일곱 사람 모두 한 달 넘게 기다렸지만 조직이 일치

하는 사람이 나타났다는 소식을 듣지 못했던 것이다. 그중 한 사람은 이미 다섯 도시의 신장 밀거래소에 갔었는데 매번 두 달도 못 되어 쫓겨났다고, 아무도 자기 신장을 원하지 않았다고 했다. 브로커가 거마비로 4, 50위안을 주면 그 돈으로 기차표를 사서 다른 도시의 다른 밀거래소로 옮겼다고 했다. 그는 자기는 무일푼이라서 그렇게 신장 밀거래소를 한 군데 한 군데 옮겨 다니며 거지처럼 살 수밖에 없다고 말했다.

그 사람은 이쪽 방면으로 아는 게 많아 보였다. 누군가 여기 음식이 배추와 감자 아니면 감자와 배추라며 너무 형편없다고 투덜대자, 그 사람은 그래도 매주 한 번씩 두부를 먹고 한 번씩 닭뼈탕을 먹을 수 있으니 나쁜 게 아니라고, 자기가 이전에 있었던 밀거래소에서는 두 달 내내 매일 시든 야채만 주었다고 했다. 또 어떤 사람이 신장 적출 수술이 안전한지 모르겠다고 걱정하자 그가 베테랑다운 어조로 그건 단언하기 어렵다고, 완전히 운이라고 말했다. 신장 브로커는 모두 양심이 없다면서 양심이 있으면 이런 일을 할 리 있겠느냐며, 그들은 돈을 아끼기 위해 외과 전문의를 부르지 않는다고, 외과 전문의는 비싸기 때문에 신장을 적출할 때 수의사를 부른다고 말했다.

수의사가 신장을 적출한다는 말에 나머지 젊은이들이 분개하며, 그렇게 많은 돈을 벌면서 어쩌면 그렇게 부도덕할 수 있느냐고 신장 브로커를 욕했다.

그러자 그 사람은 오히려 아무렇지도 않게 요즘 부도덕한 사람과 부도덕한 일이 어디 한둘이냐고 반문했다. 그리고 수의사도 의사일 뿐만 아니라 워낙 전문적으로 사람의 신장을 많이 적출하다 보니 실력이 좋아졌다고, 의술만 따지면 전문 병원의 외과의보다 더 훌륭할 거라고 말했다.

그의 불만은 자기 신장을 아무도 원하지 않는다는 거였다. 자신은 운이 나빠서 늘 조직형이 안 맞는다고 했다. 전국에서 매년 1백만 명의 신장병 환자가 투석으로 연명하는데 합법적인 신장 이식 수술은 약 4천 건에 불과하다며 자신의 신장을 원하는 사람이 어떻게 없겠느냐고, 그건 1 대 1백만의 비율이라고 했다. 분명 조직형을 책임지고 있는 머저리 놈이나 년이 제대로 일을 하지 않아서 자신의 좋은 신장이 멀쩡하게 1년 가까운 시간을 낭비하고 있다고 툴툴댔다. 그런 다음 이번에도 또 쫓겨나면 절부터 찾아가 향을 태우면서 보살님께 어서 자신의 신장을 팔아달라고 기도한 뒤, 기차표를 사서 다음 밀거래소로 갈 것이라고 말했다.

우차오는 지하실에 온 뒤 한마디도 없이 무덤덤하게 그들의 이러쿵저러쿵하는 말을 듣기만 했다. 수의사가 신장 적출 수술을 한다는 말에도 무덤덤했다. 오직 슈메이를 생각할 때만 가슴이 아팠다. 그는 어서 빨리 자신의 조직과 맞는 사람이 나타나 신장을 판 다음 슈메이에게 묘지를 마련해줄 수 있기 바랐다. 하지만 지하실의 일곱 명이 그렇게 오래 기다렸고, 그중 한 사람은 거의 1년이 다 되어가는데도 맞는 사람을 아직 찾지 못했다고 하자 초조해졌고 불면증까지 그를 덮쳤다. 그는 더럽고 퀴퀴한 냄새로 가득한 침대에서 엎치락뒤치락하며 잠을 이루지 못했다.

우차오가 지하실에 들어간 뒤로 여섯째 날, 식사를 가져올 때만 나타나는 사람이 식사 시간이 아닌데 나타나 문을 열고 소리쳤다.

"우차오."

기름때로 번들거리는 이불 속에서 우차오가 반응하기도 전에 지하실의 다른 일곱 사람이 서로를 쳐다보며, 지금 부른 우차오란 이름은 자신들 중 누군가가 아니라 여기 들어와서는 한마디도 하지 않은 사람이란 걸 깨닫고 놀라서 소리쳤다.

"이렇게 빨리."

입구에 서 있는 사람이 말했다.

"우차오, 당신이 됐소."

우차오가 기름때로 번들거리는 이불을 젖히고 다른 일곱 명의 부러운 눈빛 속에서 옷을 입고 신발을 신었다. 그가 입구로 걸어갈 때 다섯 도시의 신장 밀거래소를 다녀온 사람이 말했다.

"말도 없이 조용하더니 횡재했구먼."

우차오가 입구에 있던 사람 뒤로 얼룩덜룩한 시멘트 계단을 따라 4층으로 올라갔다. 노크한 뒤 문을 열자 한 중년 남자가 소파에 앉아 있었다. 중년 남자는 친절하게 우차오에게 앉으라 하더니 인간에게는 신장이 하나면 된다고, 다른 하나는 맹장처럼 있어도 되고 없어도 되는 여분이라고 말했다.

우차오는 그런 것에 관심이 없었다. 그래서 물었다.

"신장 하나면 얼마나 벌 수 있나요?"

"3만 5천." 중년 남자가 대답했다.

우차오는 그 돈이면 묘지를 사는 데 충분하겠다고 생각하며 고개를 끄덕였다.

"여기가 제일 많이 준다네. 다른 곳은 3만 위안밖에 안 줘요."

중년 남자는 수술에 대해서는 걱정할 필요가 없다면서 전부 큰 병원 의사를 모셔온다고, 의사들은 부수입을 올리기 위해 오는 거라고 알려주었다.

"사람들이 수의사가 수술한다고 하던데요." 우차오가 말했다.

"말도 안 되는 소리." 중년 남자는 무척 기분 나빠했다. "우리는 전부 외과 전문의를 불러온다고. 신장 하나 적출하는 데 5천 위안을 지불한다니까."

우차오는 5층에 있는 방으로 안내되었다. 침대가 네 개 있는데 한 사람만 누워 있었다. 신장 적출을 이미 끝낸 사람으로, 우차오가 들어오는 것을 보고는 친근하게 미소 짓기에 우차오도 그에게 미소를 지었다.

적출 수술이 매우 성공적이었는지, 그 사람은 몸을 일으켜 침대 머리에 기댄 채 우차오와 대화를 나눌 수 있었다. 그는 벌써 열이 내렸다며 며칠 뒤면 나갈 수 있다고 했다. 그가 왜 신장을 파느냐고 묻자 우차오는 고개를 숙인 채 생각하다가 대답했다.

"여자 친구 때문에요."

"나도 그래요." 그가 말했다.

그는 고향 농촌에 3년을 사귄 여자 친구가 있는데, 그녀와 결혼하고 싶다고 했다. 그런데 여자 집에서 데려가고 싶으면 집부터 한 채 지으라고 조건을 제시했다고 했다. 그래서 도시로 나와서 일을 했는데 임금이 너무 낮아 이대로 가면 8년, 10년은 일해야 집을 지을 수 있겠더라고, 그때가 되면 여자 친구가 다른 사람에게 가버리겠다 싶어서 얼른 집 지을 돈을 마련하려고 신장을 팔았노라고 설명했다.

"이러면 금방 벌 수 있잖아요."

그가 말하면서 웃었다. 자기네 고향은 그렇다고, 집이 없으면 결혼할 꿈도 꿀 수 없다고 했다. 그러면서 우차오에게 그쪽 농촌도 똑같냐고 물었다.

우차오가 고개를 끄덕였다. 그러다 갑자기 눈가가 촉촉해졌다. 빈털터리인 자신을 떠나지 않고 늘 함께해준 슈메이가 생각났기 때문이다. 우차오는 상대에게 눈물을 보이기 싫어 머리를 숙였다.

조금 뒤 우차오가 고개를 들고 물었다.

"여자 친구는 왜 일하러 나오지 않아요?"

"나오고 싶어 해요." 그가 말했다. "하지만 아버지는 반신불수고, 어머니도 지병이 있거든요. 아들 없이 딸 하나만 있어서 나올 수가 없어요."

우차오는 슈메이의 삶을 떠올리며 밑도 끝도 없이 "역시 안 나오는 게 좋아요"라고 말했다.

5층에서의 생활은 지하실과 완전히 달랐다. 혼탁한 공기도 없고 이불도 깨끗한 데다 낮에는 햇빛이, 밤에는 달빛이 들었다. 아침에는 달걀과 찐빵, 죽 한 그릇을 먹고 점심과 저녁에는 도시락을 먹었는데 어떤 때는 고기가, 어떤 때는 생선이 들어 있었다.

우차오는 햇빛 속에서 깨어나 달빛 속에서 잠이 들었다. 이 도시에서 이런 생활을 한 건 아주 오랜만이었다. 거의 1년도 넘게 햇빛도 달빛도 없는 지하에서 깨어나고 잠들었던 것이다. 이제 그는 햇빛과 달빛이 얼마나 아름다운지 느낄 수 있고, 눈을 감고도 그 빛을 만끽할 수 있었다. 창밖에는 겨울이라 누렇게 시든 나무 한 그루가 있었다. 누렇게 시들기는 했지만 여전히 새가 날아와 나뭇가지에 머물렀다. 새들은 창문을 향해 몇 번 지저귄 다음 날개를 퍼덕이며 지붕 이곳저곳을 날아다니곤 했다. 우차오는 자신과 함께

하느라 1년 넘게 달빛에서 잠들고 햇빛에서 깨어나는 생활을 못 누린 슈메이를 떠올리며 가슴 아파했다.

3일 뒤 우차오는 그 중년 남자를 따라 창문이 없는 방으로 들어갔다. 안경을 쓴 의사 같은 사람이 그에게 간단한 수술대에 누우라고 한 다음 강렬한 불빛을 비추었다. 눈을 감아도 눈이 아플 정도였다. 하지만 마취를 한 뒤에는 감각이 사라졌다. 깨어났을 때는 이미 원래의 자기 침대에 누워 있었고, 방은 한없이 조용했다. 함께 있던 그 사람은 벌써 떠났는지 혼자만 방에 누워 있었다. 우차오는 베개 옆에 항생제 한 봉지와 생수 한 병이 놓여 있는 것을 보았다. 몸을 살짝 움직이자 허리 왼쪽에서 강한 통증이 느껴졌다. 왼쪽 신장이 없어졌다는 것을 알 수 있었다.

중년 남자가 매일 두 차례 들어와 살펴보며 시간 맞춰 항생제를 먹으라고, 1주일 뒤면 괜찮아질 거라고 말했다. 우차오가 혼자 5층 방에 누워 있는 동안 매일 그를 보러 오는 것은 날아다니는 새들이었다. 때로는 창문 앞을 날고, 때로는 나뭇가지에서 잠시 쉬면서 한가롭게 이야기하듯 짹짹거렸다.

1주일 뒤 중년 남자가 그에게 3만 5천 위안을 주고는 택시를 불러 아랫사람 둘에게 그를 방공호의 거처로 데려다 주라고 했다.

우차오가 돌아왔다. 방공호의 이웃들은 낯선 사람 둘이 우차오를 맞들고 침대까지 데려다 주는 것을 보았다. 그들은 슈메이의 묘지를 마련하려고 우차오가 신장을 팔았다는 사실을 알게 되었다.

우차오는 계속 침대에 누워 있었다. 며칠 뒤 항생제를 다 먹었는데도 고열이 내리지 않아 몇 번인가 정신을 잃었다. 깨어난 뒤 우차오는 몸이 자신을 떠나고 있다는 느낌을 받았다. 지하의 이웃들이 들러서 먹을 것을 주었지만 죽만 조금 겨우 넘길 수 있을 뿐이었다. 몇몇 사람이 병원에 데려다 주겠다고 했다. 하지만 그는 힘겹게 고개를 저었다. 일단 병원에 가면 신장을 팔아서 번 돈 전부가 사라지리라는 걸 알기 때문이었다. 그는 견뎌낼 수 있을 거라고 믿었지만 그 믿음은 매일 약해졌다. 혼수상태에 빠지는 횟수가 많아지면서, 자신이 직접 슈메이의 묘지를 고를 수 없다는 사실을 받아들일 수밖에 없었다. 그는 슬픔의 눈물을 흘렸다.

한번은 우차오가 정신을 잃었다가 깨어난 뒤 가냘픈 목소리로 옆에서 돌봐주는 몇몇 이웃에게 물었다.

"새가 날아왔나요?"

"새는 없어."

이웃들이 말하자 우차오가 힘없이 말을 이었다.

"새소리를 들었어요."

"방금 오다가 박쥐 한 마리는 봤어." 그중 한 사람이 말했다.

"박쥐가 아니라." 우차오가 말했다. "새였어요."

샤오칭은 마지막으로 만났을 때 우차오가 눈을 뜨는 것조차 힘

겨워하면서 자신에게 부탁했다고 말했다. 베개 밑에 3만 5천 위안
이 있으니 3만 3천 위안으로 슈메이의 묘지를 사고 좀 좋은 묘비
와 유골함도 마련해달라고, 남은 2천 위안은 자기가 버티다 살아
날 경우 매년 청명절에 성묘 갈 때 쓰도록 남겨달라는 것이었다.

그 말을 마친 뒤 우차오는 끙, 하며 몸을 돌려 샤오칭이 베개 밑
에서 돈을 꺼낼 수 있게 해주었다. 또 묘비에 '사랑하는 슈메이의
묘'라고 새기고, 자기 이름도 새겨달라고 당부했다. 샤오칭이 3만
3천 위안을 가지고 나오는데 우차오가 작은 소리로 부르더니, 묘
비에 '슈메이'가 아니라 '류메이'라고 써달라고 다시 부탁했다.

슈메이가 울었다. 후드득 빗소리 같은 울음소리가 여기 있는 모
든 사람의 얼굴과 몸에 날리듯 떨어지는 것 같았다. 마치 빗방울이
파초를 때리는 소리 같았다. 슈메이의 울음소리는 스물일곱 아기
들의 꾀꼬리 같은 노랫소리 속에서 튀어 올라 갑작스럽고 자극적
으로 들렸다.

많은 해골 사람들이 귀를 기울이면서 누가 이렇게 구슬프게 노
래하느냐고 서로에게 물었다. 그러자 누군가 노랫소리가 아니라
울음소리라고, 새로 온 예쁜 아가씨가 우는 거라고, 남자 바지를
입고 다니는 예쁜 아가씨가 우는 거라고, 바지가 크고 길어서 매일
바지통을 밟으며 돌아다니는 그 예쁜 아가씨가 돌아다니지 않고

바닥에 앉아 울고 있다고 했다.

슈메이는 강가의 나뭇잎 아래 풀덤불에 앉아서 몸을 나무에 기댔다. 푸른 풀과 그 속에서 피어난 들꽃이 그녀의 다리를 덮었고, 가까이에서 강물이 졸졸 흘렀다. 슈메이의 얼굴에 나뭇잎에 매달린 아침 이슬 같은 눈물방울이 맺혔다. 그녀는 내뱉 듯 흐느끼며 두 손으로 긴 남자 바지를 긴 치마로 고치고 있었다.

샤오칭은 이정표처럼 슈메이 옆에 서서 도처에서 걸어오는 해골 사람들과 10여 명의 육체를 가진 사람들을 바라보았다. 곳곳에 흩어져 있던 사람들이 한곳으로 모이고 있었다. 그들은 가까이 다가와 샤오칭의 이야기를 들었다. 샤오칭은 망각의 여정에 있는 듯한 표정으로, 밑도 끝도 없이 끊어졌다 이어졌다 하는 꿈속 광경을 전하듯 이 얘기 저 얘기 조리 없이 늘어놓았다.

이곳의 모든 사람이 다가왔다. 그들은 슈메이가 곧 안식의 땅으로 갈 것을 알고 조용조용하게 여기 사람들 가운데 떠난 사람은 없었다고, 슈메이가 처음으로 떠나는 것이며 슈메이는 아직 손상 없이 완전한 육체와 완전한 아름다움을 가지고 있다고 말했다.

사람들이 새까맣게 몰려왔다. 모두 나뭇잎 아래 풀덤불에서 울면서 긴 치마를 만들고 있는 슈메이를 보고 싶어 했다. 그래서 슈메이 주변으로 원을 그리며 걸었다. 질서 있게 누가 앞으로 나아가면 누가 뒤로 빠지는 식으로 교차하며 걷는 광경이 겹겹이 수면을 가득 메운 물결 같았다. 모두 소리 없는 눈빛으로 곧 안식의 땅으로 떠날 아름다운 아가씨를 축복했다.

한 늙은 목소리가 슈메이를 둘러싼 행렬에서 빠져나와 줄곧 고개를 숙인 채 흐느끼며, 고개 숙인 채 치마를 만드는 슈메이에게 말했다.

"아가, 몸을 씻어야 한단다."

슈메이가 눈물이 가득 고인 얼굴을 들었다. 깜짝 놀란 표정으로 늙은 목소리의 해골을 바라보며 바느질하던 동작을 멈추었다.

"이제 염할 때가 되었구나." 늙은 목소리가 말했다. "몸을 씻어야 한단다."

"하지만 아직 치마를 다 만들지 못했어요."

슈메이가 말하자 많은 여자 목소리가 나섰다.

"우리가 대신 만들어줄게."

수십 명의 여자 해골이 슈메이에게 다가가 수십 쌍의 손뼈를 내밀었다. 슈메이가 아직 완성하지 못한 긴 치마를 누구에게 건넬지 몰라 망설이자 목소리 둘이 말했다.

"우리는 의류 공장에서 일했어."

슈메이는 완성하지 못한 치마를 그들에게 건네준 다음 고개를 들어 자기 앞에 서 있는 늙은 해골에게 수줍게 물었다.

"옷을 입어도 될까요?"

늙은 해골이 고개를 저으며 대답했다.

"옷을 입으면 몸을 닦을 수 없단다."

슈메이는 고개를 숙인 채 천천히 겉옷을 몸에서 떨어뜨리고 속옷도 몸에서 떼어냈다. 그녀의 두 다리가 푸른 풀과 활짝 핀 들꽃 속에서 드러날 때 그녀의 팬티도 몸에서 떨어져 나갔다. 슈메이는 아름다운 몸을 푸른 풀과 들꽃 위에 누인 다음 두 다리를 나란히 붙이고 두 손을 깍지 껴서 배 위에 놓고는 꿈결 같은 평온함 속으로 들어가듯 눈을 감았다. 슈메이 옆의 푸른 풀과 들꽃이 그녀의 몸을 응시하듯 하나둘 고개를 숙이고 허리를 굽혔다. 그렇게 그녀의 몸이 덮였다. 그래서 우리는 그녀의 몸에서 푸른 풀이 나고 들꽃이 활짝 피어난 것만 볼 수 있을 뿐, 몸은 볼 수 없었다.

늙은 해골이 말했다.

"저쪽 사람들에게는 가족과 남의 구분이 있지만 여기에는 그런 구분이 없습니다. 저쪽에서는 염을 할 때 가족들이 몸을 닦아주지만 여기에서는 우리 모두가 그녀의 가족이니 한 사람씩 모두 닦아주어야 해요. 저쪽 사람들이 그릇에 물을 떠서 닦아준다면 여기에서는 두 손을 모아 그릇을 만듭니다."

늙은 해골이 말을 마친 다음 나뭇잎 하나를 따서 나란히 모은 두 손에 놓고 강으로 갔다. 슈메이를 둘러싸고 있던 사람들이 가지런히 대열을 이루어 한 사람씩 나뭇잎을 따서 손에 올려놓자 나뭇잎 그릇이 긴 대열을 이루었다. 그런 다음 사람들은 늙은 해골을 따라 강으로 갔다. 실타래에서 실이 풀려나오듯 굴곡을 그리며 걸어가는 행렬이 점점 길어졌다. 늙은 해골이 제일 먼저 쪼그리고 앉아 두 손의 나뭇잎 그릇으로 강물을 떠서 돌아오자 뒤에 있던 사람들도 똑같이 따라 했다. 늙은 해골은 두 손으로 나뭇잎 속의 맑은 강물을 받쳐 들고, 누워 있는 슈메이 곁으로 다가갔다. 그리고 두 손을 열어 나뭇잎 그릇의 강물을 슈메이 몸에 피어난 푸른 풀과 들꽃에 뿌리자, 풀과 꽃이 강물을 받아 흔들흔들 슈메이에게 전달해주었다.

늙은 해골이 물에 젖은 나뭇잎을 왼손에 들고, 가족에게 보내는 작별의 눈물을 닦듯 오른손으로 눈가를 훔쳤다. 다른 사람들도 똑같이 나뭇잎 그릇 안의 강물을 두 손으로 받쳐 들고 슈메이에게 걸어가서는 두 손을 열어 염습의 물을 뿌렸다. 그런 다음 늙은 해골을 따라 꼬불꼬불한 오솔길이 뻗어나가는 것처럼 멀리로 걸어갔다. 어떤 사람은 왼손에, 어떤 사람은 오른손에 나뭇잎을 들고 걸어가는데, 나뭇잎이 미풍 속에서 마지막 물방울을 떨어뜨렸다.

쇼핑몰 화재 때 매몰된 서른여덟 명은 줄곧 한데 모여서 오가다가 이제 서로 떨어져 한 사람씩 쪼그리고 앉아서는 두 손의 나뭇잎 그릇으로 물을 떴다. 그런 다음 한 사람씩 일어나 슈메이 곁으로 가서 차례대로 손 안의 강물을 머리부터 발끝까지 슈메이 몸의 풀과 꽃에 뿌렸다. 그러다 작은 여자아이가 울기 시작하자 남자아이도 울었고, 이어서 다른 서른여섯 명의 해골도 동시에 감정이 북받쳐 구슬프게 울었다. 이제 각자 걸을 수 있게 몸이 서로 떨어졌지만 구슬픈 흐느낌은 여전히 하나였다.

탄자신 가족도 긴 행렬에 동참했다. 그들도 두 손의 나뭇잎 그릇으로 강물을 떠서 다른 사람들처럼 고개를 숙인 채 천천히 슈메이 곁으로 다가가 손 안의 물을 뿌리고, 곧 안식의 땅으로 떠날 슈메이를 축복했다. 그런데 탄자신의 딸이 두 손으로 눈물을 닦으며 떠나갈 때 몸이 살짝 떨리더니 손에 있던 나뭇잎이 바닥으로 떨어졌다. 그녀가 자신은 어디에서 안식을 취할 수 있을지 모르겠다고 한탄하자, 탄자신이 딸의 어깨를 감싸며 말했다.

"가족이 함께 있기만 하면 어디든 똑같단다."

10여 년 동안 줄곧 바닥에 자리를 깔고 앉아 바둑을 두며 입씨름하던 장강과 리씨 남자도 왔다. 그들은 경건하고 정성스럽게 나뭇잎 그릇에 물을 들고 와서 경건하고 정성스럽게 슈메이 몸의 풀과 꽃에 뿌렸다. 리씨가 떠나면서 몇 번이나 고개를 돌려 바라보자 장강은 그가 안식의 땅으로 가고 싶어 하는 것을 눈치 채고, 뼈만 남은 손으로 그의 뼈만 남은 어깨를 두드리며 말했다.

"나 기다리지 말고 먼저 가."

그러자 리씨가 고개를 저으며 말했다.

"우리 바둑이 아직 안 끝났잖아."

슈메이의 몸을 닦고 떠나는 인파가 몇 갈래의 긴 오솔길같이 이어지는 한편, 두 손으로 나뭇잎 그릇을 받쳐 든 행렬도 방금 시작된 것처럼 여전히 길게 이어졌다. 정샤오민의 부모도 왔다. 여자는 여전히 부끄러운 듯 몸을 둥글게 웅크린 채 두 손을 허벅지에 올려놓고 남자는 그녀에게 딱 붙어 두 손으로 여자를 감싸 안으며 왔다. 그의 몸과 두 손이 여자의 몸을 가리는 옷 같았다. 그들은 손을 뻗어 나뭇잎을 딸 때에야 떨어졌다. 강가로 가서 몸을 숙여 강물을 뜬 다음 나뭇잎 그릇을 들고 올 때는 남자가 앞에 서고 여자가 고개를 숙인 채 바싹 그 뒤를 따르며 긴 행렬 속을 걸었다.

꾀꼬리 같은 노랫소리도 끊어졌다 이어졌다 하면서 왔다. 하얀 옷을 입은 리웨전 아줌마가 천천히 걷고 그 뒤로 스물일곱 명의 아기가 줄지어 노래하며 기어왔다. 풀이 아기들 목을 간질이는지 아기들이 까르륵 웃느라 아름다운 노랫소리가 중간 중간 끊겼다. 이곳까지 온 다음 아줌마가 아기들을 하나하나 안아서 강변의 커다란 나뭇잎 위에 올려놓자 아기들이 바람에 흔들리는 나뭇잎 속에 누워 노래하기 시작했다. 노랫소리가 더 이상 끊어지지 않고 강물처럼 거침없이 흘렀다.

풀과 꽃으로 뒤덮인 슈메이가 사방을 감싸는 꾀꼬리 같은 노랫소리를 듣더니 자기도 모르게 아기들의 노랫소리를 흥얼거리기 시

작했다. 그런 다음 슈메이는 선창자로 변했다. 그녀가 한 소절을
부르면 아기들이 따라서 한 소절을 부르고, 그녀가 다시 한 소절을
부르면 아기들이 다시 한 소절을 따라 했다. 이전에 연습한 것처럼
선창과 합창을 반복하며 슈메이와 아기들의 노랫소리가 끊임없이
이어졌다.

　아버지를 만나러 빈의관으로 가려던 나의 발걸음이 여기에서 멈
추었다.

일
곱
째

날

"이렇게 깨끗한 건 처음이에요." 슈메이가 말했다. "몸이 투명해진 것 같아요."

"우리가 씻겨주었단다."

"알아요. 많은 사람들이 씻겨주었지요."

"많은 사람이 아니라 전부 다였어."

"강물이 통째로 제 몸 위를 흘러간 것 같아요."

"모든 사람이 줄지어 강물을 떠다가 네 몸에 부었지."

"저한테 정말 잘해주셨어요."

"여기 사람들은 누구한테든 잘해."

"배웅까지 해주신다니."

"여기를 떠나 안식의 땅에 가는 사람은 네가 처음이니까."

우리는 길을 걷기 시작했다. 슈메이를 빽빽하게 둘러싼 채 안식의 땅으로 통하는 빈의관으로 향했다. 길은 광활한 벌판이었다. 끝이 보이지 않게 길고 끝이 보이지 않게 넓은, 우리 머리 위의 하늘만큼 그렇게 넓은 벌판이었다.

슈메이가 말했다.

"저쪽에 있을 때는 봄이 제일 좋고 겨울이 싫었어요. 겨울은 너무 추워서 몸이 쪼그라드는 것 같았거든요. 봄은 꽃이 피니까 몸도 피어나는 것 같았지요. 그런데 여기 와서는 겨울이 좋고 봄이 두려웠어요. 봄이 오면 제 몸이 천천히 썩어갈 테니까요. 이제 괜찮아요. 더는 봄이 무섭지 않아요."

"봄이 저쪽의 올림픽 육상 금메달리스트라고 해도 너를 쫓아올 수는 없을 거야."

우리 가운데 누군가 말하자 슈메이가 깔깔 웃었다.

"정말 예쁘다." 다른 사람이 말했다.

"저 기분 좋으라고 하시는 말씀이죠?"

"정말로 예뻐." 여러 사람이 말했다.

"저쪽에 있을 때 길을 가면 사람들이 고개를 돌려 돌아보곤 했는데, 여기에서도 여러분이 잘 봐주시네요."

"그런 걸 이목을 한몸에 받는다고 하지."

"맞아요. 저쪽에서는 모두의 이목을 끈다고 표현해요."

"여기서도 이목을 끈다고 해."

"저쪽과 이쪽 모두 이목이란 말을 쓰는군요." 슈메이가 다시 깔깔 웃었다.

"어딜 가든 너는 이목을 끌 거야." 우리가 말했다.

"정말 듣기 좋은 말만 하시네요."

우리는 슈메이가 긴 남자 바지를 치마로 고쳐 입고 걸어가는 것을 보았다. 치마가 길어서 두 발은 보이지 않고 치맛자락이 바닥에 끌리는 것만 보였다.

"수의가 땅에 끌리는 게 꼭 웨딩드레스 같네." 누군가 말했다.

"정말 웨딩드레스 같아요?" 슈메이가 물었다.

"그래." 우리가 대답했다.

"기분 좋으라고 하는 말이죠?"

"아니야, 정말로 웨딩드레스 같아."

"하지만 결혼하러 가는 게 아니잖아요."

"결혼하러 가는 것처럼 보여."

"화장도 안 했는걸요. 결혼하는 신부는 전부 화장을 해요."

"화장하지 않아도 저쪽의 화장한 사람보다 훨씬 화사해."

"우차오에게 시집가는 게 아니라." 슈메이의 목소리가 슬픔에 젖었다. "묘지에 잠들러 가요."

슈메이의 눈에서 눈물이 주르륵 흘러내려 우리는 더 이상 아무 말도 하지 않았다.

"제가 너무 이기적이었어요. 그를 버려서는 안 됐는데."

그녀가 수심에 잠겨 걸으면서 슬픈 목소리로 말했다.

"그 애 혼자서 어쩌죠? 제가 그를 망쳤어요."

그런 다음 우리는 슈메이의 흐느낌이 멀리 있는 들판까지 울려 퍼지는 것을 들었다.

"저는 늘 그를 망쳤어요. 미용실에서 우리는 둘 다 머리를 감겨 주는 보조 직원이었지요. 그는 성취욕이 있어서 손님들한테 머리를 감겨주는 한편, 미용사한테 이발하고 머리 만지는 걸 배웠어요. 배우는 속도가 무척 빨라서 사장까지 칭찬하며 미용사로 키워야겠다고 했어요. 그는 저한테 살짝 정식 미용사가 되면 수입이 많아질 거라고, 기술을 익힌 다음에 그만두고 둘이서 작은 가게를 세내어 직접 미용실을 운영하자고 했어요. 그런데 미용실의 한 여자가 그를 좋아해 그 곁을 맴돌며 알랑거리더라고요. 저는 화가 나서 꼬투리를 잡아 싸움을 걸곤 했지요. 그러다가 어느 날 둘이 머리채를 잡고 대판 싸운 거예요. 그가 달려와 우리를 말리는데 저는 그녀가 필요한지, 제가 필요한지 대답하라고 윽박질렀어요. 그를 곤경에 빠뜨린 거죠. 제가 소리소리 지르니까 미용실 손님이 전부 몸을 돌려 저를 봤어요. 사장이 불같이 화를 내며 욕을 퍼붓고 당장 꺼지라고 했고요. 사장이 한창 욕하고 있을 때, 그가 사장 곁으로 가더니 그만두겠다고 하고는 사장에게 '너나 꺼져' 하고 욕했어요. 그런 다음 제 어깨를 감싸며 미용실을 나왔지요. 제가 반 달치 월급을 못 받았다고 했더니 월급은 무슨 월급이냐며 자기는 다 필요 없다고 했고요. 그때 저는 울었어요. 그가 저를 안고 한참을 걸어가는 내내 울면서 미안하다고 말했어요. 그를 창피하게 만들고 금방 미용사가 될 그의 앞길을 망친 것이죠. 그는 한손으로 저를 감싸고 다른 손으로는 계속 제 눈물을 닦아주면서 미용사는 무슨 미용사냐고, 창피하지 않다고, 상관없다고 말했어요."

"나중에 제가 이미 미용 기술이 있으니까 다른 미용실에서 일하자고 했는데 그는 싫다고 했어요. 다시는 질투하지 않겠다고, 또 누가 그를 좋아해도 못 본 척하겠노라고 했지만 자기는 이제 미용실에 안 간다고 하더군요. 그래서 어쩔 수 없이 식당에서 일하기 시작했어요. 식당 사장이 제가 예쁘다며 저는 위층 룸에서 일하라 하고, 그는 아래층 홀에서 일하라고 했어요. 그는 부지런하고 민첩해서 사장이 좋아했지요. 그래서 금세 팀장으로 승진했어요. 그는 시간이 날 때마다 주방장을 찾아가 이야기를 하다가 몇 가지 요리를 배웠어요. 그러고는 나중에 정식으로 요리를 배운 뒤에 둘이 그만두고 작은 음식점을 내자고 했지요."

"저는 룸에서 서빙을 했는데 그곳은 대부분 사업가나 공무원이 이용했어요. 하루는 단체 손님이 와서 술을 잔뜩 마셨는데, 그중 한 사람이 저를 안고 가슴을 만진 거예요. 사실 제가 좀 참고 피하면 됐는데 울면서 아래층으로 내려가 그를 찾았지요. 그는 누가 절 괴롭히면 못 참거든요. 곧장 룸으로 뛰어 들어가 손님과 싸웠어요. 저쪽은 여러 명이다 보니까 금방 그를 바닥에 패대기쳐 때리고, 발로 몸이며 머리를 찼어요. 저는 그의 몸을 감싼 뒤 그만 때리라고 울면서 애원했어요. 그들은 그제야 멈췄고, 그때 올라온 식당 사장은 굽실거리며 사과했어요. 분명히 그들이 괴롭힌 건데 사장은 우리를 도와주기는커녕 욕을 퍼붓더군요. 그는 맞아서 얼굴이 피투성이였어요. 그를 안고 룸에서 나와 계단을 내려오는데 그가 저를 밀치더니 다시 올라가 싸우려고 했어요. 그가 몇 걸음 옮겼을 때 죽어라고 그의 다리를 붙잡고 울며 애원했지요. 그랬더니 그가 계단을 내려와 저를 일으켜 세웠어요. 우리는 그렇게 서로 끌어안은 채 식당을 나왔어요. 그는 계속 코피를 흘렸고, 밖에는 비가 내렸어요. 길 건너편으로 갔을 때 그가 걷기 싫다며 인도에 앉았어요. 저도 그 옆에 앉았지요. 비를 맞아 옷이 다 젖고 차가 한 대 한 대 지나갈 때마다 도로에 고인 물이 우리 몸으로 한 차례 한 차례 튀었어요. 그가 죽여버리겠다고 말하고, 또 말해서 저는 계속 울면서 죽이지 말라고 애원했어요."

"제가 또 그를 망친 거예요. 요리사가 되지 못했으니 우리 음식점을 차릴 수 없게 되었고요. 우리는 두 달 동안 일하지 않았어요. 원래부터 돈이 적어서 하루에 한 끼만 먹었는데도 두 달이 지나자 돈이 거의 떨어졌어요. 일자리를 찾아야겠다고 말했더니 그는 싫다고, 다시는 무시당하기 싫다고 하더군요. 일을 하지 않으면 돈이 없고, 돈이 없으면 굶어 죽는 수밖에 없다고 했더니 굶어 죽더라도 무시당하기 싫다고 하더라고요. 저는 울었어요. 정말 슬프게 울었어요. 그한테 화가 나서 운 게 아니라 이 사회가 너무 불공평해서 울었어요. 그는 제가 우는 것을 보고는 밖으로 나가 밤늦게 돌아왔어요. 따끈따끈하고 커다란 찐빵 두 개를 가지고요. 무슨 돈으로 찐빵을 샀느냐고 물었더니 하루 종일 생수병이랑 깡통을 주워 재활용품 업자에게 팔았다고 하더군요. 다음 날 그가 나갈 때 저도 따라갔지요. 왜 따라오느냐고 묻기에 같이 생수병이랑 깡통을 줍겠다고 했어요."

"도착한 것 같네요."

우리는 기나긴 길을 걸어 빈의관에 도착했다. 우리가 우르르 몰려 들어가자 대기실에서 놀라고 의아해하는 소리가 일었다. 해골 무리가 밀물처럼 들어오는 것을 보고 이게 뭐냐고, 무슨 일이냐고 서로 묻는 것이었다. 플라스틱 의자에 있던 누군가가 늦었나 보다고 하자, 다른 사람이 늦어도 너무 늦었다고 말했다. 소파 쪽의 누군가가 큰 소리로 늦다 못해 묵었다고 소리쳤다. 그러자 우리 가운데 한 해골이 나지막하게, 우리는 묵은 바이주(白酒)이고 저들은 신선한 맥주라고 말해 다른 해골들이 일제히 하하하 웃었다.

플라스틱 의자로 이루어진 일반 구역에는 10여 명의 대기자가 있었고, 소파로 이루어진 귀빈 구역에는 세 명만 있었다. 몇몇 해골이 넓고 편해 보이는 소파 쪽으로 걸어가자, 낡은 파란색 옷을 입고 낡은 하얀색 장갑을 낀 사람이 다가가 피곤한 목소리로 말했다.

"그쪽은 귀빈 구역이니까 이쪽으로 앉으십시오."

그러다가 그의 텅 빈 눈이 갑자기 내게로 향하더니, 그 속에서 반가움과 두려움이 교차했다. 리칭의 손이 내 얼굴을 원래대로 만들어주었기 때문에 이번에는 나를 알아보았던 것이다.

나는 가만히 "아버지" 하고 부르고 싶었지만 입을 열고도 소리가 나지 않았다. 아버지도 나를 가만히 부르고 싶은데 소리가 나오지 않는 것 같았다.

잠시 후 아버지 눈에서 슬픈 기색이 일었다. 아버지가 떨리는 목소리로 물었다.

"너니?"

내가 고개를 저으며 옆의 슈메이를 가리켰다.

"이쪽이에요."

아버지가 슬픔에서 잠시 벗어난 듯 길게 한숨을 내쉬는 것 같았다. 그런 다음 고개를 끄덕이고 입구의 기계에서 작은 종이쪽지를 뽑아와 슈메이에게 주었다. 쪽지에 A53이라고 적힌 게 보였다. 아버지가 걸어가면서 다시 한 번 나를 자세히 살펴보았다. 깊은 탄식이 들렸다.

우리는 플라스틱 의자에 앉았다. 슈메이는 경건하게 쪽지를 들고 있었다. 그건 그녀가 안식의 땅으로 가는 통행증이었다. 그녀가 옆에 둘러앉은 우리에게 말했다.

"마침내 저리로 가게 됐어요."

우리는 어떤 감정이 대기실에 퍼지는 것을 느꼈다. 슈메이도 그 감정을 느끼고 말했다.

"왜 이렇게 서운한 걸까요?"

우리가 또 다른 감정을 느낄 때 슈메이가 또 말했다.

"왜 이렇게 슬플까요?"

우리가 세 번째로 다른 감정을 느낄 때 슈메이도 다시 한 번 말했다.

"기뻐해야 하는 거겠죠?"

"그래." 우리가 말했다. "기뻐해야지."

슈메이는 웃는 표정 대신 조금 걱정스러운 표정으로 우리에게 당부했다.

"제가 갈 때 누구도 저를 보지 마세요. 여길 나갈 때는 누구도 돌아보지 마시고요. 그래야만 제가 여러분을 잊을 수 있고, 그래야만 진정으로 쉴 수 있어요."

바람에 풀이 흔들리는 것처럼 우리는 일제히 고개를 끄덕였다.

대기실에서 A43을 부르는 소리가 울렸다. 우리 앞쪽의 플라스틱 의자에서 면으로 된 인민복 수의를 입은 남자가 일어나 비틀비틀 걸어갔다. 조용히 앉아 기다리는 동안 몇몇 대기자가 뒤늦게 도착했다. 그러면 낡은 파란색 옷을 입고 낡은 하얀색 장갑을 낀 사람이 맞이하며 번호표를 대신 뽑아준 다음 우리가 있는 플라스틱 의자 쪽으로 안내해주었다.

조용한 플라스틱 의자 쪽으로 소파 쪽의 말소리가 들려왔다. 귀빈 대기자 세 명이 값비싼 수의와 화려한 묘지에 대해 이야기하고 있었다. 그중 한 귀빈이 모피 수의를 입은 걸 보더니 다른 두 귀빈이 왜 모피로 수의를 만들었느냐고 물었다.

"추운 게 싫어서요." 그가 대답했다.

"사실 그곳은 춥지 않아요." 한 귀빈이 말했다.

"그래요." 다른 귀빈이 말했다. "그곳은 겨울에 따뜻하고 여름에 시원하대요."

"거기가 안 춥다고 누가 그래요?"

"풍수쟁이가 전부 그러던데요."

"풍수쟁이가 가본 적도 없으면서 어떻게 안대요?"

"그렇게 말할 수는 없지요. 돼지고기를 못 먹어봤다고 해도 돼지를 본 적은 있을 테니까요."

"돼지고기를 먹는 것과 돼지를 보는 건 완전히 다른 일이지요. 저는 풍수 같은 건 믿지 않아요."

두 귀빈이 입을 다물자 모피 수의를 입은 귀빈이 말을 이었다.

"그곳에 가서 돌아온 사람이 하나도 없으니 그곳이 추운지, 더운지 아무도 모르지요. 만일 날이 춥고 땅이 얼어 있으면 어떡해요. 유비무환이잖아요."

"뭘 모르는군." 내 옆의 한 해골이 조용히 말했다. "모피는 짐승 가죽이니 다음 생에 들짐승으로 태어날 거야."

두 귀빈이 모피 귀빈에게 묘지가 어디 있느냐고 묻자, 모피 귀빈은 깎아지른 듯 높은 산 정상에 있는 데다 산세가 미끄러지듯 떨어져서 모든 산을 360도로 내려다볼 수 있다고 대답했다.

두 귀빈이 고개를 끄덕이며 "잘 골랐군요" 하고 말했다.

"저들도 모르는군." 내 옆의 해골이 또다시 낮은 목소리로 말했다. "산세라는 건 가파르게 올라가야지, 떨어지면 안 돼. 가파르게 올라가면 자손이 부귀를 누리고 떨어지면 밥을 빌어먹지."

대기실에서 V12를 부르는 소리가 울리자 모피 수의를 입은 귀빈이 승용차에서 내리던 습관 때문인지 몸을 비스듬히 하며 일어났다. 그가 다른 두 귀빈에게 고개를 끄덕인 다음 득의양양하게 가마가 있는 방으로 갔다.

A44를 부르는 소리가 천천히 세 번 울린 뒤 A45가 되었다. 역시 천천히 세 번 울린 다음 A46으로 넘어갔다. 번호를 부르는 소리는 캄캄한 밤에 멀리서 횡 하고 불어오는 바람 소리처럼 길고 쓸쓸했다. 그 적막한 소리 때문에 대기실이 공허하고 허무해 보였다. 연속해서 번호 세 개가 넘어간 뒤 A47 차례가 되었다. 한 여자가 일어나 조심스럽게 앞으로 걸어갔다.

우리는 조용히 슈메이를 둘러싸고 앉아 슈메이가 떠날 시간이 점점 가까워오는 것을 느꼈다. V13과 V14의 귀빈이 들어간 다음 A52 차례가 되었다. 우리의 눈이 자연스럽게 슈메이에게 향했다. 그녀는 두 손을 가슴 앞에 가지런히 모은 채 고개를 숙이고 생각에 잠겨 있었다.

A52가 세 번 불린 다음 우리는 슈메이의 번호 A53을 들었다. 그리고 그 순간 우리는 모두 함께 고개를 숙인 채 슈메이가 플라스틱 의자를 떠나는 걸 느꼈다.

고개를 숙이고 있었지만 머릿속으로 슈메이가 웨딩드레스 같은 긴 치마를 끌며 안식의 땅으로 가는 게 보였다. 하지만 그녀가 가는 것만 보일 뿐 가마가 있는 방과 무덤은 보이지 않았다. 그녀가 온갖 꽃이 만발한 땅으로 가는 게 보였다.

그런 다음 주위의 플라스틱 의자가 가볍게 소리를 냈다. 나는 해골들이 일어나 떠나고 있다는 걸, 그들이 썰물처럼 빠져나가고 있다는 걸 알 수 있었다.

나는 일어나서 나가지 않았다. 앞쪽 플라스틱 의자에 아직 다섯 명의 대기자가 앉아 있었고, 낡은 파란색 옷을 입고 낡은 하얀색 장갑을 낀 아버지가 고개를 숙인 채 그들의 왼쪽 복도에서 언제든 부르면 달려갈 듯 서 있었다. 우두커니 서 있는 아버지의 모습이 묵도하는 것처럼 보였다. 한 대기자가 고개를 돌려 무엇인가를 묻자 아버지가 잰걸음으로 다가가 조용히 답한 다음 다시 복도로 돌아와 머리를 숙이고 섰다. 아버지는 당신의 일에 늘 성실했다. 떠나간 세계에서든 여기에서든 항상 그랬다.

남아 있던 대기자 다섯 명이 차례로 가마에 들어간 뒤 대기실은 공기마저 사라진 듯 썰렁해지고, 듬성듬성한 촛불 형상의 벽걸이 등에서 나오는 어둑한 불빛만 남았다. 아버지가 무거운 발걸음으로 걸어오는 것을 보고 자리에서 일어나 다가갔다. 아버지의 헐렁한 소매를 잡자 밧줄처럼 가느다란 뼈가 느껴졌다. 나는 아버지를 부축해 편안한 소파가 기다리는 귀빈 구역으로 가려고 했다. 하지만 아버지가 만류했다.

"그쪽은 우리가 앉는 곳이 아니란다."

우리는 플라스틱 의자에 앉았다. 오른손으로 아버지 왼손의 하

얀색 장갑을 잡자 장갑의 찢어진 틈으로 건드리기만 해도 부러질
것처럼 약한 손가락뼈가 느껴졌다. 아버지가 눈빛 없는 눈으로 확
인하듯 나를 볼 때, 말로 표현할 수 없는 친근함이 느껴졌다.

"아버지."

아버지가 고개를 숙이고 슬픈 목소리로 말했다.

"이렇게 빨리 오다니."

"아버지." 내가 말했다. "계속 찾아다녔어요."

아버지가 고개를 들어 눈빛 없는 눈으로 계속 확인하듯 나를 보
고 여전히 슬픈 목소리로 말했다.

"이렇게 빨리 오다니."

"아버지." 내가 물었다. "내가 힘들까 봐 걱정하신 거예요? 그래
서 가셨죠?"

아버지가 고개를 저으며 조용히 말했다.

"그냥 거기에 가보고 싶었어. 나을 수 없다는 걸 알았을 때 거길
가보고 싶었어."

"왜 거길 가야 했는데요?"

"마음이 아팠거든. 너를 버렸던 걸 생각하면 마음이 아파서."

"아버지." 내가 말했다. "아버지는 날 버린 적이 없어요."

"그 바위를 찾아서 그 위에 잠깐 앉아 있고 싶었어. 늘 그곳에
가고 싶었지. 날이 어두워지면 거길 가야겠다고 생각하다가 날이

밝아 너를 보면 또 가게 되질 않더라. 널 떠나는 게 싫어서."

"아버지, 왜 말씀하시지 않았어요? 그럼 모시고 갔을 텐데."

"너한테 말해야겠다고 생각했지. 여러 번."

"그런데 왜 말씀하시지 않았어요?"

"모르겠구나."

"내가 속상할까 봐요?"

"아니." 아버지가 말했다. "역시 혼자 가고 싶더라고."

"그래서 작별 인사도 없이 가셨군요."

"아니야, 저녁 기차를 타고 돌아갈 생각이었어."

"하지만 안 오셨잖아요."

"돌아갔어." 아버지는 죽은 다음에 돌아왔다. "가게 맞은편에 며칠을 서 있었는데 안에서 다른 사람이 나오더라."

"아버지를 찾으러 갔으니까요."

"가게에 다른 사람이 있는 걸 보고 네가 나를 찾으러 간 줄 알았단다."

"계속 찾아다녔어요." 내가 말했다. "그 쇼핑몰에 갔어요. 아버지가 사라진 날 화재가 나서 거기 계셨나 하고 걱정했어요."

"어느 쇼핑몰?"

"우리 가게에서 가까운 커다란 은회색 쇼핑몰이요."

"기억 안 나는데."

그러고 보니 쇼핑몰이 문을 열었을 때는 아버지의 병세가 이미
악화된 뒤였다.

"거기 안 가셨군요."

아버지가 다시 슬픈 목소리로 말했다.

"이렇게 빨리 오다니."

"온 도시를 다 찾아다니고 아버지 고향에까지 갔어요."

"그럼 큰아버지랑 고모 들을 만났어?" 아버지가 물었다.

"만났어요. 거기도 변했더라고요."

나는 그곳이 삭막해졌다는 말은 하지 않았다.

"아직도 나를 원망하던?" 아버지가 물었다.

"모두 무척 속상해하셨어요."

"진즉에 가서 만났어야 했는데."

"곳곳을 다 다녔는데 기차를 타고 그곳에 가셨으리라고는 생각
못 했어요."

아버지가 중얼거리듯 말했다.

"기차를 탔지……."

나는 미소를 지었다. 우리가 분리된 두 세계에서 서로를 찾아다
녔다는 생각이 들어서였다. 아버지의 슬픈 음성이 또 울렸다.

"이렇게 빨리 오다니."

"아버지, 여기서 만날 거라고는 생각도 못 했어요."

"여기서 매일 너를 그리워했지만 이렇게 빨리 만날 줄은 정말 몰랐구나."

"아버지, 이제 또 함께예요."

나와 아버지는 영원한 이별 뒤에 다시 만났다. 이제 체온도 없고 숨결도 없지만 우리는 다시 함께하게 되었다. 내 오른손이 하얀색 장갑을 낀 아버지의 앙상한 손가락뼈를 떠나 조심스럽게 아버지의 어깨뼈로 갔다. 아버지, 나랑 같이 가요, 하고 말하고 싶었다. 하지만 아버지가 얼마나 일을 사랑하는지, 이 대기실에서의 일을 얼마나 사랑하는지 알았기에 이렇게 말했다.

"아버지, 자주 뵈러 올게요."

아버지의 뼈만 남은 얼굴에서 웃음이 이는 게 느껴졌다.

"친부모님도 아시니?"

"아직 모르실 거예요."

"아시게 되겠지." 아버지가 탄식했다.

나는 더 이상 말하지 않았고 아버지도 침묵을 지켰다. 대기실이 추억 같은 고요에 빠지고, 우리는 함께 있는 그 시간을 소중히 여기며 침묵 속에서 서로를 느꼈다. 아버지가 내 얼굴의 상처를 바라보는 게 느껴졌다. 리칭이 내 왼쪽 눈과 코, 턱을 제자리에 돌려놓았지만 그곳에 남은 상처를 없애지는 못했다.

아버지가 낡은 하얀색 장갑을 낀 두 손으로 내 어깨를 쓰다듬기 시작했다. 손가락뼈가 살며시 떨렸다. 나는 그게 영원한 이별을 어루만지는 것일 뿐만 아니라 재회를 어루만지는 것임을 느낄 수 있었다.

아버지의 손가락이 내 팔의 상장에 이르러 잠시 멈추었다. 아버지는 고개를 깊게 숙이고 아득한 슬픔에 빠져들었다. 아버지는 당신이 떠난 뒤 내가 그 세계에서 홀로 외로웠다는 것을 알았다. 내게 왜 왔느냐고 묻지 않는 것은 나를 슬프게 하는 것도, 아버지 스스로 슬퍼지는 것도 싫어서였을 것이다. 잠시 뒤 아버지가 내 상장을 차고 싶다고 조용히 말했다. 나는 그게 아버지의 바람이라는 걸 알 수 있었다. 그래서 고개를 끄덕인 뒤 팔에 있던 상장을 떼어 아버지에게 건넸다. 아버지가 하얀색 장갑을 벗고는 열 손가락뼈를 바들바들 떨며 상장을 받았다. 그러고는 헐렁한 당신의 소매에 바들바들 떨며 달았다.

아버지가 뼈만 남은 두 손에 낡은 하얀색 장갑을 낀 다음 고개를 들고 나를 보았다. 텅 빈 아버지의 눈에서 두 줄기 눈물이 흘렀다. 당신이 나보다 먼저 왔는데도 나이 든 사람이 젊은 사람을 보낼 때의 눈물을 흘리고 있었다.

"어떤 사람이 이쪽으로 가면 여자 친구를 만날 수 있다고 했어요."

"당신 여자 친구가 누구인데요?"

"제일 예쁜 사람이요."

"이름이 뭐죠?"

"류메이, 슈메이라고도 해요."

돌아가는 길에 다급하게 걸어오는 사람을 만났다. 왼손으로 계속 허리를 누르고 있는 데다 몸이 약간 구부정한 게 큰 병을 앓고 난 사람 같았다. 나는 그 다급하게 걸어오는 사람이 누구인지 알아보았다. 그는 모자를 쓴 것처럼 검은 머리가 봉두난발이었다. 온갖 색상으로 머리를 물들이곤 하던 그를 떠올리며, 그가 오랫동안 염색도 이발도 하지 않았구나 하고 생각했다.

"우차오구나."

"어떻게 제 이름을 아세요?"

"알고 있으니까."

"어떻게 저를 아세요?"

"셋집에서."

내 말이 그의 얼굴에 서렸던 어리둥절함을 서서히 몰아냈다. 그가 나를 보고 말했다.

"어디선가 뵌 적이 있는 것 같네요."

"셋집이었어."

그가 생각이 났는지 얼굴에 살짝 웃음이 퍼졌다.

"그렇죠. 셋집이었어요."

그가 왼손으로 허리를 누르고 있는 것을 보며 내가 물었다.

"아직도 거기가 아프니?"

"아니오."

그가 왼손을 허리에서 거두었다가 습관이 됐는지 다시 그곳을 눌렀다.

"우리는 네가 슈메이에게 묘지를 마련해주려고 신장을 팔았다는 걸 알아."

"우리요?" 그가 어리둥절해하며 나를 보았다.

"이곳의 사람들." 내가 앞쪽을 가리켰다.

"이곳의 사람들?"

"무덤이 없는 사람들은 모두 이곳에 있어."

그가 알겠다는 듯 고개를 끄덕인 다음 또 물었다.

"그런데 어떻게 아셨어요?"

"샤오칭이 와서 알려주었단다." 내가 말했다.

"샤오칭도 왔어요?" 그가 물었다. "언제요?"

"엿새 전이었을 거야. 계속 길을 잃고 헤매다가 어제야 우리가 있는 곳으로 왔어."

"샤오칭은 어떻게 왔대요?"

"교통사고였어. 안개가 짙어서 교통사고가 발생했지."

"안개가 짙은 줄 몰랐어요." 그가 얼떨떨해하며 말했다.

그는 정말로 몰랐다. 그러고 보니 그가 내내 지하 방공호에 누워 있었다고 했던 샤오칭의 말이 떠올랐다.

"그때 넌 방공호에 있었으니까."

그가 고개를 끄덕인 다음 물었다.

"아저씨는 얼마나 계셨어요?"

"이레째야." 내가 물었다. "너는?"

"금방 온 것 같아요."

"그럼 오늘이구나."

나는 그와 슈메이가 간발의 차이로 어긋났구나 생각했다.

"슈메이를 보셨겠네요."

"만났지." 내가 고개를 끄덕였다.

"저곳에서 행복한가요?" 그가 물었다.

"그렇단다. 그런데 자기 묘지를 마련하느라 네가 신장을 팔았다는 것을 알고 울었어. 정말 서럽게 울었지."

"지금도 울고 있나요?"

"지금은 아니야."

"이제 금방 만날 수 있겠네요."

기쁜 기색이 나뭇잎 형상으로 그의 얼굴에 떠올랐다.

"만날 수 없단다." 내가 잠시 주저하다가 말했다. "무덤에 편히 잠들었거든."

"무덤에 잠들었다고요?"

기쁨의 나뭇잎 형상이 사라지고 슬픔의 나뭇잎 형상이 그의 얼굴을 채웠다.

"언제 갔어요?" 그가 물었다.

"오늘." 내가 대답했다. "네가 오고 있을 때 갔어. 둘이 그렇게 지나쳤구나."

그가 고개를 숙인 채 소리 없이 울며 앞으로 걸어갔다. 그러다 조금 뒤 울음을 멈추고 슬픈 목소리로 말했다.

"하루만 일찍 왔다면 좋았을 텐데, 그랬다면 슈메이와 만날 수 있었을 텐데."

"하루만 일찍 왔다면." 내가 말했다. "빛나는 슈메이를 보았을 거야."

"그 애는 언제나 빛이 났어요." 그가 말했다.

"안식의 땅으로 갈 때는 훨씬 빛났단다. 웨딩드레스처럼 긴 치마를 입었지. 치맛자락이 땅에 끌려서……"

"그렇게 긴 치마는 없는데요. 그 애가 긴 치마를 입은 건 본 적이 없어요." 그가 말했다.

"긴 남자 바지를 긴 치마로 고쳤거든." 내가 알려주었다.

"알겠어요. 그 애 청바지가 찢어진 걸 인터넷에서 봤어요." 그가 가슴 아파하며 말했다. "다른 사람 바지를 입었군요."

"마음씨 좋은 사람이 입혀준 거지."

우리는 조용히 걸어갔다. 광활한 벌판에 아무런 변화도 없어 계속 제자리걸음을 하는 것 같았다.

"그 애가 좋아했나요?" 그가 물었다. "긴 치마를 입고 묘지로 갈 때 행복해했나요?"

"행복해했어. 그 애는 봄이 두렵다고 했지. 자기 아름다움이 썩어버릴 거라고 두려워했어. 그래서 네가 묘지를 샀다는 말에 무척 좋아했단다. 겨울이 가기 전에 안식을 취할 수 있다고, 아름다움을 지닌 채 안식을 취할 수 있다고 좋아했지. 우리가 무덤에 가는 게 아니라 결혼하는 신부 같다고 했더니, 그 소리에 서럽게 울더라."

"왜요?" 그가 물었다.

"너한테 시집가는 게 아니라 무덤에 잠들러 간다고 생각하니 눈물이 났던 거야." 내가 대답했다.

우차오도 무척 슬퍼했다. 걸어가면서 자연스럽게 흔들리던 오른손을 들어 올리고, 계속 허리를 누르고 있던 왼손도 들어 올렸다. 그는 두 손으로 눈물을 닦으며 걸었다.

"속이지 말았어야 했어요." 그가 말했다. "짝퉁 아이폰으로 속여서는 안 됐는데. 그 애는 아이폰을 갖고 싶다는 말을 입에 달고 살았어요. 하지만 저한테 진짜 아이폰을 살 돈이 없는 줄 알았으니까 그냥 말해본 것뿐이에요. 짝퉁으로 속이지 말았어야 했어요. 그 애가 왜 자살했는지 알아요. 짝퉁을 사줘서가 아니라 자기를 속였기 때문이에요."

그가 눈가를 훔치던 두 손을 내려놓고 계속 말했다.

"제가 짝퉁이라고, 그 돈밖에 없었다고 말했다면 그 애는 그래도 좋아했을 거예요. 달려와 저를 안아주면서 제가 최선을 다했다고 인정해줬겠지요."

"그 애는 저한테 정말 잘했어요. 3년을 함께하는 동안, 그 3년 내내 고생만 했어요. 우리는 너무 가난해서 늘 말다툼을 벌였지요. 저는 툭하면 화를 내고 욕하고 때렸어요. 그게 제일 가슴 아파요. 화를 내면 안 되는 거였는데. 욕하고 때리지 말았어야 했어요. 그렇게 가난하고 힘들었지만 그 애는 저를 떠나겠다고 하지 않았어요. 제가 욕하고 때리면 그때야 울면서 떠나겠다고 했지요. 하지만 울고 난 뒤에는 계속해서 제 곁에 있었어요."

"그 애한테 친한 고향 동생이 하나 있었는데 밤업소에서 일했어요. 매일 밤 나가서 한 달에 수만 위안을 번다니까 그 애도 밤업소 아가씨로 일하고 싶어 했어요. 그렇게 몇 년을 일해서 돈을 충분히 모으면 함께 고향으로 돌아가 집을 짓고 결혼하자고 했지요. 그 애의 가장 큰 소망이 저와 결혼하는 거였거든요. 저는 싫다고 했어요. 다른 남자가 그 애의 몸을 건드린다고 생각하니 참을 수가 없어서 그 애의 얼굴을 퉁퉁 붓도록 때렸어요. 그 애는 울면서 떠나겠다고 소리를 질렀지요. 하지만 다음 날 아침에 저를 꼭 안으며 미안하다고 수도 없이 말했어요. 영원히 다른 남자가 자기 몸을 못 만지게 하겠다면서, 제가 죽어도 다른 남자가 접근하지 못하게 하고 과부로 살겠다고 했어요. 우리는 결혼을 안 했으니 제가 죽어도 과부가 될 수는 없다고 했지요. 그러자 그 애가 웃기는 소리 말라고, 제가 죽으면 자기는 바로 과부라고 했어요."

"작년 겨울은 이번 겨울보다 더 추웠어요. 지하 방공호로 막 이사 갔을 때였는데 수중에 돈도 떨어진 데다 새로운 일도 못 찾고 있었지요. 저희는 하루 종일 침대에 누워 따뜻한 물만 마셨어요. 따뜻한 물은 그 애가 이웃에서 얻어 왔고요. 밤이 되자 배가 고프다 못해 쓰러졌어요. 그 애가 침대에서 내려가 옷을 챙겨 입은 다음 음식을 구해야겠다고 하더군요. 제가 어떻게 구하느냐고 묻자 길 가는 행인에게 구하겠다고 했어요. 제가 싫다고, 그건 거지라고 말했지요. 그랬더니 싫으면 그냥 누워 있으라고, 자기가 제 것까지 구해 오겠다고 했어요. 제가 그 애를 막으면서, 나는 구걸하지 않을 거고 너도 안 돼, 하고 말했어요. 그 애가 굶어 죽게 생겼는데 거지냐, 아니냐를 따질 겨를이 어디 있느냐고 했고요. 그러면서 기어코 나가겠다고 해서 저도 어쩔 수 없이 점퍼를 입고 그 애와 함께 방공호를 나갔지요."

"그날 밤은 정말 추웠어요. 바람이 얼마나 거센지 목이랑 가슴까지 계속 파고들었어요. 둘이서 길에 서서 지나가는 사람들에게 하루 종일 아무것도 못 먹었으니 조금만 도와달라고 말했어요. 하지만 거들떠보는 사람이 없었지요. 그렇게 강풍 속에 한 시간도 넘게 서 있는데, 그 애가 이렇게 구걸하면 안 되겠다고 음식점 앞에서 기다리자고 하더군요. 그러고는 제 손을 이끌고 거센 바람 속을 걸어 커다란 빵집으로 갔어요. 하지만 다시 나오더니 저한테 밖에서 있으라 하고는 혼자 들어가더군요. 유리창 너머로 그 애가 계산대 직원에게 뭐라고 하자 계산대 직원이 고개를 흔드는 모습과, 안에서 빵과 따뜻한 음료수를 먹는 사람에게 무슨 말을 하자 그들이 고개를 젓는 모습이 보였어요. 빵을 좀 달라고 했는데 그들이 거절한 거죠. 그 애가 밖으로 나와 아무 일도 없었던 것처럼 제 손을 잡고 이번에는 무척 고급스러워 보이는 식당으로 갔어요. 그런 다음 여기서 기다리자고, 안에서 식사를 마치고 남은 음식을 싸서 나오는 사람에게 그걸 청하자고 했지요. 그때 저는 춥고 허기져서 찬바람 속에 제대로 서 있기조차 힘들었어요. 하지만 그 애는 춥지도, 허기지지도 않은 듯 그 자리에 선 채 사람들이 우르르 몰려나오는 것을 보았지요. 그런데 손에 음식 꾸러미를 든 사람이 하나도 없었어요. 승용차만 한 대 한 대 그들을 태우러 다가왔지요. 그 식당이 워낙 고급이라서 여유 있는 사람들만 이용하니까 음식을 싸 가는 사람도 없었던 거예요."

"나중에 한 사업가처럼 보이는 사람이 공무원처럼 보이는 사람들 몇을 배웅하고는 음식점 입구에서 기사에게 전화를 거는 게 보였어요. 그 애가 다가가 우리가 하루 종일 음식을 먹지 못했다고, 구걸하는 것도 돈을 달라는 것도 아니라 인정을 베풀어달라는 거라고, 옆의 빵집에서 찐빵 두 개만 사달라고 부탁했어요. 그 사업가 같은 중년 남자가 휴대폰을 끄고 그 애를 보면서, 이렇게 예쁜데 찐빵 두 개가 없느냐고 묻더군요. 그 애가 예쁘다고 찐빵을 먹을 수 있는 것은 아니라고 말했어요. 중년 남자가 웃더니 분명히 미모가 빵을 줄 수는 없지만 무형의 자산이라고 말하더군요. 그러자 그 애는 무형의 자산은 허상이고 빵은 실제라고 대꾸했고요. 중년 남자가 어, 하더니 예쁘고 똑똑하다며 자기랑 가자고, 자기를 따라가면 먹고 싶은 걸 먹을 수 있다고 말했어요. 그 애가 고개를 돌려 저를 가리키며, 자기는 저 남자의 사람이라고 말했지요. 중년 남자가 저를 보았는데 눈빛이 가난뱅이라고 말하는 것 같았어요."

"중년 남자의 벤츠가 도착하자 그가 차문을 열고 운전기사에게 저기 빵집에 가서 찐빵 네 개를 사 오라고 했어요. 기사가 내려 빵집으로 종종거리며 뛰어갈 때 중년 남자의 휴대폰이 울리고 그가 전화를 받았어요. 운전기사가 찐빵을 사서 달려오자 그가 통화하면서 저희에게 주라고 했고요. 기사가 찐빵 네 개가 든 봉투를 그

애에게 건넸고, 그 애는 중년 남자에게 고맙다고 인사했지요. 중년 남자가 벤츠에 타자 차가 출발했어요. 그 애가 손을 봉투 안으로 넣어 따끈따끈한 찐빵을 한 조각 뜯어 제 입에 넣어주고는 찐빵이 든 봉투를 자기 점퍼 안에 넣었어요. 그런 다음 차가운 손으로 제 차가운 손을 잡으며 돌아가서 먹자고 했지요."

"지하 집으로 돌아와 그 애가 이웃집에서 따뜻한 물을 얻어 온 다음, 우리는 나란히 침대에 앉았어요. 그 애가 따뜻한 물을 한 모금 마신 뒤에 찐빵을 먹으라고 했지요. 제가 체할까 봐 걱정이 됐던 거예요. 그러면서 이제 먹고 입을 걱정이 없는 것처럼 좋아했어요. 그걸 먹는데 갑자기 마음이 아프면서 울컥하더라고요. 그렇지만 눈물을 삼키고 입안의 찐빵을 넘겼지요. 그리고 이제 그만 헤어지자고, 나랑 함께 있으면서 고생하지 말라고 했어요. 그 애가 먹고 있던 찐빵을 내려놓고 눈물을 주르륵 흘리며, 자기를 버릴 생각은 말라고, 평생 꼭 붙어 있을 거라고, 죽으면 귀신이 되어서라도 꼭 붙어 있을 거라고 했어요."

"그 애는 무척 예뻐서 쫓아다니는 사람이 많았어요. 그 사람들 모두 저보다 돈이 많았지만 그 애는 한결같이 저와 가난한 생활을 했어요. 가끔 남자를 잘못 골랐다고 원망하기도 했는데 그건 말뿐이었어요. 말하고 나서 자기 옆에 있는 사람이 잘못 고른 남자라는 걸 금세 잊어버렸지요."

우차오의 얼굴에 웃음이 피어났다. 한참을 걸었지만 사방이 아직도 광활한 벌판이어서 우리는 계속 쓸쓸하게 걸어야 했다. 그때 우차오 얼굴의 웃음이 달콤해지더니 슈메이와 처음 만났을 때를 이야기하기 시작했다.

"3년 전 처음 슈메이를 보았을 때, 그 애는 미용실에서 머리를 감겨주는 세발 직원이었어요. 길을 가다가 무심코 그 미용실로 눈길을 돌렸다가 입구에서 손님을 기다리는 슈메이를 보았어요. 그애도 저를 쳐다보는데 심장이 쿵쾅쿵쾅 빠르게 뛰더라고요. 그렇게 예쁜 아가씨는 처음이었어요. 그 애의 눈이 저를 향했을 때 영혼이 빨려들어가는 것 같았어요. 계속해서 20여 미터를 더 걸어갔는데 더 이상 갈 수가 없었지요. 한참을 머뭇거리다가 다시 돌아갔어요. 그 애는 여전히 입구에 서 있었고요. 제가 그 애를 보자 그애도 저를 봤어요. 그 눈빛에 제 심장이 터져버릴 것 같았지요. 저는 그냥 지나친 다음 한참을 망설이다가 또 돌아갔어요. 그때 입구에서 손님을 기다리던 아가씨는 슈메이가 아니었어요. 슈메이는 안에서 손님의 머리를 감겨주고 있었지요. 저는 유리창 너머로 거울 속에 비친 그녀의 얼굴을 보았어요. 그 애의 눈도 거울로 저를 보더군요. 그때는 그 애가 잠시 동안 쳐다보았어요."

"저는 미용실 주변을 서성거리다가 용기를 내어 안으로 들어갔어요. 입구의 아가씨가 이발하러 온 손님인 줄 알고 어서 오세요,

하고 인사했어요. 저는 떨리는 목소리로 사장님 계시냐고 물었지요. 그러자 계산대 뒤에 서 있던 남자가 자신이 사장이라고 했어요. 제가 혹시 머리 감겨주는 직원이 필요하냐고 물었더니 지금은 필요 없다고, 맞은편 미용실에서 찾고 있으니 그리로 가보라고 하더군요."

"저는 낭패라고 생각하며 미용실을 나왔어요. 슈메이의 눈을 보러 갈 용기가 없어서 길에서 한참을 서성이는데, 도저히 그 애의 눈빛을 잊을 수가 없는 거예요. 이틀 뒤 다시 용기를 내서 사장에게 세발 직원이 필요하냐고 물었지요. 사장은 여전히 맞은편 미용실에 가라고 권해주었고요. 그 뒤 한 달 동안 네 차례 갔는데 들어갈 때마다 슈메이가 바라보는 게 느껴졌어요. 네 번째로 갔을 때 마침 남자 세발 직원 하나가 그만두어서 제가 대신하게 되었어요. 그 남자의 번호가 7번이라 저도 7번이 되었지요. 그때 슈메이가 저를 보고는 입가를 찡그리며 살짝 웃었어요."

"미용실에서 일하게 된 첫날 저녁, 머리를 하러 온 손님이 별로 없어서 슈메이가 의자에 앉아 헤어스타일 잡지를 들춰보더군요. 잡지를 보면서 고개를 들고 거울에 자기 머리를 흔들어보는 게 어울리는 헤어스타일을 찾는 것 같았어요. 저는 그 애 옆의 의자에 앉았어요. 긴장해서 숨을 헉헉 헐떡이자 슈메이가 고개를 돌려 천식이 있느냐고 물었어요. 제가 얼른 고개를 저으며 천식 같은 거

없다고 답했지요. 슈메이는 제 숨소리가 정말 이상하다고 했어요."

"그런데 그 애 옆에 앉아 있는 내내 계속 긴장이 되는 거예요. 숨소리가 천식에 걸린 사람처럼 들릴까 봐 물속에서 숨을 참는 것처럼 조심스럽게 숨을 쉬었어요. 그 애는 계속 그 잡지를 들춰보며 다양한 머리 모양을 그려보고 있었지요. 저는 용기를 내서 이름이 뭐예요, 하고 물었어요. 그 애가 머리도 들지 않은 채 3호예요, 라고 대답했고요. 목소리가 너무 차가워서 속이 상했는데 조금 뒤 그 애가 고개를 들더니 미소를 지으며 그쪽 이름은 뭐예요, 하고 물었어요. 저는 황망하게 7호라고 대답했고요. 그녀가 깔깔 웃더니 7호는 이름이 뭐예요, 하고 다시 물었지요. 저는 그때서야 제 이름이 생각나 7호 우차오예요, 라고 대답했어요. 그녀가 잡지를 덮은 뒤 3호는 류메이예요, 라고 했고요."

우차오의 목소리가 뚝 끊어졌다. 앞으로 걸어가던 발걸음도 멈추고, 멀리 앞쪽을 바라보는 얼굴에 경이의 표정이 떠올랐다. 내가 이곳에서 보았던 광경, 물이 졸졸 흐르고 푸른 풀이 가득하며 나무가 무성하고 나뭇가지에는 과실이 가득하고, 전부 심장 모양인 나뭇잎이 심장박동의 리듬으로 흔들리는 광경을 보았던 것이다. 그리고 무수한 사람들, 뼈만 남은 수많은 사람과 육체를 가진 소수의 사람들이 오가는 것을 보았다.

그가 놀라서 내게로 몸을 돌리더니 질문을 던지듯 의혹에 가득 찬 표정을 지었다. 내가 그에게 말했다. 가자, 저기 나뭇잎이 너한테 손을 흔들고 바위가 미소 짓고 강물이 안부를 묻잖아. 저곳에는 가난도 없고 부유함도 없어. 슬픔도 없고 고통도 없고, 원수도 없고 원망도 없어……. 저기 사람들은 전부 죽었고 평등해.

"저곳은 어떤 곳인가요?"

그가 물었다.

"죽었지만 매장되지 못한 자들의 땅."

내가 대답했다.

옮긴이 문현선

이화여대 중어중문학과와 같은 대학 통번역대학원 한중과를 졸업했다. 2013년 현재 이화여대 통번역대학원에서 강의하며 전문 번역가로 활동하고 있다.

옮긴 책으로《물처럼 단단하게》《사서》《경화연》(전2권)《생긴대로 살게 내버려둬》《사랑을 담는 지갑》등이 있다.

제7일

첫판 1쇄 펴낸날 2013년 8월 30일
   22쇄 펴낸날 2024년 10월 21일

지은이 위화
옮긴이 문현선
발행인 조한나
편집기획 김교석 유승연 문해림 김유진 곽세라 전하연 박혜인 조정현
디자인 한승연 성윤정
마케팅 문창운 백윤진 박희원
회계 양여진 김주연

펴낸곳 (주)도서출판 푸른숲
출판등록 2003년 12월 17일 제2003-000032호
주소 서울특별시 마포구 토정로 35-1 2층, 우편번호 04083
전화 02)6392-7871, 2(마케팅부), 02)6392-7873(편집부)
팩스 02)6392-7875
홈페이지 www.prunsoop.co.kr
페이스북 www.facebook.com/prunsoop   **인스타그램** @prunsoop

ⓒ푸른숲, 2013
ISBN 978-89-7184-696-4(03820)